FOLKTRIBUNALEN

Axel Vilde

FOLKTRIBUNALEN

© 2022 Axel Vilde

Korrekturläsning: Marie Eriksson

Omslagsbild: Istock

Förlag: BoD – Books on Demand, Stockholm, Sverige
Tryck: BoD – Books on Demand, Norderstedt, Tyskland

ISBN: 978-91-8027-105-9

Prolog

Fyra män sitter bundna och uppradade på en träbänk framför en kalkad timmervägg. De har huvor med hål för ögonen nerdragna över sina ansikten. Det skarpa skenet från en bygglampa kastar deras skuggor mot den gråvita väggen bakom dem.

De kan inte se så mycket då strålkastaren bländar dem, men de kan se varandra och konturerna av en man som sitter framför dem vid ett bord. Det är helt tyst förutom ett svagt susande av vinden som letat sig in genom springor i väggarna.

Mannen vid bordet betraktar dem. Han knäpper sina händer och rätar ut armarna så att det knakar fyra gånger i fingerlederna.

"Mina herrar, välkomna till Folktribunalen. Jag förmodar att ni vet varför ni är här?"

Mannen längst till vänster är den förste som reagerar.

"Vad i helvete håller du på med din jävla idiot. Fattar du vad som kommer att hända då mina gubbar får tag i dig?"

Mannen vid bordet sitter tyst.

"Dom kommer att begrava dig levande men har du tur så händer det innan dom tar kål på din familj. Men det troliga är att du får titta på då din fru blir våldtagen."

Mannen är så upprörd att han skakar.

Den bistre mannen vid bordet sitter fortfarande tyst. Han sträcker sig ner och tar upp något ur en bag som står på golvet bredvid honom. Han öppnar den och tar ut några dokument som han lägger framför sig.

"Ja, då var det dags att sätta igång. Jag börjar med att dra några enkla förhållningsregler. Jag ställer frågor och ni svarar. Vi vet det mesta om er och svarar ni med en lögn så kommer det att få konsekvenser. Likaså om ni inte är samarbetsvilliga. Ta det lugnt och svara bara sanningsenligt på mina frågor så kommer allt att gå bra. Vi börjar med dig till vänster. Vad heter du?"

"Far åt helvete!"

"Okej, du vill alltså inte samarbeta?"

Mannen spottar mot utfrågaren och loskan landar en halvmeter framför hans fötter.

"Lägg av för helvete! Fattar du inte ditt eget bästa. Vet du inte vem du har att göra med?"

Mannen vid bordet lutar sig tillbaka så att det knakar i ryggstödet på den gamla trästolen han sitter på.

"Jodå, det vet jag mycket väl. Men du får en sista chans. Vad heter du?"

Mannen spottar på nytt. En svag suck hörs från utfrågaren. Han ropar:

"Bo! Det är dags för dig nu."

Rösten är så skarp att männen på bänken hoppar till.

En dörr öppnas och en storvuxen man med en huva nerdragen för ansiktet och ett hagelgevär i ena handen kommer in.

Han ställer sig några meter framför mannen till vänster, höjer geväret och siktar.

"Men för helvete! Vänta lite."

Ett skott brinner av och mannen på bänken rycker till. Hans tröja färgas röd mitt på bröstkorgen. Han rosslade några gånger innan huvudet sjunker ner och han blir helt stilla. Mannen med geväret går fram, låssar repen och släpar med sig den skjutne mannen över golvet och in genom dörren han kommit från. De andra sitter som förstenade och verkar inte riktigt ta in vad som just hänt.

Utfrågaren klapprar med en blyertspenna mot bordskanten.

"Då var det näste man på tur. Vi fortsätter från vänster. Vad heter du?"

Mannen skakar som ett asplöv.

"Jag heter Juhan Ahmed."

"Vad är din hemadress?"

"Uppdalsvägen tio i Ullevi."

"Hur länge har du jobbat för nätverket?"

"Ett och ett halvt år ungefär."

"Vad heter ledaren?"

"Jag vet inte. Det är inget som vi fotfolk får reda på."

"Det vet du nog. Du får en chans till. Vad heter ledaren?"

Mannen börjar andas häftigt och vrida sig som en mask på en krok.

"Nej! Jag vet inte, jag lovar."

Utfrågaren stöder sig med armbågarna mot bordet. Det är så tyst att man kan höra att det kurrar i magen på någon. Så ropar han med samma intensitet som tidigare.

"Bo! Det är dags igen."

Mannen kommer in, ställer sig framför bänken och höjer bössan.

"Men snälla, skjut inte. Jag vet inte vad han heter. Ingen på gatan vet det."

Mannen börjar gråta, tittar ner i golvet och skakar i hela kroppen. Så smäller det och han rycker till.

Det blir en upprepning av tidigare skeende och nu är det två släpspår av blod på golvet.

Den tredje mannen är nu så rädd att han nästan inte kan prata. Han börjar rabbla upp namn och adresser i ett rasande tempo. Utfrågaren hyssjar åt honom.

"Ta det lugnt och svara bara på mina frågor. Om du talar sanning så kommer inget att hända."

Utfrågningen tar ungefär tio minuter och den skräckslagne mannen svarar på alla frågor han får. Utfrågaren lägger undan pennan och trycker på sin knutna näve med handflatan. Den här gången kommer det bara två knäppningar i lederna.

"Du ser, det där var väl inget att oroa sig för. Bo! Kom in."

Den här gången har han inte bössan med sig. Han går fram och knyter loss den skräckslagne mannen.

"Du är fri att gå. Ärlighet varar längst, det ska du ta med dig. Håll dig borta från brottslighet så kanske du får ett bättre liv."

Nu sitter en ensam man kvar på bänken. Han har pissat ner sig efter andra skottet och hans tidigare beslutsamhet att spela hård och tuff hade nu övergått till skräck. Utan omsvep svarar han sanningsenligt på alla frågor. När utfrågningen är klar finns inte mycket mer att veta om vilka brott han gjort sig skyldig till och om nätverket han basat över.

Utfrågaren reser sig hastigt och ropar in Bo. Mannen på bänken är på gränsen till kollaps, men då han ser att han inte har någon bössa med sig, förstår han att han kanske kommer att klara sig. När Bo låssar hans knutar viskar han samtidigt.

"Vilken jävla tur du hade. Ta dig nu snabbt härifrån och se dig inte om. Domaren är fullkomligt galen och skulle han få veta att du berättade om det här för någon, så skulle inte jag vilja vara i dina kläder. Försvinn utomlands annars lär du inte leva länge till. Din redogörelse har filmats och klippet kommer att släppas inom kort."

Mannen stapplar iväg, sneddar över blodspåren och försvinner ut genom dörren.

Utfrågaren reser sig och lämnar rummet. Efter en stund kommer han tillbaka med en sexpack öl i handen. Han släcker byggstrålkastaren och tänder taklampan som har ett betydligt behagligare sken. Bo sätter sig på förhörsbänken och tänder en cigarett. Utfrågaren sätter sig bredvid.

"Har han hunnit tillräckligt långt tror du?"

Bo nickar. Utfrågaren för fingrarna till munnen och busvisslar. In kommer de två männen som just blivit avrättade.

Utfrågaren ser nöjd ut.

"Jaha, vad säger vi om det här då?"

"High five," säger Bo och reser sig upp. Utfrågaren reser sig också, höjer sin hand och klatschar den mot de övrigas handflator.

"Fick vi med allt tror ni?"

"Alldeles säkert", säger Bo och går fram till videokameran som är uppriggad en bit bort. "Men varför fick jag heta Bo? Vi hade ju kommit överens om att du skulle kalla mig Skarprättaren."

"Jo, jag vet det", svarade utfrågaren. "Men det blev lite för krångligt att säga."

Kapitel 1

Anders Eriksson var bara sex år då han för första gången kom i kontakt med brottslighet. Han bodde med sina föräldrar och sin yngre syster i ett radhus i Kungsör. Familjen hade under dagen varit på besök hos släktingar och när de kom hem på kvällen upptäckte de att ytterdörren var uppbruten. Det var ingen som vågade gå in, utan pappan hade rusat till en granne och ringt efter polisen. Det här var på den tiden då det fortfarande fanns polisstationer även på små orter som Kungsör, så ganska snabbt var en polisbil på plats.

Efter att ha säkrat att ingen fanns kvar i huset, kunde familjen gå in och se eländet som tjuvarna ställt till med. Alla lådor var utdragna och innehållet låg utslängt över golvet. Allt som kunde innehålla något värdefullt var genomsökt. Anders mamma började gråta då hon såg förödelsen och pappan var så arg att han var alldeles röd i ansiktet.

"Förbannade pack!" Skrek han så saliven sprutade ur munnen.

Då polisen var klar med sin undersökning, kunde familjen börja städa upp och försöka se vad som blivit stulet. Det var inte så mycket, men några guldsmycken och en del prydnadssaker var borta.

Det dröjde länge innan allt blev som vanligt igen. Anders tänkte mycket på den händelsen och han hade mardrömmar om nätterna.

Nästa gång som Anders råkade ut för brottslighet var då han började i högstadiet. Skolan låg inte så långt hemifrån så han promenerade för det mesta. En eftermiddag då han var på väg hem från skolan, fick han se hur två ungdomar gav sig på en gammal man som gick sakta med kryckor. De slog omkull honom och länsade hans fickor, för att sedan snabbt springa därifrån. Anders rusade fram till mannen och hjälpte honom upp. Han hade blivit av med sin plånbok där han förvarade hela sin pension för månaden.

Anders tyckte att det var ganska spännande att bli förhörd av polisen men det var synd att han inte kunde beskriva hur gärningsmännen såg ut. Allt hade gått så fort och han kunde bara berätta att det var två ungdomar som kanske var mellan femton och tjugo år. Senare fick han veta att gärningsmännen gripits men att de båda var under femton år och inte straffmyndiga.

**

Det hände inte så mycket i Kungsör. Men då Anders fyllt femton och precis fått sin första moped, inträffade något som för alltid skulle förändra honom. Hans mamma och lillasyster hade varit på Konsum och handlat. Då de var på väg hem blev de överfallna av ett ungdomsgäng som misshandlade dem och tog maten de köpt. Misshandeln hade varit ganska grov så mamman och systern fick tillbringa flera dagar på sjukhus. Det blev ett ganska stort pådrag och det dröjde inte länge innan ungdomarna åkte fast. Det fanns flera vittnen så det var inga problem med att fastställa brottet. Det visade sig att flera inte var straffmyndiga. Men två av dem var samma personer som några år tidigare rånat den gamla mannen.

Då Anders fick höra att straffen som utdömts var skyddstillsyn för de två äldre killarna och att de övriga endast råkade ut för en anmälan till socialtjänsten, brast det för honom. Han kunde inte för sitt liv begripa varför inte samhället kunde se till att skipa någon form av rättvisa. Det där plågade honom enda tills han en dag bestämde sig för att själv göra något åt saken.

Anders bästa kompis hette Jack Lundin. Han var ett år äldre och ovanligt stor för sin ålder. De hade varit kompisar sedan mellanstadiet och var väldigt lika vad det gällde värderingar och intressen. Anders och Jack hade pratat mycket om det som Anders upplevt och båda var rörande överens om att det fanns en flathet i rättssystemet som de inte kunde acceptera. De hade kommit överens om att försöka göra något åt det, men visste inte riktigt hur.

Den första idén kom då Anders läste i morgontidningen att det härjade en liga av ficktjuvar i Bergslagsområdet. Västerås och Örebro var tydligen värst drabbade och dit var det ju inte så långt. Att ge ficktjuvarna en minnesbeta de sent skulle glömma var en lockande tanke, så Anders började genast att skissa på en idé han fått då han först hörde talas om ligan.

En fredagskväll kom Jack till Anders för att spela labyrintspel. Innan de började spela, tog Anders fram något och gav till Jack.

"Vad är det här för något?"

"Det ser du väl."

Jack kliade sig i huvudet.

"Ja, en råttfälla. Vad ska du med den till?"

Anders flinade, tog råttfällan och lättade på bygeln.

"Kolla här får du se."

Jack flämtade till.

"Va fan, har du satt fast metkrokar?"

"Ja, men bara delar av dom. Som du ser så har jag lött fast spetsar med hullingar. Vad tror du händer om den skulle slå igen om någons hand?"

Jack tog tag i fällan och synade den noga.

"Å fy fan, den skulle fastna och inte gå att få bort och det skulle göra förbannat ont."

"Precis", sa Anders med ett belåtet leende. "Det här är vad ficktjuvarna ska råka ut för då dom försöker sno våra plånböcker."

" Va häftigt, men hur hade du tänkt att det skulle gå till?"

"Jo vi tar varsin plånbok, tom så klart. Sedan limmar vi fast råttfällan på baksidan, spänner fjädern och stoppar ner plåskan väl synlig i bakfickan. Sedan går vi omkring där det är en massa folk och har vi tur så är ficktjuvarna där och passar på."

"Å fy fan, och när den slår igen så blir den sittande i handen på dom."

"Ja, du fattar vilken jävla grej. Det kommer att göra förbannat ont och dom kan inte få bort den själva."

Jack såg lite fundersam ut.

"Tror du inte att dom blir förbannade och kanske drar kniv eller nått?"

"Förbannade lär dom nog bli, men vi skyndar oss därifrån. Dom kommer nog att ha fullt upp med att försöka få bort skiten."

Jack klappade Anders på axeln.

"Jävla bra idé. När ska vi görat?"

"Vi får se. Först måste jag tillverka en till så att vi har varsin. Men det hinner jag i helgen. På måndag kanske, direkt efter skolan? Vi tar mopparna till Västerås och börjar där. Om inte det funkar så tar vi Örebro dagen därpå."

"Okej", sa Jack och började ratta på labyrintspelet.

Kapitel 2

Under helgen tillverkade Anders en fälla till. Det var lite pillrigt att få alla spetsarna från metkrokarna på plats, men snart var allt klart. Ett litet problem som uppstod var att spetsarna gärna ville fastna i byxorna då plånboken drogs upp. Men det gick att fixa genom att först stoppa ner en spegel i bakfickan. En bit sytråd fästes i utlösaren och syddes fast i fickan så att fällan inte skulle slå igen innan den var uppe ur fickan. Jack fick äran att vara försökskanin med en fälla utan krokar och med en tjock handske på handen. Det fungerade alldeles utmärkt och båda var mycket ivriga att få sätta sin plan i verket.

Så blev det måndag och grabbarna drog iväg på sina moppar till Västerås efter skolan. Med plånböckerna lite nonchalant uppstickande till hälften ur bakfickorna, började de gå omkring där det rörde sig en massa folk. De höll sig i närheten av varandra men utan att visa att de var tillsammans. Det hade gått ungefär en timme då Jack kände hur det ryckte till i bakfickan och ett stönande hördes. Han fortsatte gå och kastade en snabb blick på Anders som gick några meter ifrån. Anders uppfattade vad som hänt och stannade till. Där stod en grabb som såg ut att vara något äldre än han själv och höll handen med plånboken framför sig. Han såg förvånad ut och verkade inte fatta vad som hänt. Han skakade lite på handen och det var först då som han kände smärtan. Ett kort skrik och sedan förvreds hans ansikte. Det var flera som såg honom. När de fick se vad han råkat ut för, började en del att skratta. Ficktjuven fick bråttom därifrån. Han skymde handen under jackan och började småspringa. Anders tittade på Jack och gjorde tummen upp.

De fortsatte att gå runt och efter ytterligare en halvtimme ryckte det till i bakfickan på Anders. Han fortsatte gå ett stycke precis som de kommit överens om medan Jack stannade till för att se vad som hände. Den här gången var det en medelålders kvinna som fastnat i rävsaxen. Inte ett ljud kom över hennes läppar, men Jack kunde se hur förtvivlad hon var och förstod hur ont det måste ha gjort. Hon var ganska snabb med att gömma handen så det verkade inte vara någon som lade märke till det som hänt. Inom kort var hon utom synhåll.

Nu var uppdraget utfört så Anders och Jack åkte hem till Kungsör.

Efter den lyckade premiären fortsatte grabbarna i samma spår. De for i skytteltrafik mellan Västerås och Örebro och gjorde även ett försök i Köping, men där gick de bet. Det gick åt en himla massa plånböcker, men de lyckades tigga till sig några slitna exemplar från bekanta.

Tydligen började deras arbete ge resultat. I lokaltidningen hade det uppmärksammats att flera personer hade uppsökt sjukvård för att få metkrokar bortopererade från sina händer. Det kom heller inte så många nya rapporter om fickstölder. Det där kändes väldigt bra för grabbarna. De bestämde sig för att fortsätta se till att tjuvar fick vad de förtjänade.

Efter mycket funderande och bollande av idéer fram och tillbaka, kom de till slut fram till att arrangera en ny fälla. De var inte riktigt på det klara med exakt vad det skulle vara, men något för att locka till sig tjuvar och som skulle resultera i en ordentlig näsbränna.

Under tiden de funderade, passade de på att arrangera några enklare fällor som inte krävde så mycket planering.

Det var ganska vanligt med cykelstölder. Inte för att det var så stora värden som stod på spel, men det kunde vara nog så irriterande för de drabbade. Anders hade själv blivit av med sin cykel och det gjorde att han kände sig ganska peppad på att försöka göra något som skulle svida på en eventuell cykeltjuv.

Jack ägde två cyklar och var villig att offra den ena till ändamålet. Att mickla med hjulen eller styret så att förövaren skulle fara på huvudet var det första de kom att tänka på. Men efter att ha insett vilka konsekvenser det kunde få, beslöt de sig för att hitta på något annat. Det fanns ju risk för allvarliga skador och till och med dödsfall om någon skulle ramla riktigt olyckligt och kanske köra huvudet i en sten. Även om de tyckte att tjuvar får skylla sig själva, insåg de att det måste finnas en viss proportion mellan brott och straff.

Med plånboksfällan i färskt minne kom Andres på idén med att även den här gången använda bygelfällor. Inte de mindre musfällorna de haft utan rejäla doningar avsedda att fånga stora råttor. De hittade en i källaren hemma hos Jack och satte genast igång att tillverka en prototyp. De borrade ett hål genom sadeln och på råttfällan borrade de ett hål genom träplattan. Sedan fäste de en lång stoppnål på fjäderbygeln och fällan skruvades fast på undersidan av sadeln. I utlösaren knöt de en bit nylontråd som också fästes i sadeln. Efter en del mindre lyckade försök hade de snart en väl fungerande anordning. Då någon satte sig på sadeln, utlöstes fällan och skickade upp stoppnålen i hålet genom sadeln. Ett par centimeter rakt in i arslet på cykeltjuven. Det skulle kännas.

En kväll ledde de den preparerade cykeln till Konsumparkeringen. De lutade den mot en gatlykta och gömde sig i ett buskage en bit därifrån. Det passerade en hel del folk utan att bry sig om att det stod en olåst cykel där. Men så kom ett gäng grabbar som verkade vara i samma ålder som de själva. Två av dem kände de igen från skolan, men de övriga verkade inte vara från byn. En av dem kollade på cykeln och stannade till.

"Hörni grabbar, hojen är olåst. Ska vi ta den?"

De andra verkade inte bry sig utan fortsatte gå. Killen tog i alla fall tag i cykeln, hoppade upp och trampade några varv för att sedan sätta sig på sadeln. Då small det till och killen gav upp ett skrik som nog hördes över halva byn. Han kastade cykeln och haltade bort till de andra som inte uppfattat vad som hänt. Då de fick hela bilden klart för sig började de gapskratta. Det var inte lika roligt för cykeltjuven som hade väldigt ont och höll sig för baken hela tiden. Anders och Jack hade svårt att hålla sig för skratt, men lyckades skärpa sig. Då killgänget kommit utom synhåll, skyndade de sig fram och gillrade fällan på nytt.

Den här gången blev det en lång väntan och de var nästan på vippen att avsluta, då en överförfriskad medelålders man i skrynklig kavaj närmade sig cykeln med bestämda steg. Efter att ha kontrollerat att den var olåst, tog han den och trampade iväg. Han stod ganska länge innan han satte sig och var nästan utom synhåll då han fick nålen i arslet. Först verkade han inte fatta vad som hänt, utan fortsatte skrikande innan han körde omkull och körde handflatorna i asfalten. Killarna blev lite oroliga för att han skadat sig. Men då han reste sig och svärande började gå, förstod de att de kroppsliga skadorna förmodligen var mindre allvarliga än den skada som hans ego fått.

Det var ganska många som hade ont i skinkorna efter att ha tagit sig friheten att försöka stjäla cykeln. Precis som med plånboksfällorna, så fortsatte Anders och Jack med cykelfällan tills de inte tyckte att det var lika roligt längre. Men nu hade de fått blodad tand.

Kapitel 3

Anders ock Jack fantiserade om vad som mer skulle kunna göras. Det kom upp en del idéer som kanske inte var så väl genomtänkta, men också sådant som var fullt genomförbart. Det gällde att utforma en plan där inga oskyldiga skulle drabbas. Ett tag var de inne på att preparera ett paket med krut så att en eventuell tjuv skulle få en obehaglig överraskning då han öppnade paketet. Men risken fanns att ett barn skulle kunna råka illa ut.

Den här gången var det Jack som kom på en brilliant idé.

"Du Anders. Syrran och hennes kille hade inbrott i deras jordkällare i höstas. De blev av några flaskor äpplevin."

"Jo, det minns jag att du berättade. Dom bor i Torpa va?"

"Ja, i ett gammalt hus de köpte för två år sedan. Tobbe, syrrans kille du vet, var så jävla förbannad efter det där. Han såg vilka det var men hann inte i fatt dom. När han sedan anmälde inbrottet så la polisen ner ärendet då det inte fanns några bevis. Han tänkte ta saken i egna händer och ge dom en rejäl omgång, men det satte syrran stopp för. Vi kanske skulle övertala honom att få låna jordkällaren ett tag?"

"Jaha, och vad skulle vi ha den till? Låsa in eventuella tjuvar?"

"Nej, men vi kan se till att placera något åtråvärt där som vi preparerar. Vi ställer dit några flaskor vin som vi pissar i."

Anders började skratta.

Men va fan, inte skulle dom dricka den skiten."

"Det skulle ju inte bara vara piss i flaskorna. Vi häller ut lite vin och pissar en skvätt i varje flaska. Då kommer dom inte att märka något."

"Men vad är det då för vits?"

"Jo, sen sprider vi ut att flaskorna var preparerade och när tjuvarna får höra det så lär dom må ganska dåligt ett tag framöver."

"Du, det där kommer aldrig din syrra att gå med på. Du vet ju hur hon är."

"Jodå, det vet jag. Men nu är det så att hon ska åka till Kanarieöarna och då skulle vi kunna passa på."

"Men ska inte Tobbe med då?"

"Nej, hon ska åka med några tjejkompisar och karlarna får inte följa med."

"Okej, men hur ska vi lyckas locka dit någon?"

"Det är väl inte så svårt. Vi vet ju vilka som var där sist och om vi sprider ut ett rykte att ingen är hemma och att det finns vin i jordkällaren, så ska du se att det tar skruv."

"Så du menar att vi ska försöka få dit samma killar igen?"

"Javisst! Dom slapp ju undan sist. Det ska dom inte göra den här gången."

Anders tyckte att det verkade vara en ganska kul idé. Visserligen var väl inte stöld av några flaskor vin något att bli så oerhört upprörd över. Men rätt ska vara rätt och även om brottet inte varit så grovt så krävdes i alla fall någon form av rättvisa. Sist hade de ju klarat sig utan någon som helst påföljd.

"Okej, men hur hade du tänkt att vi skulle locka dit dom?"

"Det blir nog inte så svårt. Vi vet ju var dom brukar hålla till och om vi håller oss i närheten så dom kan höra vad vi säger, ska du se att dom kommer att nappa på betet.

***

Bröderna Berglund var kända på byn. De hade varit stökiga redan från lågstadiet och det hade inte blivit bättre med tiden. Deras föräldrar hade mer eller mindre resignerat. Då varken stryk eller mutor hade hjälpt, hoppades de på att tiden skulle ta ut sin rätt och att pojkarna till slut skulle mogna och begripa att det var dags att lägga av med alla dumheter. Ibland hade tanken slagit bröderna, men de var ganska glada i alkohol och ruset var inte precis någon bra källa till eftertanke.

De brukade hålla till utanför pressbyrån om kvällarna där det ofta samlades ungdomar. Anders och Jack var också där ibland men hade ingen närmare relation till dem. Fast det skulle vara ganska enkelt att låta bröderna få kännedom om att det fanns vin som stod och väntade och att de som bodde där var bortresta.

Jacks svåger Tobbe var inte svårt att övertala. Han tyckte att det var en strålande idé och lovade att offra några pavor hemmagjort vin. Han hade länge gått och grunnat på hur han skulle kunna sätta bröderna Berglund på plats. Han var stor och stark och skulle med lätthet kunna ge dem en rejäl omgång. Men då skulle han komma i onåd hos Sussi och det ville han inte riskera.

Snart var alla förberedelser klara. I jordkällaren i Torpa stod fyra flaskor vitt vin prydligt uppradade på en trähylla.

Sussi hade åkt och Tobbe hade bytt ut det kraftiga hänglåset mot ett mindre som var mer lättforcerat.

Anders och Jack hängde utanför pressbyrån några kvällar och snart var bröderna Berglund också där.

De spelade lite berusade och ställde sig så nära att bröderna kunde höra vad de snackade om.

Anders lade armen om Jack.

"Du, va fan, är inte din syrra och svåger i Torpa bortresta?"

"Jo, dom är på Kanarieöarna."

"Visst har han väl vin i jordkällaren?"

"Jo, jag tror det."

"Det blev ju stulet i höstas. Är han inte rädd för att det blir stulet igen?"

"Nej, det tror jag inte. Han har satt dit ett hänglås."

"Men det är väl bara att klippa av?"

"Jo, men vem skulle ha en bultsax med sig? Det är nog ingen fara."

Bröderna Berglund såg på varandra. De hade hört allt och genast förstått vilket ställe det rörde sig om. Det dröjde bara en kort stund innan de gav sig iväg. Jack skyndade sig till telefonkiosken och ringde Tobbe.

"Du! Nu är det nog på gång."

Dagen därpå åkte Anders och Jack ner till Shellmacken där Tobbe jobbade. De såg genast på hans belåtna uppsyn att det hade gått som planerat.

"Jodå, det var besök i går kväll precis som ni trodde. Jag hade släckt överallt och låg med kikaren i sovrumsfönstret. Dom kunde inte hålla sig utan korkade upp redan på plats. Jag tror att dom fick i sig en hel flaska innan dom lämnade tomten."

Jack nickade och smålog.

"Okej, då åker vi ner till torget i kväll och sprider ut vad som fanns i flaskorna."

Bröderna Berglund var ganska nöjda med att så enkelt kunnat få tag i fyra flaskor vin. Visserligen hade det smakat lite beskt men de hade blivit fulla och det var huvudsaken.

Då de så småningom fick kännedom om vad flaskorna innehållit, var de inte lika nöjda längre. Först hade de inte trott på ryktena, men vid närmare eftertanke kunde de känna den bittra smaken i munnen och förstod att det mycket väl kunde vara sant. Vitt vin var något som de fortsättningsvis inte var särskilt sugna på.

Kapitel 4

Anders och Jack fortsatte att gillra fällor så att oärliga personer fick någon typ av straff för sina gärningar. Men ryktet hann ifatt dem och snart insåg de att de inte varit tillräckligt försiktiga. Det började uppstå situationer där de kände sig hotade och i och med det, beslutade de sig för att lägga av. Det hade inte blivit någon direkt fysisk konfrontation. Jack som hade rykte om sig att vara överjävlig då det kom till slagsmål, blev som en garant för att ingen vågade ge sig på dem. Men det ryktades om att vissa personer planerade att använda kniv och det gjorde beslutet om att lägga av enkelt.

***

Då killarna ryckte in i lumpen skiljdes deras vägar åt. Jack skaffade flickvän i närheten av Linköping där han tjänstgjorde och flyttade så småningom dit. Där startade han en egen rörelse där han rustade upp gamla motorcyklar och veteranbilar som han sedan sålde vidare. Det gick bra för honom och han kunde så småningom skaffa bättre utrustning och utöka sin verksamhet

Anders hade blivit biten av militärlivet och tog efter lumpen värvning. Han visade sig ha goda ledaregenskaper och avancerade snart till löjtnant. Men han kände sig lite vilsen då han slutade efter flera år i det militära. Han hade själv sagt upp sig då han råkat i slagsmål med ett högre befäl efter en blöt fest.

Ett tag såg det faktiskt inte så bra ut för honom. Han hade problem med spriten och hade svårt att anpassa sig till ett normalt leverne.

Men 1985 fick han anställning hos en bekant som hade en tobaksaffär i Västerås och samtidigt träffade han Liselott. Det blev vändpunkten för honom och han tog sig i kragen.

Efter några år i tobaksaffären beslöt han sig för att byta bana. Han hade just blivit pappa till en liten kille och lägenheten i Västerås började kännas trång. I sin tjänstgöring inom militären hade Anders jobbat med radioteknik och kryptering och intresset för datorer och digitalteknik hade stegrats i och med den snabba utvecklingen. Anders var kunnigare än de flesta trots att han bara haft det som hobby. Nu kändes tiden mogen att ta intresset ett steg längre och börja tjäna pengar på sitt kunnande.

Det var lite motigt i början, men snart vände det och verksamheten började gå riktigt bra. Efter några år kunde familjen flytta ut till en nybyggd villa på landet inte långt från barndomshemmet i Kungsör.

***

Anders och Jack hade bara haft sporadisk kontakt efter det att Jack flyttat till Linköping. Men i slutet av november, dagen då Anders fyllde 52 år, ringde plötsligt mobilen och han kunde höra en välbekant men ändå främmande röst.

"Tjenare din gamla nörd. Hör du vem det är?"

Anders letade febrilt i minnet. Han kände så väl igen rösten men kunde inte riktigt placera den.

"Va fan, är det inte Jack?"

"Jo visst, det var inte i går. Hur är det med dig?"

Anders visste inte riktigt vad han kände. Han hade saknat sin kompis, men så mycket annat hade kommit emellan och nu var det mer än tjugo år sedan de haft någon kontakt.

"Det är bra. Hur är det själv?"

Jack och Anders pratade länge och snart hade de båda en ganska klar bild över hur livet utvecklat sig för dem. Minnen från förr kom upp till ytan och snart kändes den långa frånvaron inte så lång längre. De kom överens om att återuppta kontakten och att det skulle ske ganska snart.

Anders drömde sig tillbaka till ungdomsåren då han och Jack ständigt umgicks och hittade på så mycket spännande tillsammans. Han mindes den ljuva känslan då tjuvar och andra kriminella fick vad de förtjänade. Nu var det länge sedan han hade tänkt på det. Tiden hade sprungit iväg och han hade inte råkat ut för något som fått honom att börja tänka i gamla banor. Visst hade han läst i tidningar och sett på nyheterna hur brottsligheten frodades och hur våldet i samhället bredde ut sig, men det hade inte drabbat honom personligen.

***

Strax efter nyår träffades de. Det var Jack som kom till Anders precis som de bestämt. Det var ett kärt återseende men en märklig känsla. Tjugo år är en lång tid och de betraktade varandra noga för att se om det fanns några kännetecken kvar från förr. Båda hade lagt på sig en del extra hull och det är klart att tiden hade satt sina spår på olika sätt.

Men nog var det samma gamla polare som då de var unga. Den saken var säker.

Anders kände på Jacks armar som var grova och hårda.

"Jaså du, det är till att springa på gym? Är inte du stark så det räcker utan att behöva fjanta dig med fjollorna som står och kråmar sig framför speglarna på gymmen?"

Jack flinade.

"Jag går inte på gym men jag tränar lite hemma när jag får lust. Det kan vara bra att ha lite styrka fast man blir äldre. Speciellt när man vet vad som ligger framför en."

Anders undrade vad han syftade på, och då han frågade kunde han ana en sorgsenhet i blicken. Jack flinade inte längre.

"Jo, det har hänt en grej som jag måste ta itu med, men jag vet inte riktigt hur jag ska göra. Jag behöver lite råd och då tänkte jag på dig. Du är den smartaste person jag känner."

Anders rodnade. Ett sådant fint omdöme hade han aldrig fått förut.

"Men vad är det som har hänt?"

Jack harklade sig.

"Linköping är inte som Kungsör. Det kan vara svårt att tro, men det florerar en jävla massa brottslighet där. Kriminella gäng som förpestar tillvaron för vanligt folk. Det har blivit ett himla gissel på senaste tiden. Många undviker att gå ut på kvällarna och speciellt i närheten av det som betecknas som särskilt utsatta områden."

Anders nickade.

"Jo, man har ju hört en del på nyheterna. Men hur har det drabbat dig?"

Jack blev tårögd och halkade på orden.

"Det är min dotter Saga. Hon blev våldtagen av två killar."

"Men va fan säger du? Åkte dom fast?"

Jack suckade uppgivet.

"Jodå, det gjorde dom och blev dömda i tingsrätten. Men i hovrätten blev dom friade. Det gick inte att fastställa vem som gjort vad och om det eventuellt funnits ett samtycke från Sagas sida. Det var ju det dom hävdade dom jävla svinen."

Anders kände hur ilskan började koka inom honom.

"Så nu går dom alltså fria på gatorna och skrattar åt vår fina rättsskipning. Fy fan, säger jag. Men hur är det med Saga?"

"Ja, det förstår du väl att hon mår skit. Hon blev inte så illa skadad fysiskt, men psykiskt är det ju en jävla katastrof. Hon gråter sig till söms om kvällarna och vågar inte gå ut ensam."

"Bor hon hemma hos er?"

"Hon gjorde det direkt efter att det hänt och så länge rättegångarna pågick, men nu har hon flyttat tillbaka till sin lägenhet. Det känns inte alls bra och jag är jävligt orolig. Men hon säger att det är lugnt och jag får väl tro henne."

"Så det går inte att överklaga ytterligare ett steg, till högsta instans?"

Jack skakade på huvudet.

"Nej, vi hade hoppats på det, men advokaten säger att det inte är någon idé då det inte framkommit några nya bevis."

Anders lade pannan i djupa veck och funderade en lång stund.

"Så det är alltså nya bevis som måste fram. Hur länge sedan är det?"

"Övergreppet skedde för två år sedan och rättegången i hovrätten var för ett halvår sedan."

"Hur har du tänkt? Vad är det du vill göra?"

Jack såg in i Anders ögon med en kall blick.

"Jag vill att Saga ska få upprättelse. Dom två svinen ska straffas för vad dom gjort."

Anders fick en flashback och var tillbaka som ung kille då de tillsammans straffat ohederliga personer på olika sätt. Spänningen som stegrats under planeringen och den stora tillfredsställelse som infunnit sig då de lyckades med sina planer.

"Jag förstår precis hur du känner det. Men om vi nu skulle få fram bevis och dom dömdes, inte skulle väl straffet bli särskilt långt då?"

Jack skakade på huvudet.

"Nej, kanske något år med bra mat, tv på rummet och tillgång till internet och fritidsaktiviteter. Då är dom tillräckligt utvilade när dom kommer ut. Nej fy fan! Dom ska ha ett kännbart straff som får dom att ångra djupt att dom gav sig på Saga. Det ska jävlar bli medeltid."

Anders nickade medhållande.

"Har du snackat med Gudrun om det här?"

"Nej, det skulle inte funka. Hon skulle aldrig tillåta att jag utsatte mig för fara även om hon också vill att Saga ska få upprättelse."

"Då är det nog klokt att säga så lite som möjligt. Det är klart att vi ska hjälpas åt. Men säg bara att vi ska försöka få fram mer bevis, inget mer."

Jack nickade och de skakade hand precis som de gjort då de var unga och bestämt sig för att vidta en åtgärd.

Anders sade inget till sin fru. Nog för att de var öppna och ärliga mot varandra och kunde prata om det mesta. Men vissa saker var bäst att hålla för sig själv. Så klart berättade han om det hemska som Jacks dotter och hela familjen varit med om. Han berättade bara att han skulle hjälpa till så gott han kunde för att hon skulle få upprättelse. Men han nämnde inget om hur det skulle gå till och att det eventuellt skulle kunna bli både riskabelt och olagligt.

Det var ett stort misstag. Om han hade berättat vad som var i görningen hade Liselott förmodligen stoppat det hela, och livet hade aldrig tagit den tragiska vändning som det senare skulle göra.

Kapitel 5

Efter en tids intensivt tankearbete hade Anders ganska klart för sig hur de skulle gå till väga. Han hade noga övervägt alla risker, och var nu tämligen övertygad om att de på egen hand skulle kunna ta itu med saken själva utan att blanda in rättsväsendet på något vis.

Det blev bestämt att Jack skulle försöka kartlägga så mycket som möjligt av gärningsmännens liv. Ta reda på var de bodde och hur de spenderade sina dagar. Det var lättare sagt än gjort då han hade både arbete och familj. Men han gjorde så gott han kunde och efter några månader hade han en ganska bra överblick, tyckte han själv.

Många gånger hade han varit sugen på att själv ge sig på dem, en efter en. Slå dem sönder och samman. Det skulle han säkert klarat av. Men det skulle innebära fara för den övriga familjen och det ville han inte riskera. Han hade ganska bra kännedom om hur det fungerade i dessa kretsar efter alla rättegångsdagar och de många dokumentärer han sett på tv. Så han nöjde sig med att göra precis som Anders hade sagt till honom. Samla och dokumentera information, inget annat.

Jack och Anders hade telefonkontakt varje vecka då Jack redovisade vad han fått reda på. Några gånger åkte Anders till Linköping så de kunde prata och planera. Det faktum att förövarna bodde i samma hyreshus och umgicks dagligen gjorde det hela lite lättare.

***

I början av maj blev det bestämt att de skulle genomföra sin plan. Den gick ut på att läcka information som skulle få dem att befinna sig på samma plats vid en speciell tidpunkt. Någonstans där inga vittnen fanns och som inte kunde spåras eller på något vis förknippas med varken Jack eller Anders.

Det var Jack som hade hittat platsen. Ett övergivet torp långt inne i skogen. Han hade av en slump hittat stugan då han åkt fel när han letade efter en ädelfisksjö som skulle ligga i närheten. Det var flera år sedan. Stugan var i gott skick utvändigt men man kunde tydligt se att ingen varit där på mycket länge. Han hade känt på dörren och den var upplåst.

Han hade funderat på att skaffa en sommarstuga med avskilt läge och att den också låg ganska nära en sjö gjorde det hela väldigt lockande.

Jack hade tagit reda på fastighetsbeteckningen och vem som ägde huset. Det visade sig att ägaren bodde utomlands och inte hade en tanke på att varken sälja eller hyra ut. Inte heller hade han haft för avsikt att själv nyttja fastigheten på något vis.

"Kanske när jag blir gammal" hade han snäst i telefonen för att sedan avsluta samtalet.

Nu skulle det komma väl till pass. Ett litet hus utan insyn och med en ägare som förmodligen inte skulle vara där inom överskådlig tid.

"Perfekt", sa Anders och såg belåten ut då han fick höra om huset.

"Det är dit vi ska locka dom och det är där som dom ska betala priset för vad dom gjort."

Det som Anders hade planerat var ett upplägg ungefär som när de var unga, och lurat bröderna Berglund i Kungsör att bege sig till jordkällaren i Torpa. Men den här gången skulle inte gärningsmännen komma så lindrigt undan som bröderna Berglund gjort. Nej nu skulle det bli medeltid precis som Jack önskade. Ett straff i proportion till brottet och det skulle inte bli humant.

***

Anders begav sig till Linköping och stannade där över helgen. De åkte ut till torpet i skogen för att se till att allt var som det skulle. Det var dammigt i stugan och fullt av flugor och musskit. Konstigt nog verkade det som om ingen varit inne trots att det stått öde och olåst så länge. Ungdomar brukar ju inte vara sena med att utforska övergivna fastigheter, men den här hade de tydligen missat.

Jack fick fatt i en sopborste och började sopa.

"Lite ordning ska det väl i alla fall vara då dom kommer hit. Eller hur?"

Anders nickade trots att han inte hört vad Jack sagt. Han hade annat i tankarna. Han funderade över hur de skulle göra då gärningsmännen var på plats. Jack hade tydligt uttryckt att de skulle kastreras. Det tyckte egentligen Anders också, men det skulle behöva utföras av medicinskt kunnig personal för att inte riskera att någon förblödde och dog. Det skulle visserligen vara rätt åt dem, men då skulle det klassas som mord eller dråp. Det kunde få tråkiga konsekvenser.

Då de förvissat sig om att det inte fanns några konstigheter, gick Anders ut i bilen och hämtade sin ryggsäck han haft med sig. Där fanns allt som skulle behövas för det som skulle ske i torpet. En skokartong fylld med mjöl i plastpåsar, noggrant försluten med silvertejp. En halv flaska whisky och två små snapsglas samt en handskriven lapp där det stod: "Tack för en bra affär. Det skålar vi på."

Jack tittade på sakerna Anders lagt fram och log.

"Tror du det kommer att funka?"

Anders ryckte på axlarna.

"Vem vet? Men med lite tur så. Vi vet ju att båda inte har något emot alkohol, och dom kommer säkert att vilja skåla med varandra över att på ett sånt enkelt sätt ha fått fatt i ett kilo koks utan att behöva betala."

"Vad är det du hällt i drickat?"

"Jag vet inte vad det heter, men det är samma substans som man har i bedövningspilar då man ska söva vilda djur."

Jack såg förvånad ut.

"Men hur i hela friden har du fått tag på det?"

"Jag hade det faktiskt hemma. Jag fick det av en veterinär jag gjort ett jobb åt. Det var då vi hade hund och den började bli gammal. Jag våndades mycket över hur det skulle bli då vi skulle vara tvungna att avliva honom. Jag fick för mig att han skulle veta vad som var i görningen då det var dags att åka till veterinären. Det var då jag berättade om mina farhågor som veterinären gav mig medlet.

"Okej, men tror du att det räcker till för två vuxna karlar?"

"Jo, det är jag säker på. Veterinären sa att jag bara behövde ta en fjärdedel till hunden för att han skulle sova djupt. Nu har jag hällt i hela flaskan."

"Ja eller minus en fjärdedel då som hunden fick?"

"Nej, det blev aldrig aktuellt. Han dog en naturlig död. Knall och fall bara. Det enda jag är lite osäker på är hur effekten blir om man blandar det med alkohol. Men vad jag kunnat få fram på nätet ska det inte vara något problem."

Anders ställde sakerna högst uppe i ett skåp.

"Hoppas nu bara att inga ungdomar får för sig att komma hit."

Då var fas ett i planen genomförd. Fas två var att få förövarna att nappa på betet och bege sig ut till torpet.

***

Jack hade noterat att de båda männen brukade äta pizza tillsammans varje fredagskväll. På samma ställe och ungefär vid samma tid. Om det nu inte skulle ske just den här gången skulle det vara en förbaskad otur.

Klockan fem på fredagskvällen begav sig Anders och Jack till pizzerian. Jack kunde genast se att allt gått planenligt och bröderna satt vid ett fönsterbord och mumsade på varsin pizza. Jack hade ju mött dem under rättegångarna så han bar solglasögon och en nerdragen keps för att inte bli igenkänd.

Risken var nog inte så stor då han under rättegångarna inte lyckats få ögonkontakt med någon av dem, men det var bäst att vara försiktig.

De gick in, beställde varsin Fanta och satte sig vid ett bord intill de båda männen. När de druckit upp drickan och avslutat sitt lågmälda samtal, sträckte Jack över ett kuvert till Anders samtidigt som han hostade till för att få männens uppmärksamhet. Det lyckades och Anders stoppade skyndsamt undan kuvertet och såg lite orolig ut. De reste sig samtidigt och när de passerade männens bord lät Anders kuvertet slinka ur fickan så det hamnade på golvet. Det noterades av de båda männen som inte låssades om något förrän Anders och Jack kommit utomhus.

Anders pustade ut. En av hans farhågor var att de skulle vara så pass ärliga att de skulle säga till att han tappat något. Men som tur var gjorde de inte det.

Jack och Anders såg genom fönstret att en av männen plockade upp kuvertet och öppnade det.

Anders klappade Jack på axeln.

"Okej, då var fas två avklarat. Nu får vi hoppas att dom nappar på betet."

Kapitel 6

Fedor kastade en snabb blick på sin kompis Alexi.

"Såg du att dom tappade något?"

Alexi nickade och smålog med sitt sneda leende.

"Jodå, hoppas det är cash, det kan vi behöva."

Fedor såg sig omkring. Det var glest med gäster den här kvällen och ingen verkade ha noterat kuvertet på golvet. Han sträckte sig och plockade upp det. Det var med stor besvikelse han upptäckte att det inte var några pengar. I stället var det ett brev och en hopvikt karta. Han tittade som hastigast på texten och räckte sedan över det till Alexi.

"Jag kan fan inte läsa den här skiten. Läs du."

Alexi tog brevet och började läsa tyst för sig själv. Då han läst klart stirrade han på Fedor med en konstig min. Fedor stirrade tillbaka.

"Va fan är det? Vad står det?"

Alexi läste igen.

"Du, det här kan vara något stort. Det handlar om en knarkaffär. Kom vi måste dra innan dom kommer tillbaka."

Fedor var irriterad.

"Ja, men berätta då för helvete."

Alexi reste sig hastigt.

"Jag berättar sen. Nu drar vi hem innan snubben upptäcker att han tappat brevet."

Fedor hängde på. Nu var han vansinnigt nyfiken på vad som stod i brevet. Med raska steg skyndade de sig till bilen. Strax var de framme vid huset där de båda hade sina lägenheter. De småsprang upp för trapporna och satte sig andfådda i soffan. Alexi tog upp brevet ur byxfickan.

"Nu ska du få höra."

Han började läsa något stakande.

"Leverans sker kl. 09.00 på söndag. Du hämtar exakt kl. 11.00. Kommer du för tidigt eller för sent kan det skita sig. Varorna ligger i skåpet ovanför spisen och du lägger betalningen där kartongen ligger. Kl. 12.00 hämtas betalningen och då ska du vara långt därifrån. Är det något som inte stämmer då så ligger du pyrt till. Huset finns på kartan och det är upplåst. Jag kommer att vara bortrest och har mobilen avstängd så du kan inte kontakta mig förrän på måndag vad som än händer.

Glöm inte att skåla. Ta två. En för mig också.

//Tony"

Fedor satt med öppen mun.

"Va fan handlar det här om?"

"Tja, det är väl ganska uppenbart. Ett tjackparti som ska byta ägare och det kan ju inte vara några små mängder om man gör på det här viset."

Fedor förstod inte allt.

"Men om han tappade brevet vet han ju inte om något?"

"Nej, men vi vet att det sker en leverans på ett visst klockslag. Det är bara för oss att åka och hämta skiten."

Fedor började få bilden klar för sig, men alla bitar hade inte fallit på plats.

"Okej jag fattar, men när han upptäcker att han tappat brevet kommer han ju att kontakta sin kompis, eller hur?"

Alexi suckade tungt.

"Men va fan, hörde du inte vad jag läste? Kompisen skrev att han skulle vara okontaktbar. Så varorna kommer att levereras och det är bara för oss att hämta. Det är ju för fan rena julafton. Det kommer inte att upptäckas förrän pengarna ska hämtas och då ligger den där idioten jävligt pyrt till."

Fedor sken upp med hela ansiktet.

"Vad tror du det är? Kola?"

Alexi ryckte på axlarna.

"Kanske, eller också heroin. I alla fall lär det inte vara något lättare, då skulle dom kursat det på gatan. Vi åker dit i morgon och kollar var det ligger så vi hittar dit på söndag."

Fedor gnuggade sig i ögonen.

"Varför tror du att det var så noga med tiden?"

Alexi ryckte på axlarna.

" Inte fan vet jag. Det kanske sker fler transaktioner där? Det verkar ju ligga ganska öde om man tittar på kartan."

" Kanske det. Ja, då är det väl bäst att vi är noggranna. Det vore ju taskigt om vi skulle stöta ihop med någon."

Alexi nickade eftertänksamt.

"Prick klocka 11 på söndag. Se till att du är pigg och alert då. Inget jävla supande i morgon, fattar du?"

Fedor nickade. Supandet kunde gott vänta till de kursat varorna och hade cash. Då jävlar skulle det festas.

***

Dagen därpå åkte de som planerat för att leta reda på var stugan låg. Det var inte helt enkelt att tyda kartan, men efter några felkörningar kom de rätt till slut. De gick inte fram utan nöjde sig med att vara säkra på hur de skulle hitta i morgon.

Fedor kände sig lite orolig.

"Tänk om vi möter någon på vägen som kan misstänka att vi kan vara inblandade? Det är nog inga smågangsters ifall det är ett stort parti"

Alexi skrattade.

"Spelar roll då, vi byter skyltar innan vi åker. Då kan dom inte spåra oss i bilregistret."

Fedor kände sig genast lite lugnare. Alexi var verkligen en klippa. Han hade koll på det mesta.

***

Morgonen därpå vaknade Fedor av ett ilsket bankande på lägenhetsdörren. Han satte sig yrvaket upp i sängen och hasade fram och tittade i dörrkikaren. Det var Alexi och han såg inte särskilt glad ut. Fedor öppnade och tog några steg bakåt.

"Hörru din jävel! Är du inte färdig? Vi måste åka snart."

Fedor kastade en hastig blick på klockan och såg att han hade sovit lite för länge.

"Lugna dig, du behöver väl inte skrika. Jag är klar om två minuter, ska bara klä på mig."

Alexi flinade.

"Typiskt dej att ligga och dra dig när vi har så viktiga saker att uträtta. Du låg väl förstås och runkade?"

"Nej, det gjorde jag inte. Jag låg faktiskt och drömde."

"Jaså, det kan jag tro. Vad drömde du då? Att du satte på din morsa?"

Fedor svarade inte. Ibland kunde han tycka att Alexi var lite för mycket. Visserligen såg han upp till honom, men han kunde också vara jävligt jobbig. Inte minst då han var full eller påtänd.

Någon frukost hanns inte med förutom ett halvätet äpple som Fedor fick med sig i farten.

Alexi var sammanbiten då han körde. Han försökte hålla hastighetsbegränsningarna fast det bar emot. Det skulle ju vara otur om de åkte fast för fortkörning och inte hann fram i tid.

Men fem i elva var de framme. De hade inte mött någon bil på skogsvägen och inget liv syntes till i närheten. Alexi klappade Fedor på axeln.

"Nu går vi och hämtar skiten."

Dörren var öppen precis som det stått i brevet. Efter en snabb blick bakåt, gick de in genom dörren. Alexi skyndade sig fram till spisen ställde sig på en stol och öppnade luckan till skåpet ovanför. Där stod en kartong, en halv flaska whiskey och två glas. På en handskriven lapp stod det "Tack för en bra affär, det skålar vi på."

Alexi började gapskratta.

"Ja jävlar, det ska vi göra."

Han räckte över kartongen till Fedor.

"Känner du tyngden? Det är säkert ett par kilo."

Fedor började genast att slita i tejpen.

"Sluta för helvete, det där hinner vi inte med. Vi kollar när vi kommer hem."

Fedor tittade förvånat på Alexi.

"Men vi måste väl se vad som finns i, det kanske inte är vad vi tror?"

"Skit samma. I alla fall lär det vara något riktigt värdefullt. Nej, nu ska vi skåla för vår generösa leverantör."

Han hällde upp rikligt med whiskey i glasen och räckte över det ena till Fedor.

"Skål bror för ett riktigt kap."

Båda svepte innehållet och Alexi kastade skrattande glaset i väggen så det gick i tusen bitar. Fedor gjorde likadant.

De hann nästan komma till dörren då de båda började känna sig konstiga och var tvungna att sätta sig på golvet. Med en kraftansträngning lyckades Alexi resa sig och ta sig fram till ytterdörren, öppna den och stappla ut på trappen. Sedan föll han ihop.

Kapitel 7

Anders och Jack hade parkerat på en liten igenvuxen skogsväg en bit därifrån. De hade sedan smugit fram och satt nu och tryckte bakom ett buskage med full insyn över stugan. Jack hade varit skeptisk och trodde länge att allt skulle gå i stöpet. Men Anders var hoppfull och snart skulle det visa sig att hans känsla varit rätt. Nästan på pricken klockan fem i elva hördes ljudet av en bil. Jack började andas häftigt. Han kände genast igen männen som klev ur bilen. Han kände en stark lockelse att rusa fram och ta itu med dem, men Anders väste till honom.

"Var tyst och ligg still. Snart blir det din tur, då ska du få din hämnd. Men först måste vi vara säkra på om att dom dricker tillräckligt av whiskyn. Om det visar sig att dom hoppar över det momentet är det inget vi kan göra. Vad som än händer så får vi inte röja oss. Det skulle kunna bli farligt."

Jack nickade. Han förstod allvaret i situationen.

Det blev en nervös väntan innan dörren öppnades och den ene mannen stapplade ut och segnade ner.

Jack skulle precis rusa fram men Anders höll honom tillbaka.

"Vänta lite. Snart sover dom riktigt djupt och då är det ingen risk att gå fram."

När Anders tyckte att tiden var mogen, gick de fram. De drog ner mannen från trappan och kikade in genom den öppna dörren. Där på golvet låg den andre mannen.

Anders kände sig nöjd. Det hade gått precis som han räknat med. Han tog tag i Jack.

"Nu har vi minst en halvtimme på oss innan dom börjar
kvickna till. Jag hämtar grejorna i bilen så du får vara ensam
med dom en stund. Men gör för helvete inte det du så gärna
vill. Dom ska komma levande ur det här, kom ihåg det."

Jack nickade utan att höra vad Anders sagt. Han var i en
annan värld, så uppfylld av hämndbegär att inget annat
existerade.

Då Anders var utom synhåll drog Jack fram sin kniv, rullade
runt den ene mannen på rygg och satte sig över honom. Han
slet isär skjortan så att bröstkorgen blottades. Med den vassa
knivspetsen ristade han in ett ord i mannens bröstkorg. Han
ristade djupt men inte så djupt att några viktiga blodådror kom
till skada. Bokstäverna blev inte särskilt bra men man kunde
tydligt urskilja vad det stod. VÅLDTÄKTSMAN.

Sedan tog han itu med den andra mannen och gjorde likadant
med honom. Han avslutade med några hårda sparkar mellan
benen på dem. Han tog i som om han sparkade på en fotboll
där det var långt till målet och hoppades att det skulle ha
samma effekt som en kastrering. De stönade lite men verkade
fortfarande sova djupt. Jack torkade svetten ur pannan. Han
såg på dem och kände sig nöjd.

Anders dök upp med en väska. Då han fick se vad Jack gjort
blev han förskräckt. Han tittade skräckslaget på Jack.

"Men vad i helvete har du gjort? Jag sa ju att vi inte fick röja
oss."

Jack fattade ingenting.

"Men det har jag väl inte?"

Anders suckade tungt.

"Det är väl inte så svårt att begripa att dom kommer att förstå att det har med våldtäkten att göra. Du har ju skrivit det framför ögonen på dom."

Det började gå upp för Jack vad han ställt till med.

"Förlåt, men jag kunde inte behärska mej. Förhoppningsvis kommer dom inte att misstänka att jag har något att göra med det. Det är nog inte vanligt att någon som inte är kriminell gör något sånt här."

Anders nickade.

"Gjort är gjort och det är inget vi kan göra åt det. Jag kan förstå att du reagerade så här. Men nu ser vi till att göra klart. Dom kommer snart att vakna och då ska vi vara härifrån."

Anders grävde i väskan och tog fram en rulle silvertejp och ett snöre.

"Okej, var är myrstacken vid granen vi såg?"

Jack pekade.

"Där är den."

Det var tungt att släpa på en lealös kropp men snart låg båda vid en stor myrstack alldeles intill en gran. Jack knäppte upp byxorna på männen och Anders hajade till då han såg deras blåslagna genitalier.

"Det var alltså så du gjorde. Ja, det var dom väl värda. Hjälp till så baxar vi upp dom."

Med gemensamma krafter lyckades de placera männen på myrstacken. Anders hämtade tejpen och snörena, tejpade deras fötter och band ihop händerna bakom granen.

Sedan tog han fram en burk med sylt som han hällde ut över deras könsorgan.

Då så, då måste vi ge oss iväg. Dom lär snart vakna och då blir det nog liv i luckan.

Jack såg lite fundersam ut.

"Kommer dom att kunna ta sig loss?"

"Ja, det är klart. Det lär ta några timmar men med lite blod och svett så går det alltid. Jag har inte lindat så hårt. Kom nu så drar vi."

"Vänta lite, en sista grej bara."

Jack knäppte upp gylfen och pissade på männen. Sedan tog han fram sin mobil och knäppte några kort.

Anders började bli ivrig.

"Kom nu så drar vi."

De skyndade sig iväg. Med sig hade de männens byxor och kalsonger som de gömde under en lövhög.

I bilen blev det först inte så mycket sagt men då de kommit ut på landsvägen och den värsta spänningen släppt, släppte också tunghäftan.

"Hur känns det nu då? Är du nöjd?"

Jack funderade.

"Det känns konstigt. Inte på något dåligt vis men ändå. Det är svårt att beskriva. Dom kommer att få uppleva fysisk smärta och förnedring precis som Saga fick göra. Jag vet inte om det går att jämföra, men i alla fall så känns det som en upprättelse. Nu kan jag kan nästan tycka att det var bra att jag ristade i bröstet på dom. Då kanske dom fattar vad det var som låg bakom."

Anders nickade.

"Ja, jag förstår hur du menar. Men hur hade du tänkt att Saga och din fru ska få upprättelse? För du tänker väl inte berätta?"

Jack lade pannan i djupa veck.

"Jag vet faktiskt inte. Det skulle kännas jävligt bra om dom fick veta, men jag vet inte riktigt hur Gudrun skulle ta det. Det skulle nog kännas bra för Saga för hon är lite som jag, men med Gudrun är det mera osäkert. Visst skulle hon tycka att det var rättvist, men hon skulle säkert ha en del invändningar om att jag tagit lagen i egna händer."

"Du kanske inte behöver säga att det var du?"

"Nej, det är klart. Men hur skulle jag då säga? Det där är nog något jag får grunna på."

Det blev inte så mycket mer sagt i bilen. Båda satt insjunkna i egna tankar och när de kom hem till Jack och mötte Gudrun i köket, var det som om inget särskilt hänt.

"Var har ni varit?" Frågade Gudrun.

"Jag har visat Anders runt lite."

Anders log ansträngt.

"Ja, det är väldigt fint här omkring."

Kapitel 8

Alexi vaknade av en outhärdlig smärta. Då han upptäckte sin belägenhet gav han upp ett avgrundsskrik som fick Fedor att slå upp ögonen. Fedor fattade ingenting. Det enda han förstod var att något var så in i helvete fel och att han hade så infernaliskt ont. Alexi slet och drog i sina händer och till slut fick han loss dem. Han studsade bort från myrstacken och borstade av sig alla myror varefter han lossade på tejpen och snöret runt Fedors händer. Fedor gav inte ett ljud ifrån sig. Han stirrade med fasa ner på den växande boll av myror som täckte hans kön. Alexi fick dra honom bort från myrstacken då han fått bort tejpen. Fedor verkade totalt handlingsförlamad och Alexi fick hjälpa honom att få bort myrorna.

"Vad i helvete är det som händer?"

Alexi svarade inte. Han hade fullt sjå med att rensa kroppen från myrjävlarna som aldrig verkade ta slut.

Fedor tittade med tom blick ner på sitt blodiga bröst och sin blåslagna pung. Han frågade igen.

"Men vad är det frågan om? Vad är det som har hänt? Alexi, svara!"

Alexi var lika svart i ansiktet som han var på pungen. Han skakade av ilska och smärta.

"Jag vet i fan vad som hände. Whiskyn måste ha varit spetsad."

Fedor började återhämta sig från chocken och sjönk ner på knä av den olidliga smärta han kände i underlivet.

"Men vem skulle göra så mot oss. Vi har väl inte gjort något?"

Alexi fnyste och drog isär sin skjorta.

"Kolla här och du fattar. Det är det där svenneludret som ligger bakom. Hon måste ha lejt någon."

Fedor försökte tyda bokstäverna på Alexis bröst.

"Men vad menas med det där?"

Alexi suckade.

"Men va fan, är du trög? Det står ju våldtäktsman. Titta på dig själv, där står det likadant. Det finns bara en sak det kan betyda."

"Men vi blev ju friade?"

"Jamen det skiter väl horan i. Det är klart att det är hon som ligger bakom. Sluta fråga och leta rätt på brallorna i stället."

Hur de än letade så kunde de inte hitta varken byxor eller kalsonger, så de var tvungna att ta sig till bilen med bara underkroppar. Fedor svimmade två gånger innan de var framme och kunde köra iväg.

På vägen tillbaka kände de hur smärtan tilltog och i stället för att köra raka vägen hem, var de tvungna att åka till akuten.

Då de var framme var båda i så dåligt skick att de inte hann in genom entrén utan blev liggande utanför. De blev genast omhändertagna och skjutsade in till en operationssal.

Efter röntgen kunde läkaren konstatera att någon operation inte var nödvändig. Båda hade svåra skador i underlivet men inget som kunde åtgärdas med kirurgiska ingrepp. Risporna i deras bröstkorgar rengjordes och tejpades.

Fedor och Alexi fick smärtstillande och behandlades med antiseptisk salva och omslag. De skjutsades därefter in i ett eget rum och läkaren följde med.

Han såg på dem med en allvarlig min.

"Jaha, det här ser inte särskilt bra ut. Kan ni berätta vad som hänt."

Fedor och Alexi såg på varandra. Vad skulle de säga? Alexi var den som svarade.

"Ja, det är väl ganska uppenbart. Vi har blivit misshandlade som du kanske ser."

Läkaren grymtade lite.

"Jo, det ser jag nog. Ni har också blivit drogade. Vem eller vilka gjorde så mot er?"

"Vadårå? Är du polis eller? Tala i stället om hur illa det är."

Läkaren satte sig ner.

"Ja, det är svårt att säga i nuläget. Det är bara att vänta och se. Ni får ligga under observation i några dagar. Har ni några anhöriga som bör underrättas?"

Båda ruskade på huvudena. De enda anhöriga de hade, bodde kvar i Polen.

Doktorn fortsatte.

"Det är uppenbarligen hårda slag ni fått över testiklarna, men det behöver inte automatiskt innebära att ni blir sterila. Men risken finns, det bör ni vara medvetna om. Beträffande skärskadorna på brösten så är det inte så farligt, men det kommer att bli fula ärr.

Alexi slöt ögonen. Det brinnande hat som börjat blossa upp inom honom visste inga gränser. Den som gjort detta skulle få betala ett mycket högt pris, den saken var säker.

Läkaren reste sig från stolen.

"Som ni förstår, mina herrar, så är polisen kontaktad och har en del frågor att ställa. Ligg nu bara stilla och ta igen er. Ring på den röda knappen om smärtan tilltar."

Fedor tittade till på Alexi.

"Vad fan ska vi säga till snuten?"

Alexi funderade en stund.

"Du ska inte säga något alls. Låt mig sköta snacket."

Polisen förstod ganska snart vilket klientel de hade att göra med. På frågan om vad som hänt och vem som utfört misshandeln, fick de till svar att det var de båda männen som blivit osams och slagits med varandra. En föga sannolik förklaring de genast genomskådade. Snart insåg de att ytterligare förhör var meningslöst och någon anmälan upprättades aldrig. Att det skulle utmynna i någon slags hämndaktion var de fullständigt övertygade om, men det fanns inget de kunde göra förutom att hålla uppsikt över männen.

Efter två dagar fick Alexi och Fedor lämna sjukhuset. De hade fortfarande väldigt ont, men inte värre än att de kunde ta hand om sig själva.

Efter några efterkontroller på sjukhuset, kunde det fastställas att Fedor var den som klarat sig bäst. Skadorna hade läkt bra och det verkade inte som om varken fertilitet eller funktion hade skadats. Ärren på bröstkorgen såg förskräckliga ut och skulle inte fullt ut gå att få bort med operation. Men i övrigt skulle han bli fullt återställd. Värre var det med Alexi. Hans skador var så allvarliga att man kanske skulle behöva operera bort hans testiklar. Beskedet hade kommit som en fullständig chock för honom och han vägrade in i det sista. Då han fick veta att han som obehandlad skulle kunna drabbas av kallbrand och med stor sannolikhet avlida, föll han till föga och accepterade sitt öde.

Under läkningen fortsatte han tankearbetet han haft under en tid, och snart hade han klart för sig hur hans hämnd skulle se ut. Den skulle inte bli vacker.

Kapitel 9

Anders och Jack var tagna av situationen. Så länge de var tillsammans och kunde fokusera på annat, gick det ganska bra. Svårigheterna började på allvar då de skiljdes åt och Anders åkte hem till sig. Jack gruvade sig och funderade över om och hur han skulle låta Saga få kännedom om vad som hänt. Det skulle kännas skönt att dela med sig av den känsla av upprättelse han själv kände, men han var osäker på hur hon skulle reagera. Det hade ju gått en tid och det verkade som om hon nu kunde hantera det som hänt henne och inte längre led så mycket av det. Men det är klart, hon var ju inte särskilt pratsam av sig och vad hon innerst inne kände, kunde han ju inte veta.

Även om han var nöjd över vad de åstadkommit, kändes det inte särskilt bra att hålla det hemligt för Gudrun. Han kände på sig att hon misstänkte något och hennes frågor om vad Anders och han hade haft för sig, började bli allt mer besvärande. Att Anders med skärpa hade uppmanat till fullständig sekretess låg som en broms i hans huvud. Han förstod mycket väl att det var viktigt och att skydda familjen var prioritet nummer ett. Men till slut så gick det inte längre. Han måste berätta för Gudrun och hoppas på att hon skulle ta det bra och inte sprida informationen vidare.

En kväll då han och Gudrun var själva hemma och satt och tittade på tv, tog han mod till sig.

"Du Gudrun, det är en sak jag skulle vilja berätta för dig."

Gudrun såg på honom med en allvarlig min.

"Det handlar om vad Anders och jag gjorde då han var här."

Gudrun lade ifrån sig fjärrkontrollen och lutade sig tillbaka.

"Jo, jag förstod att det var något speciellt. Det var väl inte något olagligt?"

Jack skruvade på sig.

"Det beror väl på vad man tycker. I lagens mening var det väl inte okej. Vi såg till så att Sagas förövare fick vad de förtjänade.

Gudrun satte sig spikrak.

"Säg inte att ni har slagit ihjäl dom."

Jack drog en lättnadens suck. Om hon nu befarade det värsta så kändes det inte så farligt att berätta vad de gjort.

"Nej då, inget så drastiskt. Vi misshandlade dom riktigt ordentligt bara."

Gudrun ställde sig upp och var rosenrasande.

"Men vad fan! Fattar du vad ni gjort? Nu kommer dom så klart att ge igen och då svävar hela familjen i fara. Är du inte riktigt klok?"

Jack tappade helt fattningen av hennes utbrott. Den reaktionen hade han inte räknat med.

"Men snälla du," stammade han fram. "Såklart har vi sett till att inte bli igenkända."

Jack berättade från början. Hur de planerat allt och hur de sedan gått tillväga. Den enda detaljen han utelämnade var att han ristat in ordet våldtäktsman i deras bröstkorgar. Det var ju så klart ett misstag han gjort, men ändå hade det känts viktigt att de förstått vad som låg bakom.

Gudrun lugnade sig då hon fick höra hur det gått till. Hon kände sig fortfarande osäker men samtidigt kunde hon känna en viss tillfredsställelse över att männen hon hatade så mycket, nu hade fått smaka på lite av sin egen medicin. Hon lugnade ner sig och satte sig ner.

"Ja, jag vet inte vad jag ska säga. Jag förstår varför du gjorde det, men hur lyckades du övertala Anders att hjälpa till?"

"Anders och jag har samma värderingar när det gäller brott och straff. Du minns väl vad jag berättat om när vi var unga grabbar och skipade rättvisa."

Gudrun nickade.

"Jo, det har man ju hört några gånger. Men det ser jag väl mer som pojkstreck. Det här var ju på en annan nivå."

"Ja, men det var också brottet. Du tycker väl inte att det var rättvist att dom blev frikända?"

"Nej, så klart inte. Jag säger inte att det var fel det ni gjorde, men jag blir orolig för vad det kan innebära."

Jack strök henne över kinden.

"Du behöver nog inte vara orolig. Jag tror att dom helst vill glömma alltsammans så fort som möjligt."

Gudrun nickade.

"Vi får hoppas det. Har du nämnt något till Saga?"

"Nej, jag ville prata med dig först. Vad tycker du?"

Gudrun funderade en lång stund.

"Ja, hon mår ju inte bra den saken är säker. Kanske skulle det kännas lite lättare om hon fick reda på vad dom råkat ut för? Det kanske blir sämre när allt kommer upp igen, men efter ett tag skulle det nog kännas bättre. Så skulle i alla fall jag känna. Tror jag i alla fall."

Det avgjorde saken för Jack. Så snart det blev ett bra tillfälle skulle han berätta. Men först hade han en annan sak att göra. Han hade tänkt på det ett tag och det verkade vara en bra idé.

Då han kom till sin verkstad nästa dag, satte han sig genast ner framför datorn och skrev ett brev:

"Hej på er losers. I min mobil har jag en samling fotografier där ni sitter nakna och förnedrade i myrstacken. Innan jag satte er där så lade jag upp er i en sextionia, med varandras kukar i munnen. På en bild ser det ut som den ene av er slickar den andra i arslet. Det blev riktigt bra bilder och man kan inte se att ni är sövda. Det ser faktiskt ut som om ni har det riktigt skönt. Skärpan är fantastisk. De här bilderna ligger nu i säkert förvar, men om ni skulle få för er att börja gräva i det förflutna så ska ni veta att bilderna kommer att laddas upp på nätet så fort minsta misstanke om att någon hämndaktion planeras.

Hälsningar

Skarprättaren från Haparanda."

Jack skrev ut två kopior som han stoppade i varsitt kuvert. Han adresserade breven till de båda gärningsmännen, klistrade på frimärken och skyndade sig ut till närmaste brevlåda. Förhoppningsvis skulle det här få dem på andra tankar om de nu hade några planer på att ge igen.

Det där med skarprättaren från Haparanda var bara ett infall, men kanske skulle det förvirra lite och vara en smula avskräckande.

***

Jack och Anders hade regelbunden telefonkontakt. De pratade mest om alldagliga saker, som vad de sysslade med just nu och hur det var med familjen. Det blev inte så mycket prat om själva aktionen, utom ibland när det kom på tal mest i förbigående. Jack berättade för Anders om brevet han skrivit. Då hade Anders först blivit tyst i telefonen. Sedan sa han tyst:

"Var postade du breven?"

Jack förstod först inte vad det skulle ha för betydelse, men nästan direkt trillade polletten ner. Han erkände sitt misstag men urskuldade sig med att det var själva innehållet i breven som var det viktiga. Förhoppningsvis skulle insikten om att det fanns bilder på deras förnedring vara tillräckligt avskräckande. Jack erkände även att han berättat för Gudrun om vad de gjort och att han hade för avsikt att även berätta för Saga. Den informationen föll inte i god jord hos Anders, men Jack stod på sig. Han menade att om inte Saga fick veta så skulle det hela inte kännas så meningsfullt. Det skulle vara egoistiskt om inte hon också fick känna att hon fått upprättelse. Anders förstod honom men påpekade allvaret i att fler visste. Det skulle vara oerhört viktigt att de inte fick sprida den informationen vidare. Jack lovade att framföra det.

Jack och Gudrun hade bestämt att det nu var dags. En kväll
när Saga var hemma hos dem, fick hon veta. Den första
reaktionen var förvåning. Det var nästan som om hon inte
trodde på det Jack berättade. Men då han visade upp några
foton förstod hon att det var sant. Först visste hon inte vad hon
kände. Hemska minnen som hon grävt ner, kom upp till ytan
igen och det kändes inte alls bra. Men efter en stund började
det gå upp för henne att gärningsmännen faktiskt fått ett
straff. Att de äntligen fått känna på något som kunde liknas vid
det de utsatt henne för.

Kapitel 10

Fedor återhämtade sig ganska snabbt även om han stundtals led av smärta. Efter att ha läst det besynnerliga brevet han fått, kändes det som om han helst ville glömma alltsammans. Inget skulle vara värt den förnedring det skulle innebära om bilderna som omtalades i brevet kom ut till allmän beskådan. Men det var inte så lätt att ha den uppfattningen då Alexi var av en helt annan. Han hade visserligen inte behövt operera bort testiklarna som först befarats. Men könsdriften var helt borta och likaså förmågan att någonsin kunna få egna barn. Hatet växte för var dag och han hade svårt att tänka på något annat än att vedergälla den ondskefulla gärning som drabbat honom. Vad brevet beträffade, hade han först tänkt precis som Fedor. Men snart hade ilskan och hatet tagit överhanden och han brydde sig inte längre om vilka konsekvenser det skulle få. Att brevet var poststämplat i Linköping var ett säkert tecken på att gärningsmannen eller männen var därifrån. Att det var subban de hade lekt lite med som varit initierande, var det ingen tvekan om. Hon skulle få vad hon förtjänade. Det skulle även de som utfört själva handlingen få. Att det var två eller fler tog han för givet då han själv hade viss erfarenhet av att släpa på lealösa människor och visste hur jobbigt det var.

Det var inte särskilt svårt att få fram uppgifter om var tjejen fanns. Värre var det att försöka få fram vem hon anlitat. Alexi tog hjälp av nätverket han ibland jobbade för. Han var inte i närheten av kärntruppen utan hade bara verkat i periferin, men han kände väl till vilka han skulle vända sig till. Det skulle kosta en del men det skulle det vara värt. Nog skulle han kunna genomföra några smuggelresor till Holland eller bryta fingrarna av någon som inte gjort rätt för sig.

Men Fedor gjorde starkt motstånd. Han ville inte för sitt liv låta något av det som hänt komma ut. Till slut var Alexi tvungen att ta till våld för att få honom att ta reson.

Han lade ut några trådar och efter ett par veckor blev han kontaktad av nätverket. De lovade att hjälpa honom om han åtog sig att smuggla in tio kilo kokain från Ryssland utan ersättning. Det var ett riskfyllt uppdrag. Den ryska polisen var inte att leka med, det hade han fått erfara som ung. Men risken var värd att ta då han inte hade tillräckligt med kontanter att kunna betala med. Fedor gick motvilligt med på att bistå honom trots att han inte ville. Alexi hade tydligt visat vad det skulle innebära att gå emot honom.

Det blev en i Alexis ögon allt för lång väntan. Men till sist hörde en högt uppsatt person i nätverket av sig och ville ha ett möte. Alexi beslöt att gå dit ensam. Fedor var allt för mesig för att kunna ge ett respektabelt intryck.

Snart kom det ett sms med plats och tidpunkt för mötet. Alexi förberedde sig mentalt genom att snorta några linor kokain. Först tänkte han att han skulle vara beväpnad ifall det skulle bli en konflikt, men ångrade sig då han tänkt efter.

***

Mötet skedde i en mindre lagerlokal i Steninge industriområde. Alexi var nervös då han öppnade dörren och klev in i den skumma lokalen. Det verkade tomt på folk men det lyste i en liten barack en bit in. Alexi skyndade dit. Där satt två män han inte kände igen. En av dem som verkade vara den som bestämde, var av afrikanskt ursprung.

Den andre var stor och muskulös med ärrigt ansikte och Alexi gissade att han var från Östeuropa. Förmodligen var han där som livvakt.

Alla hälsade artigt på varandra och afrikanen tecknade åt honom att slå sig ner. Han stirrade Alexi i ögonen utan att vika med blicken. Det känds obehagligt och Alexi började nästan ångra att han kommit dit.

"Okej, så här är det. Vi ser till att hämta in bruden och klämma ur henne vem hon anlitat, och sen meddelar vi dig vad vi fått fram. Är det ok?"

Alexi tvekade. Det kändes inte alls bra. I alla fall inte värt den risk han skulle ta genom att smuggla knark från Ryssland.

"Jag skulle vilja ta hand om bruden då ni är klara med henne. Hon måste få plikta för det hon gjort."

Afrikanen skrattade och livvakten gjorde inte en min.

"Jaså du, vad hade du tänkt göra med henne då? Vad jag hört så är du inte längre kapabel att få fart på snorren. Är det inte därför du vill hämnas?"

Alexi kunde inte förstå hur den uppgiften kommit ut, men det måste varit någon på sjukhuset eller polisen som pratat bredvid mun.

"Det är hon som är orsaken och hon ska plikta. Det ska hon få göra med smärta."

Afrikanen skrattade igen.

"Är det inte så att det är du själv och din polare som är orsaken? Var det inte ni som knullade över henne mot hennes vilja för några år sedan?"

Alexi kände hur ilskan bubblade upp inom honom.

"Slynan var med på det hela tiden men ångrade sig efteråt. Det är så dom gör svennehororna. Bara för att sätta dit oss."

Afrikanen såg allvarligt på Alexi.

"Okej, då, du får ta över henne då vi är klara. Men inget mord för det skulle stå dig jävligt dyrt. Fattar du?"

Alexi nickade.

"Nej, jag lovar."

När Alexi åkte från mötet kände han sig mycket nöjd. Nu skulle han snart få veta vilka som var skyldiga och han skulle också få en stund ensam med slynan.

***

Dagarna gick utan att han hörde något. Det började tryta i kassan så det var dags att vara lite produktiv. Det hade inte kommit något uppdrag från nätverket på länge och Alexi bestämde att de skulle utföra några enkla rån. Det var bäst på fredag och lördagskvällarna då många som varit på krogen och inte fått någon taxi, promenerade hem. Överförfriskade och välklädda medelålders män var de bästa offren. De kunde förstås vara lite sturska och övermodiga men då de fick en kniv över strupen brukade de genast ändra attityd och bli medgörliga. Fedor var den som brukade gå fram till offret och uppehålla honom medan Alexi kom osedd bakifrån och lade kniven över strupen så att Fedor kunde muddra fickorna.

Det blev ofta bra utdelning och ledde sällan till några problem. Någon gång hade det hänt att offret struntat i kniven och försökt försvara sig. Då brukade det räcka med en rispning av kniven så det blev blodvite. Blod var tydligen något som var effektivt i avskräckande syfte.

Ibland hade de rånat kvinnor. Det var ännu enklare, men de brukade inte ha så mycket kontanter på sig.

Sent en fredagskväll ställde de sig utanför Harrys. Det var ganska mycket folk den här kvällen. Mest studenter men också en och annan medelålders man. Då det närmade sig stängningsdags började folk droppa av. Både Alexi och Fedor hade bra blick för vem som skulle vara ett bra offer. Då en man i snygg kostym vinglade ut genom entrén och började gå bortåt, bestämde de sig. Fedor pinnade iväg och snart var han förbi mannen. Efter en stund då de kom in på en folktom gata, stannade Fedor och tog upp en karta ur fickan. Då den överförfriskade mannen kom ikapp hejdade Fedor honom.

"Ursäkta, jag tror jag tappat bort mig. Skulle du kunna visa mig på kartan var jag är?" Mannen stannade till och tittade misstänksamt på Fedor. Men då mannen inte tyckte sig uppfatta något hot, tog han kartan. Alexi var strax ifatt. Lugnt och stilla tryckte han sig mot ryggen på mannen och satte kniven mot strupen.

"Såja, nu tar vi det lugnt så kommer inget att hända."

Fedor vittjade mannens fickor och tog fram plånboken. Den här gången hade de tur för det låg flera tusen där. Fedor plockade ut sedlarna och gav tillbaka plånboken. Alexi viskade i mannens öra.

"Fortsätt bara gå. Om du försöker påkalla uppmärksamhet kommer jag att skära halsen av dig."

Han gjorde en liten rispa så att det kom blod på kniven och visade. Mannen svalde ljudligt och blev vit i ansiktet.

Alexi släppte taget och de skyndade sig till bilen som de parkerat en bit därifrån.

Den kvällen utförde de ytterligare två rån. Ett blev helt misslyckat då offret bara hade några tjugor, men det sista överträffade alla förväntningar. Det var då de nästan var hemma som de fick syn på en äldre man som ensam vinglade fram på trottoaren. Han verkade inte vara det ultimata offret då han inte var särskilt propert klädd och Fedor tyckte att de skulle låta honom vara. Men Alexi tyckte annat. Det visade sig att mannen bar omkring på nästan tiotusen i femhundrasedlar. Rånet gick snabbt och så fort mannen försvunnit runt hörnet, skyndade de sig in i Alexis lägenhet där de delade upp bytet. Det blev fest resten av natten och när morgonsolen tittade in genom vardagsrumsfönstret, hade de precis somnat.

Kapitel 11

Saga kände hur livslusten var på väg att återvända. Först då hennes pappa berättat vad som hänt hade känslorna varit motstridiga. Men nu mådde hon förvånansvärt bra. Sömnlösa nätter och dagar tyngda av skuldkänslor var ett minne blott. Hon hade pratat mycket med sin pappa om allt som hänt. Hon ville veta alla detaljer och han hade berättat sanningsenligt. En underbar känsla av upprättelse sköljde över henne då hon tänkte på hur de båda gärningsmännen lidit då de vaknat upp och upptäckt vad som hänt.

Hon trivdes bra i sin lägenhet och jobbet på Willys var kanske inte det roligaste, men hon hade trevliga arbetskamrater och det kändes viktigt. De hade stöttat henne och arbetsgivaren hade varit generös med ledighet. Att sitta i kassan skulle bara vara tillfälligt tills hon tjänat ihop tillräckligt för att börja på sin drömutbildning som florist. Nu hade hon jobbat där i nästan tre år och tiden började kännas mogen för att gå vidare.

Lite ensamt var det nog. Hon längtade efter någon att vara tillsammans med. Det hade inte varit läge för det, tiden efter övergreppet och de jobbiga rättegångarna. Men nu kunde hon gott tänka sig att börja se sig om efter en potentiell pojkvän. Några tillfälliga kontakter hade det blivit, men inget som resulterat i något varaktigt. Det hade inte varit särskilt lätt att släppa taget och känna sig trygg efter det som hänt, men nu kändes det nästan som om det var över.

Saga bestämde sig för att gå ut med några kompisar på lördagskvällen. De samlades i hennes lägenhet tidigt på kvällen. Hon aktade sig noga för att nämna något om vad som hänt förövarna. Hennes pappa hade varit mycket tydlig på den punkten och hon fattade allvaret i det hela.

Alla hade klätt upp sig och var på gott humör. Det var länge sedan Saga varit så upprymd och hennes vänner gladde sig åt det. De hade bestämt sig för att gå ner till 55:an där det oftast brukade vara drag och vid elvatiden bar det av.

Tjejerna hade kul längs vägen och då de var framme blev de genast insläppta av vakten som var bekant med en av dem.

Stämningen var hög i lokalen. Ganska mycket folk och musiken var lagom hög så att man hörde vad som sades. Efter några drinkar ville Saga dansa. Det kändes lite ovant efter så lång tid, men snart så hade rytmen tagit över henne och hon sjönk in i ett tillstånd av eufori.

Tjejerna dansade först med varandra men efter en stund skingrades gruppen och okända människor anslöt. Saga tittade upp ur sin trans och möttes av ett par mörka ögon som såg in i hennes. En skitsnygg kille med ett leende som kunde få glas att smälta, rörde sig rytmiskt och i takt. Han släppte inte blicken från henne.

"Hej! Vad heter du?"

Saga granskade honom noga. Han såg inte svensk ut och det kändes inte som en fördel, men han var snygg och med en utstrålning som signalerade allt annat än fara. Misstänksamheten mot utlänningar hade inte funnits där tidigare. Det var först efter övergreppet som hon börjat fundera i de banorna. Gärningsmännen hade varit från Polen. Visserligen hade de haft ett västerländskt utseende och talat nästan helt utan brytning, men de hade förstört hennes öppna sinne och brutit ner hennes tilltro till människor. Nu var hon på sin vakt och tänkte inte låta någon, oavsett ursprung få göra henne illa igen.

"Jag heter Saga. Vad heter du?"

Killen log.

"Du kommer inte att tro mig men jag heter faktiskt Jesus."

Saga tittade förvånat på honom.

"Skojar du eller?"

"Nej, faktiskt inte. Det uttalas Shezus. Jag kommer ursprungligen från Spanien och där är det ett ganska vanligt namn. Men mina kompisar kallar mig Billy och det kan du också göra."

Ester dansen frågade killen om han fick bjuda på en drink. Saga var först tveksam men han var ihärdig på ett trevligt sätt och till slut så lät hon sig övertalas. De satte sig vid ett bord som stod lite avsides. Killen drog fram hennes stol och frågade vad hon ville ha. Sedan skyndade han sig till baren. Saga begrundade situationen. Hon tänkte absolut inte följa med honom hem, men hon kunde mycket väl tänka sig att byta telefonnummer så att de fick en möjlighet att lära känna varandra lite bättre. Kanske var han drömprinsen hon letat efter. Kanske inte?

Han kom strax tillbaka med två drinkar. Saga smuttade lite och nickade belåtet. Precis så här skulle en bra Frozen Margarita smaka.

Efter en stunds småprat började Saga känna sig trött. Det var konstigt för hon hade inte druckit särskilt mycket.

Hon ställde ifrån sig glaset och såg att konturerna av hennes sällskap började bli suddiga. Sedan mindes hon inte mer.

***

Saga öppnade sakta ögonen. Det var ganska mörkt och hon hade ingen aning om var hon befann sig. Först trodde hon att hon var kvar på nattklubben, att hon kanske fått blodtrycksfall och tuppat av. Men då hon försökte röra sig, grep skräcken tag i henne. Hon var fastbunden.

I det dunkla skenet från en glödlampa kunde hon snart urskilja att hon alls inte var på nattklubben. Hon verkade befinna sig i någon slags lagerlokal. Nu tog skräcken tag i henne på allvar. Det gick upp för henne att hon blivit drogad och att det som inte fick hända, nu var på väg att ske. Hemska minnen från då hon blivit våldtagen kom upp och hon skrek av förtvivlan. Det rasslade till någonstans bakom henne och en storvuxen man kom fram och stirrade på henne. Han hade en halsduk lindad över mun och näsa.

”Jaså, här har vi alltså svennehoran som gillar att jävlas med karlar.”

Saga darrade i hela kroppen. Hon skrek igen men tystades av en kraftig örfil.

”Det är ingen ide att du skriker för ingen kommer att höra dig. Nej, du ska prata i stället. Du ska berätta för mig vem du anlitat för att skada Alexi och Fedor.”

Saga skakade på huvudet.

”Jag har inte anlitat någon” snyftade hon fram.

Mannen tog ett kraftigt tag om hennes haka.

"Det har du alldeles säkert. Berätta nu så ska jag inte skada dig och du får gå härifrån."

Saga skakade på huvudet igen.

"Jag har inte anlitat någon. Jag lovar."

Nu började mannen bli irriterad. Han släppte greppet om hennes haka och tog fram en fickkniv från sin kavajficka som han långsamt vecklade ut.

"Okej, du får en sista chans. Om du inte svarar kommer jag att sticka ut ett öga på dig."

Han sträckte fram kniven och höll den nära hennes högra öga.

"Det är dags att börja snacka nu."

Saga var så skräckslagen att hon inte fick fram ett ljud. Då knivspetsen nuddade hennes ögonbryn, skrek hon.

"Pappa! Det var pappa och hans kompis som gjorde det."

Mannen fällde ihop kniven och stoppade ner den i kavajfickan.

"Duktig flicka. Det där var väl inte så svårt? Nu ska du snart få gå, men först så är det några som vill ha en liten pratstund med dig."

Mannen tog upp sin mobil och slog ett nummer.

"Okej, det var hennes farsa och en kompis till honom. Vem kompisen är får du ta reda på själv. Nu är det din tur men tänk på vad jag sagt. Inget mord för då blir det flera."

Kapitel 12

Då Alexi fått telefonsamtalet blev han exalterad. Han hoppade upp och ner, sprang fram till Fedor och kramade om honom hårt.

"Äntligen! Nu har vi henne och vi vet vem hon anlitade. Kom så drar vi."

Fedor var inte lika entusiastisk. Han kände på sig att det inte skulle bli någon trevlig upplevelse. Han skulle helst stannat hemma. Men att gå emot Alexi nu när han var så uppspelt, skulle inte vara hälsosamt. Han försökte se glad ut men kände själv hur leendet blev tillgjort.

Det blev en snabb färd till industriområdet. Då det var lördagsnatt var det folktomt. Alexi bromsade så hårt att bilen höll på att kana in i väggen till lagerlokalen. Han rusade ur bilen och sprang fram till porten, slet upp den och stirrade in i lokalen. Där satt hon. Anledningen till hans smärta och ilska. Svennehoran som nu skulle få betala priset för vad hon gjort. Han vände sig om och ropade till Fedor som knappt hunnit ut ur bilen.

"Skynda dig för helvete. Nu blir det roligt."

Fedor trodde inte att det skulle bli särskilt roligt. Det hade han inte tyckt den natten heller då de första gången träffat bruden och haft sex med henne. Det hade märkts tydligt att det var något hon inte uppskattat. Hon hade skrikit och slagits men tydligen var det något som Alexi gick igång på. Visst hade han själv dragit över henne. Inte bara en utan två gånger, men det var mest för att inte verka mesig i Alexis ögon. Han hade ångrat sig efteråt och hade nästan hoppats på att de skulle bli fällda i rätten. Men nu blev det inte så.

De var fria och i lagens mening oskyldiga. Fast det kändes inte riktigt så. Samvetet låg och gnagde i bakhuvudet mest hela tiden.

Alexi skyndade sig fram till Saga. Hon var fastsurrad vid en kraftig stol och hade en halsduk som ögonbindel. Hon hade både kräkts och kissat på sig. Alexi tog tag i hennes hår och ruskade kraftigt. Saga skrek till av den plötsliga smärtan.

"Jävlar Fedor! Kolla, bruden har pissat ner sig och spytt. Fy fan vad äckligt. Vi får spola av henne. Kom och hjälp till."

De tog tag på varsin sida om stolen och lyfte fram henne till ett golvgaller avsett för att tvätta maskindelar. Alexi drog fram en vattenslang och öppnade kranen. Han justerade munstycket så det blev en kraftig stråle varefter han riktade strålen mot Saga och sprutade henne uppifrån och ner. Saga skrek och vred sig så våldsamt på stolen att den tippade omkull. Hon slog i huvudet och svimmade för ett ögonblick. Alexi skrattade och fortsatte som om inget hänt. Det knöt sig i magen på Fedor och han önskade att han haft mod att avstyra det hela. Men han var inte modig. Nej, han var en feg jävel som hellre lät sig hunsas än att själv råka illa ut.

Alexi stängde av vattnet, reste upp stolen och betraktade nöjt det han såg. Saga hade nu kvicknat till.

"Sådär ja. Lite renare och rentav knullbar"

Han ropade på Fedor att hjälpa till och tillsammans flyttade de stolen till ett hörn av lokalen. Sedan knöt han upp halsduken och drog bort den med ett ryck.

Saga kände genast igen de båda männen och det fick hennes blod att frysa till is. De svåra minnena från våldtäkten kom tillbaka och hon fruktade att det nu skulle bli ännu värre.

Alexi hånlog.

"Jaså, du känner igen oss? Det var väl trevligt. Du har förstås saknat oss, det var ju ett tag sedan sist. Nu ska vi snart ha det riktigt skojigt. Men först ska du berätta vem din farsas kompis är."

Saga ruskade på huvudet.

"Jag vet inte vem det är. Pappa berättade aldrig det" snyftade hon fram.

Alexi lade huvudet på sned och såg lite bekymrad ut. Så gav han henne en våldsam örfil så att stolen höll på att välta igen. Fedor hoppade till av det plötsliga utfallet. Alexi var svart i ögonen av raseri.

"Nu är det dags att börja snacka din jävla hora. Du får bara en chans till och säger du inte sanningen så skär jag halsen av dig."

Han drog fram en stor kniv som han hade i en slida på svångremmen och viftade med den framför hennes ansikte.

Saga kände att det inte längre spelade någon roll. Hon kunde lika gärna dö nu så slapp hon plågas mer. Hon satt tyst och stirrade rakt igenom sin plågoande. Alexi tog ett fast grepp om hennes hår och drog huvudet tillbaka.

"Okej, om du ska trilskas så får du skylla dig själv. Jag räknar till tre och har du inte sagt något så skär jag av båda dina öron och säger du fortfarande inget, så åker näsan av och till sist läpparna." Han såg synen framför sig och skrattade.

"Fy helvete, vilket jävla missfoster du kommer att bli."

Saga trodde honom. Det här skulle vara värre än att dö. Så hon började prata med darrande röst.

"Han heter Anders och bor i Kungsör."

Alexi darrade på handen.

"Efternamn?"

Saga kunde först inte komma på det. Hon greps av panik och började hyperventilera. Så plötsligt kom hon på det. Det var en minnesbild som kom upp då hon som liten suttit i sin pappas knä och tittat på foton från då han var ung.

"Eriksson. Han heter Eriksson. Anders Eriksson."

Alexi stoppade undan kniven.

"Det där gick ju bra. Vet du adressen?"

Saga skakade på huvudet och Alexi förstod att hon inte visste. Han hade tillräckligt med information nu. Det skulle inte bli särskilt svårt att ta reda på var han bodde. Han vände sig mot Fedor som stod en bit ifrån och såg allmänt skakad ut.

"Nå, vad väntar du på? Hon är din nu. Dra över henne."

Fedor kände sig allt mer besvärad.

"Men kan du inte göra det själv?"

I samma ögonblick som han avslutat meningen kom han på att Alexi efter misshandeln var oförmögen att få stånd. Alexi blev rasande. Han rusade fram och gav Fedor ett kraftigt knytnävslag i magen.

"Då får jag väl göra det själv."

Han rusade tillbaka till Saga, drog fram kniven igen och skar av repen runt hennes fötter. Han lyfte upp hennes klänning, ryckte av hennes trosor.

"Nu ska du få knulla med knytnäven ditt jävla luder."

Fedor tittade upp där han satt hopvikt och förstod vad som höll på att hända.

"Alexi, vänta. Hon har ju sett oss. Gör inte saken värre än den redan är."

Alexi blängde surt på Fedor.

"Vad spelar det för roll om ett lik har sett oss? Det kan ju inte prata."

Fedor såg på Alexis ansiktsuttryck att det nu slagit slint ordentligt. Han hade sett det förut och visste vad det kunde betyda. Tydligen hade han inte tagit varningen han fått av afrikanen på allvar.

"Men fattar du inte att det betyder döden för oss. Nätverket lämnar ingen pardon till dom som inte gör som dom säger."

Alexi hörde inte. Han rullade upp ena skjortärmen, gick fram till en hylla där det stod en flaska smörjolja. Han smorde varsamt in sin knutna näve samtidigt som han stirrade på Fedor med ett vansinnigt leende. Sedan gick han tillbaka till Saga, särade hennes lår med sina knän och förde handen mot hennes sköte.

Fedor hade fattat sitt beslut. Det här fick bara inte ske. Han var rädd så han darrade i hela kroppen men stålsatte sig. Bort med fegheten. Skulle han någonsin kunna förlåta sig själv och bli en hel människa var han tvungen att agera nu.

Han tog upp ett kort järnrör som låg på golvet. Gick med snabba tysta steg fram till Alexi och slog honom kraftigt i huvudet just som han nuddade flickans sköte med sin knutna näve. Alexi föll ihop och blev liggande livlös. Fedor skyndade sig att knyta loss Saga, drog upp henne ur stolen och ledde henne mot utgången.

Hon orkade bara ett kort stycke innan hon svimmade. Fedor lyfte upp henne och bar henne till bilen, körde iväg och stannade utanför akutmottagningen.

Saga vaknade och insåg att hon blivit räddad av en av gärningsmännen. Hon kunde själv ta sig ur bilen och det sista hon uppfattade av mannen, var hans vädjande blick innan han gasade iväg med en rivstart.

Kapitel 13

Jack vaknade med ett ryck av den ilskna signalen. Han tände sänglampan och tittade på klockradion. Klockan var halv fem på söndagsmorgonen. Efter lite fumlande fick han tag i mobilen och svarade med raspig röst. Gudrun hade också vaknat och satte sig oroligt upp i sängen. Då hon såg Jacks ansiktsuttryck förstod hon att något allvarligt hänt. Jack kastade sig upp ur sängen.

"Men vad är det som har hänt?" Frågade Gudrun.

"Det var från sjukhuset. Saga har blivit misshandlad."

Gudrun började storgråta.

"Gode gud, låt det inte ha hänt igen."

Jack klädde på sig i ett nafs.

"Skynda dig så vi kommer iväg. Det verkar inte vara något livshotande i alla fall."

Jack och Gudrun körde i ilfart till sjukhuset. De rusade in och var andfådda då de kom fram till rummet där Saga låg. Två poliser var där och höll på att fråga ut henne. Både Jack och Gudrun kunde andas ut då de såg att Saga var vid medvetande. Poliserna reste och hälsade på föräldrarna.

"Ja, vi är klara nu så ni ska få vara ifred med er dotter, men vi kommer att behöva talas vid senare."

Jack nickade och gick fram till Saga.

"Hur är det med dig gumman? Är du illa skadad?"

Saga log så gott hon kunde.

"Nej, det är ingen större fara. Lite öm och blåslagen, men jag blev inte våldtagen."

Gudrun började gråta av lättnad när hon förstod att ingen våldtäkt skett. Hon satte sig på andra sidan sängen och tog Sagas hand.

"Orkar du berätta vad som hänt?"

Saga nickade och började berätta allt från början. Hon utelämnade inga detaljer och Jack blev allt blekare ju längre berättelsen fortskred.

"Så du är säker på att det var männen från rättegången som var där?"

"Ja, helt säker och hade det inte varit för den ene så skulle jag förmodligen inte levt nu. Han räddade faktiskt mitt liv."

Tankarna snurrade för fullt i Jacks huvud. Det gick inte att få någon riktig ordning på dem och han försökte skaka bort dem. Gudrun tittade på honom med en min han inte ville se.

"Jack, vad har du gjort?"

Mer blev inte sagt då en läkare kom in genom dörren. Han presenterade sig och förklarade att Saga fått lugnande och nu behövde vila.

"Hon får ligga kvar här tills i morgon, sedan kan hon åka hem. Det finns inga allvarliga skador på kroppen, men vi bör vara observanta på hennes psykiska hälsa. Den skadan kan ibland vara mer allvarlig än man först tror."

"Vi ska ta hand om henne", sa Gudrun och tackade läkaren.

I bilen hem var det tyst. Jack kunde känna Gudruns dömande blick och han visste inte vad han skulle säga.

När de kom hem var det som om himlens portar öppnade sig och Gudrun tömde ur sig allt hon tänkt på i bilen.

"Jack, hur kunde du riskera Sagas säkerhet på det här viset? Förstod du inte vilken risk du tog? Ja, inte baras Sagas säkerhet. Din och min också och Anders och hans fru. Vad hette hon nu?"

"Liselott", sa Jack. "Grabben heter Pär men han jobbar i England så han är nog utom fara."

Gudrun suckade tungt.

"Vad ska vi göra nu? Karlarna vet att det var du och Anders som misshandlade dom och nu är det ni som står på tur. Kanske jag och Anders fru också."

Jack förstod vilket läge de befann sig i och det första han gjorde var att ringa Anders och berätta vad som hänt. Det blev ett långt samtal och så fort han lagt på luren, ringde det igen. Det var polisen som meddelade att de båda gärningsmännen var gripna.

En av dem hade anmält sig själv och berättat var den andre befann sig. Han låg nu på akuten och var övervakad.

Jack kände stor olust över att en av dem nu låg på samma sjukhus som Saga, men var samtidigt lättad över att de inte gick lösa. Han kramade om Gudrun.

"Det var polisen som ringde. Vi behöver inte vara oroliga för båda är gripna."

Anders var också lättad över beskedet, men han hade onda aningar om vad en eventuell rättegång skulle innebära. Det kunde mycket väl bli villkorliga domar och då skulle faran återigen vara överhängande. Han funderade mycket över vad han skulle säga till Liselott. Men snart stod det klart för honom att det nog vore bäst att säga hela sanningen.

Så gjorde han också och precis som han befarat så föll det inte i god jord. Han hade förståelse för hennes upprördhet, men lyckades i alla fall få henne att förstå hur mycket upprättelsen betytt för Jacks dotter. Om nu bara Jack hade hejdat sig och inte ristat in det han gjorde på gärningsmännen, skulle det inte ha varit någon fara. Men nu blev det så och det var inget att göra åt.

Polisen hade en del betänkligheter över det Saga berättat om pappans och hans kompis agerande. Det kunde rubriceras som svår misshandel, men då ingen anmälan fanns var det inte mycket de kunde göra. Många inom polisen tyckte nog att det var lika bra. Vetskapen om att en far hade hämnats en dotters våldtäkt, vållade säkert ingen större empati för våldtäktsmännen.

Under rättegången som följde, vittnade Saga om allt hon råkat ut för. Åklagaren yrkade på ett långvarigt fängelsestraff för Alexi och ett kortare straff för Fedor då han vittnat till Alexis nackdel.

Jack knöt sina händer i ilska då domen lästes upp. Alexi fick arton månaders fängelse och Fedor villkorligt. Det var alltså vad domstolen tyckte var en rättvis dom. Att grovt misshandlat hans dotter och varit på god väg att våldta henne för att sedan tänkt ta livet av henne.

***

Fedor hade våndats oerhört över vad han skulle säga under rättegången. Men snart hade han insett att det inte skulle spela så stor roll. Han hade slagit Alexi i skallen och hindrat honom från att göra tjejen mer illa än han redan gjort. Det skulle räcka för Alexi och han skulle inte tveka att straffa honom. Då han förstått att Alexi inte hade haft för avsikt att låta tjejen leva, hade han bestämt sig. Det fick vara slut med det liv han så länge levt. Alla dåliga val han gjort genom livet gick inte att ändra, men framtiden kunde han påverka. Hans beslut skulle innebära stor fara för honom, men det fick det vara värt.

Nu var det något som måste göras. Det var att lätta på samvetsbördan och försöka få någon slags förlåtelse. Att gå tillbaka och kontakta alla de han misshandlat och rånat skulle inte vara möjligt. De flesta hade själva varit kriminella, utom en del rånoffer förstås. Men med tjejen var det en annan sak. Det låg i närtid och hon var så oskyldig man kunde vara.
Det kändes viktigt att försöka övertyga henne om att han ångrade sig och ville be om förlåtelse. Det kanske inte skulle gå, men var i alla fall värt ett försök. Hur han skulle gå till väga hade han ingen aning om. Det var ju inte så enkelt som att bara söka upp henne. Nej, den rätta vägen var nog att först ta kontakt med hennes far. Berätta för honom om att han

ångrade sig djupt och kanske få honom att arrangera ett möte. Han hade ju i alla fall räddat henne från ett värre öde och det kunde väl vara värt något.

Efter en tid hade han bestämt sig. Han skrev ett brev till Jack och förklarade så gott han kunde vad han kände och hur hans inställning inför framtiden såg ut. Han var dålig på att skriva och det såg nästan ut som om ett barn hade skrivit. Men han fick hjälp av sin övervakare som skrev ner allt på dator.

Det kändes lite pirrigt att stoppa ner kuvertet i postlådan, men då det var gjort kändes det skönt. Det var förhoppningsvis början på något nytt.

Kapitel 14

Jack läste brevet flera gånger. Först hade han blivit upprörd, men efter en stunds eftertanke så mildrades hans sinne något. Han visade brevet för Saga.

"Det här är upp till dig. Du är vuxen nog att bestämma själv. Men jag tycker inte att det är någon bra idé att du ska träffa den där människan igen."

Saga behövde inte fundera särskilt länge.

"Det skulle faktiskt kännas skönt att få ett erkännande och en ursäkt öga mot öga. Om han vore en helt igenom ond människa så skulle han väl inte ha räddat mig den där natten?"

Jack kände sig tveksam.

"Man är väl en ganska ond människa om man våldför sig på någon och sedan inte står för vad man gjort. Eller hur?"

Saga ryckte på axlarna.

"Jo, men han kanske kommer att ta på sig skulden nu? Alla kan väl ändra sig och förtjänar en andra chans."

Jack delade inte den åsikten men han ville inte argumentera med Saga.

"Som sagt så är det upp till dig. Om du känner att det är viktigt att träffa honom så ska du göra det. Men jag vill vara med. Jag vill inte lämna dig ensam med honom."

Jack pratade med Gudrun och undrade vad hon tyckte. Hon var också tveksam, men efter att ha haft ett långt snack med Saga, gav hon sitt samtycke.

Det blev bestämt att mötet skulle ske hemma hos dem och både Gudrun och Jack skulle närvara.

I brevet stod telefonnumret till Fedors övervakare. Jack ringde och ställde många frågor. När han fått svar från övervakaren kände han sig lite lugnare. De bestämde en tid och kom överens om att även övervakaren skulle vara med.

***

Fedor stod länge och kammade sig framför hallspegeln i sin lilla lägenhet. Han undrade vem han såg i spegeln. Var det samma idiot som tidigare eller var det en ny och bättre människa? Han var nervös inför mötet. Kanske skulle allt släppa när han fått förklara sig och be om förlåtelse? Kanske inte? I alla fall så var det något som måste göras om han någonsin skulle kunna förändra sitt liv. Nu hade de i alla fall gått med på ett möte och det var positivt.

Fedor putsade sina svarta skor. Det hade han inte gjort på länge, men nu kändes det extra viktigt att se proper ut. Då han var klar satte han sig vid köksbordet och väntade. Strax ringde det på dörren. Fedor öppnade och övervakaren frågade om han var klar.

Med stigande nervositet närmade de sig villaområdet och huset där mötet skulle ske. Fedor skakade i benen då de var framme.

Det var Jack som öppnade. Fedor kände igen honom från rättegångarna.

Jack sträckte fram handen och hälsade på Fedor och övervakaren.

"Välkomna in. Vill ni ha kaffe?"

Fedor var inte särskilt sugen men tackade i alla fall ja. Övervakaren som inte tyckte om kaffe tackade vänligt nej.

Saga och Gudrun satt i soffan i vardagsrummet. Övervakaren gick fram och hälsade med Fedor hack i häl.

Stämningen var tryckt till att börja med. Man kunde nästan ta på den. Övervakaren tog kommandot och förklarade varför Fedor propsat på att få träffa Saga. Han pratade lugnt och sakligt, och med sin mörka röst fick han stämningen att bli något mer avslappnat.

Fedor stakade sig när han skulle börja prata.

"Jo, eh, eller" han harklade sig. "Först vill jag säga att jag är mycket ledsen över allt som hänt. Jag har grubblat hela tiden efter rättegången och kommit fram till att jag måste få ur mig det här."

När han kommit så långt, var det som om något hände och Fedor kände sig inte längre så nervös. Han pratade lugnt och sansat och höjde blicken mot Saga.

"Jag förstår att du tyckte att utgången av rättegången var orättvis och du ska veta att jag håller med. Helt klart så var vi skyldiga båda två och skulle ha stått för vad vi gjort."

Jack spände blicken i Fedor.

"Varför gjorde ni det, om ni nu tyckte det var så fel?"

Fedor tittade ner i golvet.

"Jag tror kanske inte att Alexi tyckte det och han var ganska pådrivande. Vi var också fulla då det hände, så omdömet var nog så dåligt det kunde bli."

Jack skulle precis säga något men Saga hann före.

"Varför räddade du mig i lagerlokalen?"

"Jag vet inte, men jag tyckte att det gick för långt. När Alexi började yra om att du skulle undanröjas så förstod jag att jag måste göra något.

Jack såg inte särskilt nöjd ut.

"Vad är det du vill egentligen? Är det att få förlåtelse så att du kan känna dig lite bättre? Förstår du vad det innebär för en ung tjej att bli misshandlad och våldtagen? Det ger men för livet.

Fedor tittade ner i golvet igen.

"Jag har insett att det vi gjorde var fel och nu tänkte jag försöka bli en bättre människa. Det är därför som jag ville ha det här mötet. Någon förlåtelse förväntar jag mig inte, men bara det att jag tagit kontakt och att ni förstår att jag ångrar mig känns bra."

Jack grymtade lite och vände blicken mot Saga som satt med tårar i ögonen. Han var förvånad över hur hon tog det hela. Han hade förväntat sig en mycket häftigare reaktion, men nu såg hon lugn ut.

"Hur är det Saga? Är det något du vill säga?"

Saga torkade ögonen med utsidan av handen. Hon tittade på Fedor som mötte hennes blick.

"Det känns faktiskt som om jag skulle kunna förlåta dig. Det var hemskt det ni gjorde, men om du inte hade handlat som du gjorde i lagerlokalen så hade jag inte levt nu. Det måste betyda att du inte är helt ond utan har en gnutta empati i alla fall."

Fedor kände hur en tung börda föll från hans axlar, men han fick inte fram något mer att säga. Det blev tyst i rummet och övervakaren reste sig.

"Ja, det är väl inte mycket mer att säga. Jag hoppas att mötet gav nånting. Om ni har frågor så är det bara att kontakta mig."

Fedor reste sig också, men innan de gick ut vände han sig om.

"Jo, det var en sak till. Jag vet inte om ni känner till att Alexi brukar utföra uppdrag åt ett nätverk. Så är det i alla fall, och om jag känner honom rätt så kommer han inte att glömma det här utan försöka få någon att komma åt er. Ja, mig också. Han är inte den som glömmer och går vidare."

Jack hade också tänkt i de banorna.

"Har du kontakter så du skulle kunna få veta om något är på gång?"

Fedor nickade.

"Kanske, och jag lovar att varna er om jag får höra något."

Då Fedor och övervakaren lämnat huset, satt familjen kvar en lång stund och snackade om mötet. Gudrun som varit lugn hela tiden var nu ganska upprörd.

"Kan det vara så att vi är utsatta för hot och riskerar att råka ut för något?"

Jack skakade på huvudet.

"Det är i alla fall inget som vi behöver vara oroliga för just nu. Alexi sitter i fängelse och lär få sitta minst ett år innan han kommer ut."

Gudrun lät sig inte lugnas.

"Men du hörde väl vad han sa. Den där människan kanske försöker leja någon att skada oss."

Jack förstod att det inte fanns så mycket att säga för att lugna Gudrun.

"Jag ska snacka med Anders om det här. Han brukar alltid ha en lösning."

Kapitel 15

Fängelsevistelsen kändes inte särskilt jobbig för Alexi. Han hade suttit inne många gånger förr och såg det mest som en slags semester. Maten var helt okej och det fanns saker att fördriva tiden med. Han kände också några av de andra intagna och var inte så ensam. Men det var en sak som tyngde honom mer än något annat. Det var sveket från Fedor. Bara tanken gjorde honom rasande och han skulle inte ha tålamod att vänta tills han kom ut. Han kände sig tvingad att kontakta nätverket och be dem att hjälpa till att lösa hans problem. Då kunde de samtidigt få i uppdrag att ta itu med de som var orsaken till allt. Det skulle kosta oerhört mycket det förstod han, men då fick det göra det. Han hade inte pengar att betala med. Han hade bara sig själv och sitt arbete och det skulle säkert krävas ett högt risktagande från hans sida. Men han hade inget annat val.

***

Afrikanen var mycket missnöjd med hur allt hade utvecklat sig. Den viktiga transporten av heroin från Ryssland hade gått åt helvete. De hade anlitat en annan kurir som visade sig vara en sopa. Han hade klantat sig och åkt fast vid en gränsövergång mot Finland. Afrikanen lastade misslyckandet på Alexi och han grunnade på hur han skulle få gottgöra det. Då han fick kännedom om att Alexi ville ha fler tjänster utförda, blev han först ursinnig. Hur hade idioten ha mage att be om något sådant? Men efter att ha funderat en del kom han slutligen fram till att det kanske skulle kunna löna sig i längden.

Priset skulle bli att Alexi åtog sig att lyda minsta vink i åratal framåt, utan att få något tillbaka. Smuggling, indrivning ja till och med mord. Afrikanen beslöt att gå Alexi till mötes.

***

Att det skulle kosta hade Alexi varit förberedd på, men att leva som slav åt nätverket under flera år framåt kändes tungt. Nu hade han inte något att välja på och att vänta tills han kom ut skulle kännas som en allt för lång tid. Dessutom var han redan skyldig en tjänst och den skulle han ändå inte komma undan.

Han fick en mobil insmugglad i cellen där han via en krypterad chatt kunde kommunicera det han ville ha gjort. Först skulle Fedor likvideras. Sedan skulle de båda männen misshandlas så svårt att de blev invalidiserade. Han nämnde inget om Saga. Henne skulle han själv ta hand om då han kom ut.

***

Afrikanen instruerade några underhuggare om upplägget. Att göra sig av med Fedor skulle inte vara något problem. Ingen skulle sakna honom och polisen skulle nog inte lägga ner allt för mycket tid om de fick in en anmälan om en försvunnen person. Värre var det med de båda männen som visat sig vara helt vanliga yrkesarbetande svennar som inte varit inblandade i kriminalitet tidigare. Där skulle det krävas en del planering och polisen skulle säkerligen inte spara på resurserna.

Underhuggarna fick i uppdrag att leta rätt på Fedor, likvidera honom och gräva ner honom på ett ställe där han skulle bli svår att hitta. När det gällde de båda männen så skulle konfrontation undvikas. Att skada någon så illa att de blev handikappade utan att lämna dna skulle vara riskabelt. Ett säkert sätt som var väl beprövat och ganska riskfritt var att använda handgranater. Visserligen kunde det gå fel och inte få avsedd verkan. Det kunde också medföra dödsfall eller att någon oskyldig drabbades. Nu brydde sig afrikanen inte särskilt mycket om ifall männen skulle råka avlida. De hade själva gett sig in i leken och fick stå sitt kast.

***

Fedor hade inte samma inblick och kontakter i nätverket som Alexi. Han hade mest hängt på som en hjälpreda och kände inte någon närmare som hade koll på vad som var på gång. Men han hade bekanta i periferin. Det var genom en sådan bekant han fått höra att det enligt ryktet fanns ett kontrakt på honom. Det kom inte som någon överraskning och han förstod vikten av att hålla sig undan. Lägenheten var minerat område. Han skyndade sig att packa ner allt han behövde och började leta efter ett säkrare boende.

Det villkorliga straffet var avverkat så det skulle inte bli något problem med övervakaren. Men att skaffa kontanter var ett dilemma. Om han nu bestämt sig för att börja leva ett hederligare liv så måste han ju börja någonstans. Men att i det här läget försöka skaffa sig ett arbete var uteslutet. Inte heller skulle han kunna söka bidrag. Det enda han kom på var att han skulle göra några inbrott, sälja bytet och skaffa knark som han sedan kunde sälja vidare med god förtjänst.

Lite skulle han säkert behöva själv också. Sedan var det ett annat och värre problem. Det var att komma åt Alexi och få honom att ta tillbaka sitt kontrakt. Skulle inte det gå så fanns inget annat att göra än att göra sig av med honom. Då skulle kontraktet upphöra att gälla. Han visste att Alexi inte hade kontanter utan fått betala med framtida tjänster. Om han skulle dö så hade inte nätverket längre någon anledning att fullfölja. Men ännu var det lång tid kvar innan Alexi skulle släppas ut och så länge han satt inne var han oåtkomlig. Nu gällde det att hålla sig undan i minst ett år och då skulle det inte finnas någon möjlighet att helt byta inriktning på livet.

Fedor visste mycket väl att han inte var den vassaste kniven i lådan. Han hade svårt för att läsa och han hade aldrig varit speciellt bra på att lösa problem eller komma med bra idéer. Men han hade en egenskap som räddat honom ur många situationer. Han var försiktig och uppmärksam. Han anade när det var fara och färde och han tog sällan onödiga risker. Det hade gjort att han aldrig behövt sitta i fängelse. Då han varit i lag med Alexi hade den egenskapen inte varit till någon större nytta, men nu när han skulle vara tvungen att hålla sig undan, var den oumbärlig.

Han hittade en etta i ett nedgånget hyreshus där han kunde vara anonym. Hyresvärden var en gammal narkoman som fått ärva huset och genom att förse honom med det han behövde, kunde Fedor bo där utan att registrera något. Det fanns en utgång från källaren som han osedd kunde ta sig ut och in och inte långt bort låg en närbutik där han kunde handla mat. Sin gamla lägenhet hade han sagt upp och lämnat trots att han redan betalat hyran i förskott. Men den hyran kanske skulle täcka slutstädningen.

Det blev några inbrott och vid ett av dem hade han sådan tur att han hittade kontanter som skulle räcka ett bra tag. Nu skulle han ligga lågt enda tills Alexi blev frisläppt.

***

Veckorna gick och ensamheten blev allt mer en pina. Fedor visste att han inte kunde gå ut i onödan men att bara sitta och glo på tv blev lite långtråkigt. Det var inte många som bodde i huset, men då och då stötte han ihop med någon i tvättstugan.

En dag fick han se en person han kände igen. Han blev helt förskräckt då han insåg att det varit vid ett tillfälle då han och Alexi haft kontakt med nätverket som han sett honom. Nu blev allt plötsligt ännu mer besvärligt. Personen i fråga hade inte sett honom eller i alla fall inte känt igen honom. Den fara som nu uppstått kändes skrämmande men inte hopplös. Det gällde bara att vara extra försiktig. Fedor hade lätt för att känna igen ansikten, men det var ju inte säkert att den andra hade det.

Tiden gick långsamt och Fedor fördrev den mest genom att försöka ta sig igenom någon bok. Det gick trögt men han märkte att det i alla fall blev lite bättre. En kväll då han var nere i tvättstugan för att tvätta, behövde han gå på toaletten. Han hade just dragit ner byxorna och satt sig då han hörde att någon kom in i tvättstugan och började prata. Ganska snart förstod han att det var mannen han tidigare känt igen som pratade med en bekant. Samtalet handlade mest om brudar och festande, men plötsligt sa en av männen något som fick Fedor att stelna till. Han frågade den andre om han hört om de två svennarna som skulle få sig en minnesbeta.

"Vilka svennar?" Hade den andre undrat.

"Dom där som gav sig på Alexi och hans kompis golaren."

"Nej, det har jag inte hört. Ska dom släckas?"

"Nej, men dom ska tydligen få träffa farbror handgranat. Lite amputationer och splitter i röven, vet du."

De började båda skratta medan de försvann ut ur tvättstugan. Fedor väntade en stund innan han vågade sig ut. Han stoppade in sin tvätt och skyndade sig upp till lägenheten. Nu visste han vad nätverket planerat för Jack och hans vän och han måste varna dem illa kvickt.

Kapitel 16

Det var sent på eftermiddagen och Jack hade slutat för dagen. Han hade precis släckt i verkstaden och höll på att låsa då någon smög sig upp bakom honom. Han vände sig snabbt om och var beredd på att försvara sig. Den smygande mannen stannade och höll upp händerna för att markera att han inte ville något ont. Jack såg genast att det var Fedor som stod där.

"Vad vill du?" Frågade han barskt och spände blicken i honom.

Fedor förklarade ivrigt att de måste prata och att det rörde deras säkerhet. Jack kopplade genast samman situationen med det som tidigare hänt. Han låste upp igen och de gick in och satte sig på kontoret.

Där berättade Fedor om sin egen situation och vad han hade hört i tvättstugan. Jack kunde inte riktigt tro att det skulle vara så allvarligt. Men då Fedor berättat lite mer om nätverket och deras metoder, blev han riktigt bekymrad.

"Hur oroliga bör vi vara? När tror du att dom tänker sätta sin plan i verket?"

Fedor skakade på huvudet.

"Ingen aning. Det kan ske redan i morgon. Du måste genast varna din polare och sätta er själva och familjen i säkerhet."

Jack grinade illa.

"Fy helvete, det här var inte bra. Du själv då, med ett dödshot hängande över dig, vad ska du göra?"

"Jag håller mig undan på en säker plats. Jag har varit med förr så för mig är det inte så dramatiskt."

Jack knackade nervöst med fingertopparna i bordet.

"Vad tycker du jag ska göra?"

"Har du ingen bekant du kan ta dig till? Eller låna en sommarstuga av någon?"

Jack tänkte efter men kom inte på om någon han kände kunde vara till hjälp.

"Jag måste ringa Anders och berätta. Han kanske har en lösning."

Fedor reste sig.

"Bra, jag måste dra nu."

Jack hejdade honom.

"Kan vi hålla kontakt på något vis? Jag skulle vara tacksam om du hörde av dig ifall du får veta något mer."

De bytte mobilnummer med varandra och Fedor smög iväg lika försiktigt som han kommit.

Jack satt och funderade på hur han skulle göra, då mobilen ringde. Det var Gudrun.

"Hej gubbe, maten är klar. Kommer du inte hem snart?"

"Jodå, jag är på väg."

I bilen gick tankarna runt. Hur skulle han framföra det här till Gudrun? Hon skulle bli mycket upprörd. Båda hade ju arbeten att sköta och att bara försvinna utan att meddela någon vart de tagit vägen skulle vara jättemärkligt. Han förstod vad Gudrun skulle föreslå och letade febrilt efter argument som skulle övertyga henne och få henne att förstå. Han bestämde sig för att ta det på en gång, innan maten.

Gudrun såg direkt att något var fel. Jack brukade alltid vara glad och lite skojfrisk då han kom hem från jobbet, men nu var han blek och verkade allt annat en glad.

"Har det hänt något?" Frågade Gudrun då han kom in i köket.

Jack satte sig med en suck.

"Det kan man nog säga."

Han berättade att Fedor kommit för att varna honom och att de nu svävade i fara. Precis som väntat så blev Gudrun utom sig.

"Vi måste ringa polisen och det med en gång."

Jack bad henne lugna sig.

"Jag förstod att du skulle föreslå det, men det skulle inte göra någon skillnad. Du förstår att dom här typerna skyr inga medel och varken vi eller polisen vet vilka det handlar om. Det är nog så att vi måste gömma oss ett tag tills vi hittar en lösning."

Gudrun var inte särskilt lugn.

"Men vart ska vi ta vägen? Både du och jag måste jobba annars kan vi inte betala lånen. Och Saga, vad ska vi säga till henne? Hon pluggar ju. Måste hon också gömma sig? Kan inte den där Fedor berätta för polisen så att dom kan ta fast gangstrarna?"

Jack suckade tung.

"Om det ändå vore så enkelt. Fedor vet lika lite som vi. Han hörde bara ett rykte men tyckte att det räckte för att varna mig. Nu tror jag inte att varken du eller Saga ligger i riskzonen, det verkade bara gälla mig och Anders. Jag ska ringa honom och höra vad han säger."

Varken Jack eller Gudrun var särskilt hungriga efter samtalet. De petade i maten men fick i alla fall i sig lite.

Gudrun var fortfarande mycket skärrad.

"Jag måste ringa Saga. Vad ska jag säga?"

"Vänta tills jag snackat med Anders. Du vet att han är smart. Kanske har han en bra lösning."

Jack gick in i vardagsrummet, satte sig i en fåtölj och slog numret till Anders.

Anders var fortfarande kvar i sitt arbetsrum trots att klockan var över sju. Han anade direkt att allt inte stod rätt till då han hörde Jacks tonfall. Jack berättade att han träffat Fedor och vad han sagt.

"Det låter allvarligt det här. Om det nu är oss dom är ute efter och tänker slänga handgranater på oss, så är det säkrast att vi inte är i närheten av våra fruar. Vi gör så här: Det är nog säkrare här i Kungsör. Jag har larm och kameror lite överallt så det är ingen som kan komma i närheten osedd. Gudrun och Saga får komma hit och bo här ett tag så kommer jag till dig. Jag kan ta med mig jobbet så kan vi hålla till i din verkstad. På kvällarna kan vi planera hur vi ska reda ut det här."

Jack tänkte efter en stund. Det verkade som en bra idé.

"Men Gudrun jobbar och Saga pluggar. Dom kan ju inte pendla mellan Kungsör och Linköping."

"Nej kanske inte, men dom får sjukskriva sig, ta semester eller nått. Du fattar väl att det här är allvar?"

"Jo, jag fattar. Jag ska snacka med dom. Du lär väl få fullt upp med att förklara för Liselott nu?"

"Ja, hon kommer inte att bli glad. Jag har inte nämnt något om vad vi gjorde så jag antar att kvällen kommer att bli lång. Men skit samma, ni får packa ihop det dom behöver och komma hit redan i morgon."

Liselott hade tagit det med ett lugn som gjorde Anders helt förbryllad. Tänk att han kunnat tro så fel om henne. Hon hade genast förstått allvaret och inte börjat bråka. I stället hade hon genast satt igång med att ordna för de nya gästerna. Senare på kvällen när de låg och pratade i sängen, hade hon undrat hur Anders tänkt då han planerade att hjälpa Jack. Han påminde henne om det hon redan visste, att han var en person som inte tolererade orättvisor i rättssystemet och att det skulle ha känts som ett svek att inte hjälpa Jack.

Morgonen därpå anlände Jack och Gudrun. De hade försökt övertala Saga att följa med, men hon hade vägrat. Hon trodde inte på ryktet som Fedor hört och hon ville inte vara borta från skolan. Då det inte verkade som om hon svävade i någon omedelbar fara, hade Jack och Gudrun till sist gett upp. De insåg att Sagas envishet skulle få henne att gå segrande ur striden.

Liselott och Gudrun hälsade artigt på varandra. De hade aldrig träffats men hört sina män prata. Det verkade som om personkemin fungerade och det dröjde inte länge innan de kände sig bekväma i varandras sällskap.

Anders och Jack packade in allt Anders behövde och körde tillbaka till Linköping. De åkte direkt till Jacks verkstad där Anders installerade sina datorer och all utrustning han behövde för att kunna jobba. På en laptop hade han larmsystemet med alla kameror. Där kunde han i realtid se allt som rörde sig utanför huset i Kungsör. Om någon skulle bryta sig in så skulle larmet gå direkt till ett vaktbolag som hade personal i Köping, tjugo minuter bort. Han kände sig ganska trygg.

Då allt var klart och det blivit kväll, åkte de hem till Jacks villa. Anders hade planerat att sätta upp larm och kameror där också, men det fick vänta tills dagen därpå. Nu var de båda trötta. De åt en omelett som Jack slängt ihop, tog varsin öl och slog sig ner i soffan i vardagsrummet.

Anders öppnade sin laptop för att se om allt verkade funka hemma i Kungsör. Det var mörkt men kamerorna hade mörkerseende så man såg tydligt ändå. Han skulle precis fälla ihop skärmen då han hejdade sig. Det var något som skymtade till på skärmen.

Kapitel 17

Planeringen för att gå Alexi till mötes hade inte varit särskilt svår. Afrikanen hade lejt en torped han använt många gånger förut. Han visste att han var pålitlig och inte skulle röja några känsliga uppgifter om han åkte fast. Namn och adresser var klart och torpeden fick fria händer. Men det var viktigt att det skedde snabbt. Snart skulle Alexi komma ut och då ville afrikanen ha hans fulla fokus. Det var flera viktiga leveranser som väntade och mycket pengar stod på spel.

Torpeden tog sig an uppdraget utan fråga så mycket. Två män skulle få en handgranat i knät. Det var enkelt och fanns inga tveksamheter. Visserligen var det underförstått att skadorna skulle begränsas så att de inte dog. Det kunde ju förstås bli lite knivigt, men det var inget som han bekymrade sig särskilt mycket om. Om nu en av dem eller båda skulle råka avlida så gjorde det väl inte så stor skillnad. Det skulle bli ett himla pådrag ändå, men inte äventyra varken hans eller nätverkets säkerhet.

Han hade bestämt sig för att börja med mannen som bodde i Kungsör. Det huset låg lite avsides så där gällde det att vara snabb och bestämd. Dagen innan hade han spanat på håll med kikare och upptäckt att det fanns övervakningskameror. Men han skulle vara väl maskerad och ta sig snabbt därifrån.

Det hade börjat skymma och torpeden väntade tålmodigt i en skogsdunge där han hade god uppsikt. Då lamporna släcktes i övriga rum och tändes i det han misstänkte var sovrummet, började han göra sig redo. Det var nog ganska troligt att både mannen och kvinnan skulle vara där samtidigt. Men det skulle han kunna avgöra med en hastig titt och sedan kasta handgranaten vid den sida av sängen där mannen låg. Kvinnan skulle nog också bli rejält skadad, men det gick nog inte att undvika.

Han körde fram och parkerade sin motorcykel några hundra meter från huset. Sedan tog han upp en granat och osäkrade den. Det kändes alltid lite pirrigt inför ett uppdrag och det här var inget undantag. Han gick med raska steg och när han var så nära att kamerorna kunde upptäcka honom, drog han ner huvan och började springa. Då han var framme vid fönstret där det lyste, kastade han en hastig blick in. Han kunde urskilja att det låg en kvinna i sängen närmast fönstret. Han förstod att det var mannen som låg bredvid. Med en snabb rörelse slet han upp en batong och slog sönder rutan, varefter han slängde in granaten med precision så att den hamnade på rätt sida av sängen. Sedan sprang han därifrån. Då han hunnit tio meter kom explosionen och resten av fönsterrutan blåstes ut. Han ökade takten och var snabbt framme vid motorcykeln. Med en rivstart var han iväg och snart var han ute på väg 56 och satte fart mot Linköping.

***

Liselott och Gudrun hade mycket att prata om då deras karlar åkt. Gudrun berättade hur orolig hon var och föll flera gånger i gråt då hon försökte förklara de motstridiga känslor som uppstått då hon fått veta vad Jack gjort. Liselott berättade i sin tur hur hon blivit tagen på sängen och inte vetat vad det var som Anders och Jack hade planerat. Hon hade trott att det bara rörde sig om att hitta nya bevis. Om hon hade vetat skulle hon ha stoppat det. Samtidigt förstod hon hur mycket det hade betytt för både Anders och Jack och inte minst för Saga. Nu hade hon i alla fall fått någon slags upprättelse men med allvarliga konsekvenser som följd.

Då det började bli mörkt, gäspade Liselott.

"Nej, nu tror jag det är dags att sova. Tycker du det känns obekvämt att sova bredvid mig? Allt har ju gått så hastigt, men i morgon kan vi bädda i Pärs gamla rum."

"Nej, det känns faktiskt skönt att ha sällskap", sa Gudrun.

Efter att ha gjort sig i ordning för natten gick kvinnorna in i sovrummet och kröp ner i sängen.

"Godnatt och sov gott", sa Liselott och sträckte sig mot nattygsbordet.

"God natt", sa Gudrun och vände sig på sidan.

Liselott skulle precis släcka sänglampan då fönsterrutan krossades och en duns hördes bredvid sängen. Hon hann urskilja konturerna av en gestalt innan den fruktansvärda explosionen kom och allt blev kaos. Ett öronbedövande dån följt av ett otroligt starkt ljus. Sedan blev allt svart.

***

Torpeden var noga med att hålla hastigheten på vissa ställen. Han hade tagit reda på var det fanns fartkameror och att fastna på bild även om han hade intergralhjälm på huvudet, skulle inte vara så lyckat. Snart var han i Katrineholm och när han kom ut på motortrafikleden kunde han öka hastigheten.

Klockan var närmare midnatt då han anlände till Linköping. Han gjorde en snabb kalkyl i huvudet om hur lång tid det skulle ta innan polisen skulle meddela sig till närliggande städer. Förmodligen hade det redan skett. Om inte den andra mannen satt och lyssnade på polisradion skulle han vara lyckligt ovetande om vad som hänt hans kumpan.

Det tog en stund innan han var inne på gatan där Jack hade sin villa. Han parkerade motorcykeln en bit därifrån och började långsamt gå mot huset. Konstigt nog så var det inte släckt och på håll såg han att det rådde full aktivitet där inne. Plötsligt öppnade sig dörren och två män kom utspringande. Det var nästan så de sprang omkull honom men verkade inte ta någon notis om att han stod där. De var mycket upprörda och rusade fram till en bil. Torpeden blev överrumplad då han noterat att det var de båda männen som var hans måltavla det rörde sig om. Nu blev det genast lite knivigt och han skulle vara tvungen att omarbeta sin plan totalt.

***

Det gick en iskall rysning genom Anders då han förstod att någon smög omkring vid huset. Han ropade på Jack.

"Kom och titta. Det här ser inte bra ut."

Jack skyndade sig då han hörde allvaret i Anders röst.

"Vad är det som händer? Är det en inbrottstjuv?"

Sedan gick allt mycket snabbt. Gestalten som skymtat syntes nu i helfigur. Han slet upp något ur sin jacka och krossade ett fönster. Varken Anders eller Jack förstod vad det var de såg. Så kom explosionen. De satt båda som förstenade och fattade ingenting. Anders var den som först kom till sans.

"JÄVLAR I HELVETE!" Skrek han så det skar i öronen på Jack. "Dom har gett sig på tjejerna."

Han tog upp mobilen men fumlade så att han tappade den flera gånger. Till slut kunde han trycka in 112.

Vaktkontoret i Köping hade redan fått larmet och med samtalet från Anders förstod larmcentralen att det var allvarligt. Polis, brandkår och ambulans var på plats efter tjugofem minuter. Då var Anders och Jack nästan halvvägs.

När de kom fram till villan var det avspärrat. Brandkåren var i full färd med att eftersläcka och de blinkande blåljusen lyste upp hela tomten.

Anders och Jack blev stoppade då de skulle ta sig förbi avspärrningsbandet. Då de identifierat sig fick de veta att kvinnorna var förda till länssjukhuset i Västerås. Polisen hann knappt prata klart innan de rusade till bilen och for iväg.

Väl framme stannade de på en handikapparkering och rusade in. Det blev först lite förvirrat innan personalen förstod vilka de var. Till slut blev de placerade i ett väntrum och uppmanade att vänta där på besked, då kvinnorna höll på att opereras.

Väntan blev olidligt lång och ingen av dem sa ett ljud till varandra. De hade båda nog med sina egna tankar och farhågor.

Till slut så kom i alla fall en läkare som verkade ha besked. Båda såg genast på läkarens ansiktsuttryck att det inte var några goda nyheter han hade att komma med. Läkaren hälsade och bad dem komma med. Inne på ett litet kontor bad han Anders och Jack att sitta ner. Själv satte han sig vid kontorsbordet och tog av sig sina glasögon.

"Jag är mycket ledsen, men vi har gjort allt vi kunnat. Skadorna var allt för svåra så det gick inte att rädda dom. Tyvärr så är båda avlidna."

Jack satte händerna för ansiktet och började snyfta. Anders satt helt tyst och stirrade med tom blick på läkaren. Tankarna stockades i hans huvud. Det var han som var orsak till det som skett. Hade han bara tänkt ett steg längre eller kanske pratat med Liselott först så hade det här aldrig skett. Nu hade det skett det som inte fick ske och han kände sig bara tom. Som ett skal utan innehåll.

Kapitel 18

Samtalet till Pär var det svåraste Anders varit med om.
Likadant var det för Jack då han skulle berätta för Saga om det
tragiska som hänt. När det var gjort var de båda så tagna och
utmattade att de inte visste vad de skulle ta sig till. De tog sig i
alla fall till Linköping och söp sig rejält fulla.

Under några dagar var de oförmögna att göra något alls. Jack
hade i alla fall Saga att ta hand om och försöka trösta så gott
han kunde. Pär hade ännu inte kommit hem från England.
Hans plan hade blivit försenat på grund av svår dimma och
han skulle inte komma än på några dagar. Anders sjönk mer
och mer in i depression och hade svårt att redogöra för polisen
vad det varit som föranlett detta elände.

***

Händelsen slogs upp stort i media och när Fedor fick veta vad
som hänt, förstod han att han inte skulle kunna hålla sig
undan längre. Han gav sig till känna och redogjorde för polisen
det han visste. Det fanns inte mycket att gå på och trots flera
gripanden kunde man inte få fram vem som utfört dådet eller
legat bakom. Att det var nätverket i fråga fanns inget tvivel om,
men det var brokigt sammansatt av personer som inte visste så
mycket eller i alla fall inte sa det de visste. Någon teknisk
bevisning hade inte gått att få fram förutom några
granatskärvor och däckspår av en motorcykel. Inget dna och
inga fingeravtryck. På övervakningsfilmerna kunde man se en
individ, förmodligen en man. Men han hade varit ordentligt
maskerad och rörde sig utan att visa några speciella

kännetecken. Jack befarade att utredningen inte skulle komma fram till något. Han försökte prata med Anders om det, men fick bara korthuggna och otydliga svar. Anders var helt under isen. Han hade börjat dricka regelbundet igen efter så många års uppehåll.

***

Då Alexi fick höra vad som hänt, blev han först förbannad. Det var inte så han hade sagt. Men efter att ha tänkt igenom det hela, kunde han ändå känna sig lite nöjd. Att mista sina fruar på det viset som skett var ett straff så gott som något. Han riktigt myste då han tänkte på hur karlarna mådde nu. Det var de värda och beträffande bruden så kunde han kanske släppa henne nu. Hon hade mist sin mor och det straffet stod väl i proportion till det hon hade gjort. Men Fedor fanns kvar. Den jävla golaren skulle få betala med blod för sitt svek, den saken var säker.

Alexi hade bara några månader kvar av sitt straff. Han hade skött sig och nu närmade sig frigivningen med stormsteg. Det blev naturligtvis en del förhör om det som hänt i Kungsör. Fedor hade snackat och pekat ut Alexi som ansvarig, men det gick inte att bevisa. Alexi hade ett starkt alibi då han suttit inlåst under tiden. Det skulle bli en svår tid efter frigivningen, det förstod han. Det var mycket han hade att betala av till nätverket och det fanns ingen väg ut ur det. Men han skulle fullfölja sina löften och kanske så småningom kunna inta en mer framträdande position i nätverket. Lite respekt skulle inte skada och det skulle kännas jävligt bra.

***

Afrikanen var missnöjd med hur det hela hade utvecklat sig. Det var inte bra att polisen störde så mycket. Visserligen hade torpeden försäkrat att det inte fanns några spår. Han hade även erbjudit sig att utföra nästa uppdrag gratis då han inte helt lyckats den här gången. Afrikanen lät det hela bero och meddelade att uppdraget nu var avslutat. Även om fel personer hade drabbats så var ändå själva avsikten att straffa de båda männen uppnådd. Han tog för givet att Alexi skulle vara av samma åsikt. Förresten så hade han inget val.

Alexi var mycket upprymd då han klev ut från fängelset. En bil stod och väntade och det kändes som om han faktiskt uppnått större aktning bara genom att sitta inne. Han hade bestämt sig för att inte värja för något uppdrag hur svårt och riskabelt det än skulle vara. Till slut skulle han kanske få det erkännande han så väl var värd och kanske tjäna en rejäl hacka. Det här var hans väg dit.

***

Det första uppdraget han fick, var att smuggla narkotika. Inte från Ryssland den här gången utan från Tyskland. Han drog en lättnadens suck då han fick veta. Det var en himmelsvid skillnad på de båda länderna då det gällde polisen och deras förhörsmetoder. Tyskland var rena barnkammaren i jämförelse och att åka fast där skulle vara ungefär som att åka fast i Sverige. En stunds semester han gott kunde unna sig.

Nu hade han ju nyligen haft semester så han kände ingen större lust att förlänga den. Han hade förutsatt sig att klara det och det gjorde han också.

Den lyckade smugglingen gav visserligen inte mat på bordet men självförtroendet stärktes och Alexi tog sig an nästa uppdrag med gott mod.

Det var att inkassera en skuld från handlare som hamnat snett och inte kunde betala. Fanns inga pengar så måste skulden betalas med blod, det visste alla. Handlaren som ägde en mindre mataffär, hade tänkt tjäna lite extra genom att sälja smuggelcigaretter. Det var ett stort parti han beställt, men då han skulle betala, visade det sig att han lånat pengar av en ockrare som ville ha tillbaka dem samtidigt som cigaretterna skulle betalas. Det gick ju inte så han valde att betala lånehajen och sedan försöka förhandla om cigaretterna. Han fick en veckas anstånd men hann inte få ihop så det räckte. Nu blev han av med varorna och samtidigt tre fingrar som Alexi med nöje klippt av med en sekatör.

Uppdragen fortsatte och det visade sig att Alexi sällan misslyckades. Afrikanen var imponerad och bestämde att Alexi skulle få en liten del av kakan han drog in. Inte mycket men att han i alla fall inte skulle behöva göra några affärer vid sidan om för att klara sig.

Alexi var mycket nöjd med hur allt utvecklat sig. Han började få bekanta inom nätverket och det verkade inte som om man såg ner på honom längre. Han utförde sina uppdrag med starkt fokus och försökte att inte tänka på det svek han blivit utsatt för av sin förre kumpan. Det var om sena kvällar och nätter som tankarna kom. Han hade letat överallt och hört sig för, men ingen hade haft några upplysningar som var värda något.

Efter att Fedor givit sig till känna och pratat med polisen hade Alexi trott att det var klart. Sekretessen hos myndigheter var lätt att ta sig förbi, men tydligen hade Fedor lyckats försvinna spårlöst igen. Men ingen skulle kunna hålla sig undan i all evighet. Snart skulle han få upp ett spår och då kunde Fedor räkna sina dagar. Att han fortfarande befann sig i närheten var nog ganska troligt. I Polen hade han inget att hämta och kunde inte ens språket. Det skulle förhoppningsvis inte dröja länge innan han själv stigit i hierarkin inom nätverket och då skulle han få resurser att intensifiera sitt sökande.

***

Fedor hade efter att han gått till polisen, bytt boende. Han hade hyrt en kolonistuga utan kontrakt och i falskt namn. Det var inget bekvämt boende, men det fanns el och vatten.

Efter den hemska nyheten om granatattacken i Kungsör, hade han inte haft någon kontakt med Jack. Han skulle gärna vilja, men visste inte vad han skulle säga. Det var nog inget han kunde göra för att lindra smärtan, men på något vis kändes det ändå som om han borde höra av sig och i alla fall beklaga sorgen. Hela händelseförloppet hade i grund och botten sitt ursprung i att han och Alexi förgripit sig på Saga. Hade de avstått skulle de båda kvinnorna fortfarande vara vid liv. Känslan av skuld väckte sig starkare dag för dag och till slut tog han mod till sig och slog numret till Jack.

Kapitel 19

Polisutredningen hade gått i stå. Det var hela tiden ett steg fram och två tillbaka. Det var inte så att man givit upp, men det fanns mycket annat att göra och i väntan på nya uppgifter så minskade man på engagemanget.

Anders var uppgiven. Han hade legat på och hört sig för, men fick hela tiden samma svar.

"Vi gör allt vi kan."

Han hade pratat mycket med Pär och det lättade lite. Men någonstans kunde han känna ett sting av anklagan från Pärs sida. Inget han sagt rent ut, men det gick att ana vad han tänkte. Det var i och för sig rätt. Han hade en stor skuld i det hela, det gick inte att komma ifrån och det tyngde honom mycket.

Då Pär återvänt till England, började en ännu svårare tid. Drickandet tilltog och snart kunde han inte längre sköta sitt jobb. Till slut var han tvungen att lösa ut livförsäkringen för att klara sig ekonomiskt. Den hade han väntat med av skäl han inte riktigt visste. Förmodligen att det på något vis skulle vara det definitiva beviset på att Liselott var död. Begravningen hade känts som ett slags avslut, men ändå inte.

Skadorna på huset hade försäkringen täckt, men det mesta var i oordning trots att Pär hade hjälpt till att röja.

Några gånger hade han pratat med Jack, men det hade inte blivit särskilt mycket sagt. Det var nog Jack som haft mest behov av att prata om det som hänt. Anders kände inte så. Han ville helst bara glömma.

***

Jack blev mycket förvånad då han fick telefonsamtal från Fedor. Först hade han tänkt att genast avsluta samtalet, men ångrat sig. Det kändes som om Fedor var uppriktigt ledsen över det som hänt. Han hade tagit på sig skulden, men det blev lite långsökt då Jack visste att det var flera som hade skuld i det hela. Alexi var den som hade störst skuld. Fedor hade också varit delaktig. Anders hade kommit på idén med hur de skulle straffa gärningsmännen och han själv hade bestämt att något måste göras. De enda som varit helt skuldfria var Gudrun och Liselott och de var de som fått betala priset.

Det blev ett långt samtal och snart kom det som Jack gått och tänkt på. Vad som skulle hända nu? Vad skulle eftermälet bli? Att bara glömma och gå vidare skulle inte vara möjligt. Om inte polisen kom någon vart så fick det bara inte rinna ut i sanden. Fedor trevade lite försiktigt och antydde att han skulle behöva göra sig kvitt Alexi. Först ryggade Jack vid tanken, men insåg snart Fedors dilemma. Han hade ett kontrakt på sig och det skulle antingen vara han eller Alexi. Dessutom var Alexi den som varit ytterst ansvarig för att Gudrun och Liselott råkat illa ut. Han förtjänade att dö, om den saken var det ingen tvekan. Det fanns ytterligare en person som förverkat sin rätt att leva. Det var han som utfört själva handlingen.

Då samtalet var över hade båda bestämt att de skulle träffas.

***

Jack kunde leva sitt liv på ett någorlunda uthärdligt vis. Han var återhållsam med drickandet och skötte sitt arbete. Många gånger hade han varit nära att ge upp, men han hade Saga att tänka på. De träffades ofta och hade kommit varandra närmare än de gjort då Gudrun levde.

Efter samtalet med Fedor började nya tankar dyka upp. Tankar han kände igen och som handlade om hämnd och rättvisa. Det skulle nog kännas underligt att medverka till någons död, men på sätt och vis hade han redan gjort det. Han vägde för och emot många gånger och till slut hade han bestämt sig. Han skulle samarbeta med Fedor men han ville ha Anders med sig. Det skulle kanske inte vara möjligt då han visste i vilket skick Anders var i, men det var i alla fall värt ett försök.

En lördagsmorgon satte sig Jack i bilen och körde mot Kungsör. Förhoppningarna var ganska låga och han bävade för vad han skulle mötas av. Ett alkoholiserat vrak som inte gick att prata med. Om det nu var så, skulle det ändå kännas som hans plikt att försöka hjälpa honom. De var barndomsvänner som funnit varandra på nytt och gått igenom så mycket tillsammans. Dessutom delade de samma hemska öde.

Förväntningarna stärktes precis inte av synen som mötte honom då han körde upp på gården. Det var stökigt och han anade det värsta. Han hade inte ringt och förvarnat utan ville ta tjuren vid hornen.

Jack knackade kraftigt på dörren. Efter en stund hörde han hur det rasslade där inne. Dörren öppnades på glänt och ett yrvaket ovårdat huvud tittade ut.

"Hej Anders. Får jag komma in?"

Anders såg förvånad ut och öppnade dörren.

"Hej Jack. Kom in du."

Jack såg sig omkring. Det var stökigt men inte den misär som han förväntat sig.

"Hur är det med dig? Du ser inte vidare pigg ut."

Anders satte sig tungt vid köksbordet.

"Ja, vad ska jag säga. Det är väl inget vidare antar jag. Hur är det med dig själv?"

Jack satte sig också ner.

"Det är dåligt, men inte så dåligt att jag gett upp som du verkar ha gjort."

Anders skruvade besvärat på sig.

"Vad vill du jag ska säga? Jo, jag har nog gett upp. Inget känns meningsfullt längre och skuldkänslorna tynger i huvudet så att jag håller på att bli tokig. Jag vet inte vad jag ska ta mig till."

Jack nickade förstående.

"Jag känner likadant ibland. Men jag vägrar att ge upp innan dom skyldiga har fått sina straff."

Anders flinade.

"Straff ja. Du vet väl vad man får för straff i det här landet. Ett antal år på hotell. Mat, husrum och fritidsaktiviteter. Sen kommer det väl nån jävla advokat som begär resning och packet blir förmögna på kuppen. Är det inte så det funkar?"

Jack nickade.

"Jo, i stort sett, men jag menar inte att staten ska straffa dom. Jag ska göra det och jag vill ha dig vid min sida."

Anders lyfte blicken.

"Hur menar du då?"

Jack berättade om samtalet han haft med Fedor. Hur han legat vaken om nätterna och till slut insett att om livet ska få någon mening igen så måste han göra något.

Anders lyssnade och det verkade nästan som om han blev klarare.

"Kommer du ihåg vad vi sa då vi var unga?"

Jack nickade.

"Öga för öga, tand för tand."

Anders och Jack samtalade till långt in på kvällen. Då Jack åkt hem gick Anders fram till skafferiet och tog fram en flaska vodka. Han ställde flaskan på bordet, satte sig ner och stirrade länge på den. Tog upp den och satte ner den igen. Han kände suget som blev allt starkare, men kände också något annat. En förnimmelse av vad han känt då han och Jack skipat rättvisa i unga år och samma känsla hade funnits där då de planerat upprättelsen för Saga. En känsla inte olik den som alkohol kunde ge. Han tog vodkaflaskan i ett stadigt grepp, gick fram till diskbänken och tömde innehållet i slasken. Det fick vara slut med självömkan. Nu skulle rättvisa skipas.

Kapitel 20

En sen kväll träffades Jack och Fedor i Jacks verkstad. De drack varsin öl i väntan på att Anders skulle komma. Jack var lite orolig för i vilket skick Anders skulle vara. Då de snackat i telefon hade det i alla fall verkat som om han tagit sig samman och lagt av med drickandet. Dessutom skulle han aldrig köra bil med alkohol i kroppen.

Efter en timmes väntan dök han upp och Jack kunde släppa sin oro. Anders verkade okej och den där håglösheten som Jack noterat då han varit och besökt honom, var som bortblåst.

Anders hade hört av Jack vad Fedor berättat och hade i alla fall en svag känsla om vad han var för typ av person. Men han hade aldrig pratat med honom personligen. Efter att ha samtalat en lång stund och fått svar på många frågor, kände Anders att han kunde släppa en del av sin misstänksamhet. Visserligen hade Fedor gjort något förfärligt, men han visade stor ånger och han hade fått ett straff. Att det var hans förtjänst att Saga klarat sig undan med livet i behåll, utgjorde förstås den största anledningen till att Anders kunde acceptera honom.

Anders hade tänkt mycket då Jack berättat om Fedors planer angående Alexi. Först hade han precis som Jack ryggat tillbaka och förfärats över vad han hört. Men snart hade allting landat och han hade börjat inse att det var rätt. Hade det varit tidigare i livet skulle han reagerat på ett helt annat sätt, men nu var situationen en annan. Det vanliga livet hade i stort sätt raderats och det enda som kändes viktigt var att finna och straffa de som var ansvariga för morden på Liselott och Gudrun.

Fedor var tydlig med att Alexi måste tas omhand först, men innan han släcktes så kanske de skulle kunna får ur honom vem det var som kastat handgranaten.

Anders tänkte så det knakade.

"Om vi ska klara ut det här måste vi kanske vara fler, eller vad säger ni?"

Jack och Fedor såg på varandra.

"Det har du säkert rätt i, men jag känner då ingen som jag skulle kunna fråga", sa Jack.

Fedor kliade sig i örat.

"Jag känner en, men kan inte svära på om han är pålitlig. Det är inte precis någon svärmorsdröm."

Anders flinade.

"Nej, det är väl inte vad vi är ute efter, men det är superviktigt att det är folk som vi kan lita på. Jag har förresten en person jag skulle kunna höra av mig till. Jag har suttit en hel del framför datorn och kollat på olika forum. Det finns ett ställe där folk snackar om rättssystemet och där chattade jag ganska mycket med en karl som mist sin grabb på ett tragiskt sätt. Det var under ett personrån som han blev knivstucken och det tog så illa att pojken avled."

Jack rätade på sig.

"Så han är i ungefär samma situation som vi då?"

Anders nickade.

"Ja, och han har samma tankesätt också. Vi snackade mycket om vad man skulle kunna göra och han hade en del fiffiga idéer."

"Men tror du att han skulle kunna gå till handling? Det kanske bara var snack, så där som folk pratar?"

"Jag tror inte det. Han verkade ganska övertygad om att han skulle vara tvungen att göra något. Annars skulle han inte orka leva vidare."

"Fick dom inte fast rånaren?" Flikade Fedor in.

"Jo, men han var ganska ung och fick straffrabatt. Han var nog inlåst i två år, om jag minns rätt."

Jack suckade uppgivet.

"Två år för ett knivmord på en ung kille som hade hela livet framför sig."

"Ja, det är ju så det fungerar här. Skit i brottsoffren och värna om förövarna."

Fedor lyssnade intresserat men höll inte riktigt med. Han hade varit kriminell länge och inte hade samhället värnat om honom precis. Visserligen hade han aldrig behövt sitta i fängelse, men han hade suttit häktad många gånger och det var inte någon dans på rosor. Men han kunde förstå hur Anders och Jack kände och även mannen Anders berättat om.

Fram mot natten började alla bli trötta. Planerna var ännu inte så långt framskridna, men de var överens om att rekrytera några medhjälpare. Fem personer sammanlagt, det skulle vara tillräckligt. Med fler skulle det bli för riskabelt och med färre skulle arbetsbelastningen bli för stor.

***

En kväll några dagar efter mötet hos Jack, chattade Anders med mannen han berättat om. Han verkade intresserad och de bestämde att de skulle träffas och prata vidare.

Mannen hette Theodor Wikström. Han bodde i Norrköping och var jämgammal med Anders och Jack. Det var nu mer än tio år sedan hans son blev mördad, men ännu satt bitterheten och hatet orubbat fast. Theodor var egen företagare liksom Anders och Jack. Han jobbade med att installera hemmalarm och som en bisyssla eller mer en hobby, brukade han roa sig med att tillverka egen utrustning. Det var intresset för elektronik som gjort att han och Anders kommit närmare varandra. Men det var deras historia som först fört dem samman på forumet.

Anders och Theodor bestämde att de skulle mötas på halva vägen och då blev Katrineholm en lämplig träffpunkt. Det blev på Sultans konditori.

Theodor var inte svår att övertala. Han hade länge gått och våndats över sin egen oförmåga att göra något åt den orättvisa som drabbat honom. Nu såg han en möjlighet till förändring. Anders berättade bara vagt om hur planen för framtiden såg ut. För det första så fanns det ingen färdig plan och för det andra så var det allt för tidigt. Även om Theodor varit entusiastisk så måste han se tiden an och lära känna honom bättre.

Fedor hade funnit en lämplig kandidat. Han hade aktat sig noga för ytliga bekantskaper, men mest av en slump hade han träffat en person som också var på flykt. Inte från samhällets rättvisa utan precis som Fedor, från några kriminella som ansåg att han hade en skuld att betala. Han hade ångrat sina livsval och försökt att dra sig ur den kriminella krets där han länge verkat. Han hade vänt sig till en organisation som inriktat sig på avhopparverksamhet. Det hade till en början verkat lovande, men då han fått ny och skyddad identitet och boende, hade socialtjänsten röjt honom.

Illa skadad och svävande mellan liv och död hade han hamnat på sjukhus. Efter sjukhusvistelsen hade han tappat allt förtroende för myndigheter och bestämt sig för att hålla sig undan på egen hand. Det hade känts skrämmande, då det visade sig att han gömde sig i en stuga i samma koloniområde som Fedor. Inte för att Fedor var religiös på något vis, men det kändes nästan som om Guds finger hade pekat och fört dem samman.

Mannen hette Gustavo Hernandez och kom ursprungligen från Chile. Hans föräldrar hade flytt till Sverige, undan militärkuppen i början av sjuttiotalet. Familjen hade hamnat i Linköping och etablerat sig där. Det hade inte varit några problem i barndomen, men under tonåren hade han hamnat i dåligt sällskap och på den vägen hade det fortsatt. Då han blev äldre började han ifrågasätta sina val och sin livsstil. Till slut hade han bestämt sig för att få livet att gå i en annan inriktning. Det hade visat sig vara lättare sagt än gjort. Nu var han i samma situation som Fedor. Undangömd från samhället och helt ensam. Till skillnad från Fedor som fortfarande försörjde sig på inbott och andra stölder, hade han funnit sin försörjning genom sina stora kunskaper i cybervärlden.

Under tiden i nätverket hade hans uppgift varit bedrägerier på internet. Det hade varit väldigt lönsamt och faktiskt ganska enkelt. Nu var han så pass skicklig att han inte hade några problem alls att försörja sig. Men i stället för att lura oskyldiga, hade han specialiserat sig på att pressa pengar av pedofiler och andra skumma individer som figurerade i de mörkaste hörnen av internet. Det gav honom inga samvetskval utan kändes tvärt om riktigt bra.

Fedor hade först inte tänkt att inviga Gustavo i vad som var på gång. Men då de träffats och pratat en del, hade han insett att Gustavos färdigheter skulle kunna vara till stor nytta för hela gruppen. Han lirkade och kom med små antydningar och snart var han övertygad om att Gustavo var rätt person. Fedor framförde sina synpunkter till Anders och Jack och efter en kortare betänketid gav de sitt godkännande.

De var nu fem och fulltaliga.

Kapitel 21

Anders Eriksson. Intelligent. Kunnig på datorer och elektronik. En sansad person som tänkte innan han handlade. Analytisk och med en fantasi utöver det vanliga. Goda ledaregenskaper.

Jack Lundin. Stor och stark. Ibland lite för temperamentsfylld och spontan, men oftast trygg och stabil. Väldigt händig och praktiskt lagd.

Fedor Orlov. Mycket lojal och med god inblick i den kriminella världen. Högkänslig och därmed försiktig och förutseende. Noggrann med detaljer.

Theodor Wikström. Liksom Anders mycket kunnig på elektronik. Expert på larmsystem och kameraövervakning.

Gustavo Hernandez. Med stor kunskap om cybervärlden och en skicklig programmerare.

Anders, Jack och Theodor hade något som förenade dem. Hatet mot de kriminella och inte minst ett brinnande hämndbegär. Fedor och Gustavo hade det gemensamt att de båda var på flykt från sina forna allierade. De såg ingen väg tillbaka in i den världen och hade heller ingen önskan dit. Den enda möjlighet de hade att kunna leva i trygghet var att deras förföljare försvann eller hamnade inom lås och bom för lång tid framåt.

***

Första gången de träffades alla tillsammans, var i Jacks verkstad. De hade suttit och pratat till långt in på natten. Det hade inte blivit så mycket snack om vad de skulle göra, utan mer hur de tänkte och vad deras inställning och intention var. För de som mist sina nära och kära hade saken varit fullständigt klar. Här var det vedergällning och rättvisa som låg i fokus. För Fedor och Gustavos del var det något mera vagt. Men under kvällen hade de närmat sig en ståndpunkt de båda kunde vara överens om och som även accepterades av de övriga. Det var att rädda sig själva och samtidigt betala av lite av den skuld de hade gentemot samhället.

Det hade varit ett givande möte. Anders kunde börja fokusera på ett sätt han inte gjort på länge. Det hade mest varit grubblerier och självömkan efter Liselotts död. Om det någon gång hade dykt upp en vettig tanke, hade den snart kvävts av alkohol. Nu kände han hur en styrka började växa upp inom honom. Han hade en uppgift som skulle kräva mycket fokus och det var skönt.

Anders och Jack bestämde att deras bas skulle vara i Jacks verkstad. Där fanns närheten till alla inblandade. Anders flyttade dit sin utrustning så att han kunde bedriva sitt arbete därifrån. Han bodde hos Jack i veckorna och åkte bara hem till Kungsör ibland för att titta till huset. Theodor hade kortare resväg så han skötte sitt jobb från Norrköping, men träffade de andra flera gånger i veckan.

Ett krav som Anders haft för att kunna ha Fedor med i gruppen, var att han skulle vara tvungen att sluta försörja sig som han gjorde. Det Gustavo försörjde sig på var visserligen olagligt, men moraliskt försvarbart, så där hade han inte haft några invändningar. Men rån och stölder hos vanligt folk var uteslutet.

Fedor undrade hur han i hela friden då skulle kunna skaffa pengar till mat och husrum. Det diskuterades i gruppen och man kom fram till att de övriga skulle bidra tills någon annan lösning fanns. Fedor hade först varit motvillig till det hela. Han ville inte ta emot några allmosor, men insåg snart att det var den enda möjligheten. Senare skulle han kanske kunna betala tillbaka.

***

Allt medan tiden gick och alla hade börjat lära känna varandra på ett djupare plan, började en tydlig strategi att formas. De hade haft ett tiotal möten, diskuterat fram och tillbaka och var nu ense om att tiden var mogen att inleda sitt korståg mot brottsligheten.

Alexi var den första måltavlan. Han var ute ur fängelset och förmodligen hårt ansatt av nätverket att betala av sin skuld. Theodor hade varit svår att övertala. Han var emot att det skulle ske några avrättningar. Men samtidigt hade han en önskan att sonens mördare också skulle betala med sitt liv. Det hade varit många motstridiga tankar men till slut hade han gett med sig. Nu var alla överens om att tre personer måste plikta med sina liv. Alexi, torpeden och mannen som mördat Theodors son. Av Alexi skulle de först försöka få ut så mycket information det bara fanns. Då kanske de skulle kunna komma åt torpeden och den i nätverket som givit honom uppdraget. Om det sedan skulle föra med sig att de kunde komma åt fler personer, skulle det bara vara en bonus.

En knivig fråga var hur själva avrättningarna skulle gå till. Varken Anders, Jack eller Theodor kände sig kapabla att kunna göra något sådant. Gustavo var heller inte särskilt sugen. Det blev Fedor som fick ta på sig detta uppdrag. Han hade visserligen aldrig dödat någon, men nu var det var hans liv som Alexi var ute efter och då kändes det rimlig. Det skulle ske med skjutvapen men ingen i gruppen ägde något vapen. Att tillskansa sig ett olagligt vapen på gatan skulle inte vara särskilt svårt, men allt för riskabelt. Varken Fedor eller Gustavo kunde visa sig öppet och om någon av de andra skulle försöka sig på det, kanske det skulle ske misstag.

Jack fick en idé.

"Jag kan tillverka ett vapen. Jag har all utrustning som krävs. Svarv, svets och pelarborrmaskin. Mycket mer än så krävs inte. Råmaterial har jag också. Det kan bli intressant."

Anders såg lite skeptisk ut.

"Men det måste till ammunition också. Hur får man tag i det?"

Fedor sken upp.

"Det kan jag fixa. Alla som jagar har ammunition hemma."

Anders ruskade på huvudet.

"Nej Fedor, vad har vi sagt om det? Det blir inga fler inbrott. Inte hos oskyldiga i alla fall."

Nu var det Theodor som kom med en idé.

"När jag var ung så hade min farfar lantbruk med kor och grisar. Då det skulle slaktas hade han ett verktyg, slaktmask tror jag det hette. Man satte in en patron och slog sedan grisen i huvudet med verktyget.

Så small det utav bara helvete och grisen dog på fläcken. Jag har för mig att den finns att köpa på Granngården. Det skulle vi kunna kolla upp."

Gustavo började genast söka på nätet.

"Jo, det finns. Både för små och större djur."

"Är det inte licenspliktigt då?" Frågade Jack.

Gustavo tittade vidare på hemsidan.

"Nej det verkar inte så."

"Det var det jag trodde", sa Theodor. Då åker jag förbi och kollar. Det kan ju vara ett bra grundämne som Jack kan bygga vidare på."

Jack nickade belåtet. Det här skulle bli intressant.

***

Jack filade och putsade på sin nytillverkade pistol. Han höll upp den och synade den mot en lampa. Onekligen ett gott hantverk, tyckte han själv. Fedor kände på tyngden då han fick den i sin hand.

"Det var inte illa. Den känns precis som en riktig. Funkar den, tror du?"

Jack flinade.

"Så klart den gör."

Han tog pistolen från Fedor, höll upp den ovanför huvudet och tryckte av. Det small till så att Fedor nästan ramlade baklänges.

"Å fy fan!" Skrek Fedor och satte händerna för öronen.

De andra som befunnit sig i ett annat rum, kom rusande och undrade vad som stod på. Jack höjde pistolen på nytt och smällde av ännu ett skott.

"Den är klar. Visst är den fin?"

Pistolen synades av de övriga.

"Så det går att skjuta flera skott?" Sa Fedor och tittade lite extra."

"Ja visst", sa Jack med stolt min. "Först hade jag tänkt göra den enkel, men det kan ju gå illa om man inte har någon backup. Så det blev sex."

Anders var imponerad. Han visste att Jack var händig, men det här var något alldeles extra.

"Okej nu sköt du lösa skott, men hur ska du göra dom skarpa?"

Jack grävde i fickan och tog upp en patron.

Här är patronen till slaktmasken. Jag har fäst en luftgevärskula med kaliber 22 i änden. Ser du?"

Han tryckte fram patronen framför näsan på Anders som tittade noga.

"Pipan är uppborrad till samma kaliber som kulan så det borde fungera."

"Så du har inte testat i skarpt läge ännu?"

"Nej, det tänkte jag att vi skulle göra tillsammans. Men först ska jag tillverka en ljuddämpare så det inte smäller så förbannat. Jag har redan börjat."

Vid nästa möte testades pistolen och den fungerade alldeles utmärkt. Den sköt lätt genom en plåthink och lät inte alls så mycket. Fedor tog hand om den.

***

Nu hade de ett högkvarter, ett vapen och en tydlig agenda. De var redo och Anders hade redan börjat att utforma en plan.

Det blev allt tätare mellan mötena och gruppen började nu bli allt tajtare i takt med att de började känna varandra bättre.

En kväll då de satt och snackade, kom frågan upp om vad de skulle kalla sin sammanslutning. Det hade mest varit på skoj och inte något som kändes nödvändigt. Men alla började spåna. Det kom alla möjliga dåliga förslag och de skrattade gott. Men så sa Anders:

"Vi ska ju verka som en slags domstol som dömer ut rättmätiga straff som står i proportion till brotten som begåtts. En slags tribunal. Jag föreslår att vi kallar oss för Folktribunalen. Vi ska ge verklig rättvisa och upprättelse åt oskyldiga som drabbats. En slags folkets domstol.

De övriga sög på karamellen och alla tyckte det var en bra idé.

Kapitel 22

Att Alexi verkade bo kvar i sin gamla lägenhet, gjorde det hela mycket enklare. Jack hade hållit uppsikt vid flera tillfällen och sett honom. Nu var frågan hur de skulle komma åt honom utan att väcka misstanke. Han skulle knappast gå att söva igen, den läxan hade han nog lärt sig. Här gällde det att vara påhittig och Jack satte sitt hopp till Anders.

Fedor kunde inte göra mycket. Han skulle genast bli igenkänd om Alexi fick syn på honom. Det fanns också en risk att Gustavo skulle kunna bli igenkänd. Inte för att han hade träffat Alexi förut, men han fanns på listan över avhoppare och den cirkulerade troligen mellan de olika nätverken. Ingen skyddade en avhoppare även om han tillhört ett rivaliserande gäng.

Anders hade läst på om nätverken i Linköping och hade nu en ganska klar bild om hur de var organiserade. En hel del stod att läsa på olika forum och det fanns forskarrapporter tillgängliga för allmänheten. Även Fedor och Gustavo hade bidragit med en hel del information. Han ville veta så mycket som möjligt. Det skulle bidra till att inga misstag gjordes. Minsta lilla förbiseende skulle kunna få ödesdigra konsekvenser. Tabben som Jack gjort låg i färskt minne och det fick inte hända igen. Nu skulle det vara noggrannhet intill förbannelse.

Theodor och Gustavo tyckte ibland att Anders var lite för petig med säkerheten. Men Fedor var helt inne på samma linje som Anders. Jack försökte att inte lägga sig i så mycket. Han visste nu hur viktig det var med försiktighet. Det hade han bittert fått erfara.

Anders hade under en helg då han varit hemma i Kungsör, funderat ut en plan som skulle kunna hålla. Han drog den för de övriga då de träffades på tisdagskvällen.

"Om vi ska få hit Alexi, måste vi locka med något han inte kan säga nej till. Är det någon som har en idé om vad det skulle kunna vara?"

Han tittade frågande på Fedor som var den enda som kände honom. Fedor funderade lite och ryckte på axlarna.

"Jag vet inte vad det skulle kunna vara. Sprit och knark har han nog tillgång till så mycket han behöver och fruntimmer har han inget intresse av. Det skulle vara pengar då?"

Anders nickade.

"Pengar ja, det är väl det som är den största lockelsen. Vi måste locka hit honom med pengar. En hög med stålar som bara ligger och väntar på att hämtas."

Fedor drog sig till minnes hur ivrig Alexi varit då de hade hittat det tappade brevet.

"Ja, det är så klart. Men hur skulle det gå till? Han lär ju knappast gå på det där med en lapp som ramlar ur någons ficka igen."

"Jag har funderat", sa Anders och drack lite ur kaffemuggen han höll i handen. Han vände sig mot Jack.

"Kommer du ihåg bröderna Berglund, när vi var grabbar?"

Jack nickade förtjust.

"Hur vi fick dom att dricka vin som var spetsat med piss?"

De andra höjde på ögonbrynen och undrade vad det rörde sig om.

Andres berättade hur de straffat de båda tjuvaktiga bröderna genom att sprida ett rykte. Det blev många skratt när de tänkte hur bröderna måste ha våndats då det fått reda på vad vinet innehöll.

" Vi ska alltså sprida ett rykte som bara Alexi hör. Ett rykte om att det förvaras kontanter här i närheten", sa Anders och tittade allvarligt på de andra."

"Ja, det är nog en bra idé", sa Jack. "Men hur skulle det gå till?"

"Jag hade tänkt mig att två fyllon får snacka med varandra i närheten av Alexi. Den ena ska berätta att han vunnit en summa på travet och att han gömt undan pengarna för kronofogden.

"Varför just fyllon?" Undrade Theodor.

"Jo, det skulle inte vara trovärdigt om två nyktra personer snackade offentligt om en sån sak. Men om någon är tillräckligt berusad så väcker det inte lika stor misstanke."

Fedor kände sig inte riktigt nöjd med upplägget.

"Jag tror faktiskt inte att Alexi skulle gå på det även om dom var fulla. Så korkade tror han nog inte att någon kan vara."

"Jag förstår hur du tänker," sa Anders "och om det rörde sig om en väldigt stor summa så skulle det inte vara trovärdigt. Men låt säga omkring tiotusen, vad tror du om det?"

Fedor tänkte efter. Om nu Alexi fick höra att ett fyllo gömt tiotusen någonstans så skulle han säkert ta tillfället i akt. Det skulle ju vara lättförtjänta pengar.

"Ja, det skulle nog kunna funka. Men låt säga att han går på det och kommer, vad blir nästa steg?"

"En sak i taget", sa Anders och drack upp resten av kaffet. "Det får vi diskutera. Är det någon som har nått förslag?"

De andra såg på varandra. De hade vid det här laget insett att Anders var den som hade den skarpaste hjärnan och var den som skulle komma med lösningar.

"Vi har ju pistolen," sa Gustavo och sken upp. "Det är väl bara att tvinga honom att följa med så att vi sedan kan pumpa honom på information."

Anders skakade på huvudet.

"Det är den enkla lösningen men alldeles för riskabel. Det skulle kunna gå fel på många sätt. Glöm inte att Alexi är en hårdhudad brottsling som inte är särskilt rädd av sig."

Fedor höll med.

"Han skulle kunna försöka överrumpla oss och om vi sköt är det inte säkert att det skulle räcka. Det gäller att träffa rätt också. Dessutom är han en jävel på att slåss, så han skulle nog fajtas ordentligt."

Jack sträckte på sig och spände musklerna.

"Jag skulle nog lätt kunna sänka honom."

Fedor log.

"Visserligen är du stor och stark, men du anar inte vad Alexi är kapabel till. Han är inte särskilt stor, men slåss det kan han. Mycket sitter i huvudet."

"Fedor har rätt", sa Anders. "Alla beslut vi tar ska vara väl avvägda och vi ska inte göra något som skulle kunna gå fel."

"Allt går inte att förutse", sa Theodor. "Lite risker måste man nog ta."

Anders nickade.

"Absolut, men dom vi ser ska vi undvika. Nej, mitt förslag är att vi lockar in honom i ett slutet rum, stänger dörren och tömmer en brandsläckare med koldioxid där inne. Då får han syrebrist och tuppar av."

De andra såg förvånade ut.

"Är det inte risk att han dör?" Frågade Theodor.

"Nejdå, vi tar ut honom direkt."

Jack lade pannan i djupa veck.

"Var hade du tänkt att vi skulle lura in honom? Han vet alldeles säkert var jag har min verkstad så det måste bli en bit härifrån, men ändå så pass nära att vi kan få in honom i verkstan utan en massa besvär."

"Jo, jag har funderat på det", sa Anders. En container vore bra."

Jack sken upp.

"Men va fan, jag har en container. Den står nere på uppställningsplatsen där dom andra firmorna har sina. Den är nästan tom. Det är bara lite rör och tompallar där, det kan jag rensa ut."

"Då har vi löst det", sa Anders och såg nöjd ut. "Då ska vi se till att sätta in en kamera och fixa en lucka så vi kan spruta in kolsyra."

"Fedor var redan ett steg före i tanken."

"Hur ska vi ta honom osedd till verkstan?" Det vore illa om någon skulle ringa polisen."

"Bra fråga", sa Anders. "Vi kan linda in honom i en matta, sedan är det bara att lägga honom på en skottkärra. Det lär ju ske på natten så ingen bör vara där."

Jack satte upp ett finger i luften.

"Vänta lite, det finns övervakningskameror. Hur gör vi med dom?"

Anders vände blicken mot Theodor.

"Det där är väl ditt område?"

Theodor nickade.

"Stämmer bra. Det bör inte bli några problem. Jag ska kolla. Men det är en sak jag funderar på. Hur får vi tag i två fyllon som ska läcka? Vad jag förstår så är det bara jag som aldrig träffat honom. Gustavo har heller aldrig träffat honom, men honom kanske han sett på bild."

"Det har jag också tänkt på", sa Anders och började känna sig lite obekväm med att sitta inne med alla svar. Vi kan ju inte ha riktiga fyllon, det skulle inte funka. Det får bli du Theodor och Gustavo."

Han vände blicken mot Gustavo som börjat se lite orolig ut.

"Jag vet att det är en liten risk, men då ni aldrig träffats så skulle vi kunna fixa till dej så att du blir omöjlig att känna igen. En peruk, lösskägg och ett par mörka glasögon skulle nog göra susen.

Jack började skratta då han såg synen framför sig. Theodor var inte lika road.

"Så det ska till att bli skådespelare nu då?"

Anders nickade.

"Lite får man offra för sakens skull."

Snacket om upplägget pågick en lång stund. Till slut var alla eniga om detaljerna. Innan de skiljdes hade Fedor ytterligare en sak han ville fråga om.

"Hur ska vi få honom att snacka? Han är inte rädd för smärta och han är en tuff jävel ska ni veta."

"Alla har något dom är rädda för", sa Anders och smålog.

Kapitel 23

En mulen fredagskväll satt Alexi som vanligt på sin stampizzeria. Nu för tiden hade han pengar och kunde gott unna sig att äta på ett finare ställe. Men han gillade pizzerian. Den kändes hemtrevlig. Ibland kunde han sakna Fedors sällskap. De hade ätit många pizzor tillsammans där och haft många bra snack. Men den känslan tog aldrig överhand. Fedor hade svikit honom och för det måste han plikta med sitt liv. Så var lagen i hans värld och det fanns inga undantag.

Alexi hade letat överallt. Han hade spridit foton av Fedor bland alla han kände och även sådana som bara verkade i ytterkanten av nätverket. Men ingen hade varken sett eller hört något. Nog för att Fedor alltid varit en försiktig typ och på gränsen till feg. Men att han skulle kunna hålla sig undan så länge, förvånade honom. Det fanns så klart en möjlighet att Fedor tagit sitt pick och pack och flyttat till någon annan del av landet, men det kändes inte troligt. Om han kände Fedor så väl som han trodde, skulle han nog inte befinna sig allt för långt bort från Linköping.

Alexi skulle precis tugga i sig den sista biten av pizzan, då två luggslitna män kom in i lokalen. De beställde varsin öl och satte sig vid bordet bakom Alexi. Han skulle precis till att resa sig då han hörde hur de började prata om pengar. De sluddrade när de pratade så han förstod att de var ganska berusade. Han hade inte behövt råna någon på länge. Ersättningen han fått för sina uppdrag räckte mer än väl till, trots att han ännu stod i skuld till nätverket. Men att råna två fyllon skulle vara en enkel match och lite extra klirr i kassan skulle inte vara fel. Han beslöt att sitta kvar en stund för att höra om det skulle vara värt det.

De båda männen grälade tydligen om en skuld och när den ena försäkrade att han hade pengarna, spetsade Alexi sina öron.

"Men var har du fått stålarna ifrån?" Sa den ene mannen.

"Jag vann på travet. Kan du tänka dig, tiotusen."

"Det var som fan. Har du dom på dig?"

"Nej för helvete. Dom har jag gömt."

"Varför då?"

"För att inte kronofogden ska komma åt dom. Jag kan ju inte ha dom hemma för då snor kärringen dom och bär jag stålarna på mig och blir muddrad av snuten så får fogden veta det."

"Men jag då! Du är ju för fan skyldig mig åtta tusen. Dom vill jag ha nu. Har du förstått? Var har du kosingen?"

Mannen verkade väldigt bestämd.

"Okej, jag fattar. Men kan du inte vänta tills i morgon?"

Den ene mannen slog näven i bordet så att ölglasen hoppade till.

"Nej! Jag måste ha dom nu. Jag ska bort i morgon. Var har du kosingen?"

"Ja ja, lugna ner dig. Vi fixar det. Jag har dom i en container i Malmskogen, industriområdet du vet."

"Varför i helvete har du dom i en container?"

"Det är brorsan som har den och jag får låna den till att ha lite egna prylar i."

"Vi drar dit på en gång. Har du pengar till en taxi?"

"Nej vi kan gå, det är inte så långt."

De båda männen drack upp ölen och reste sig. Alexi satt kvar en stund. Tankarna gick till den gången då han och Fedor hittat brevet som tappades just på det här stället. Det hade uppenbarligen varit en fälla. Det här kändes inte som en fälla. Dessutom rörde det sig inte om några ofantliga summor. Vem skulle göra sig besväret att iscensätta något sådant för ynka tiotusen?

Då männen kommit ut på gatan, reste sig Alexi. Han följde dem på behörigt avstånd. Det var lite irriterande att behöva gå, men det var ju inte så långt till Malmskogen så visst kunde det vara värt tio lax.

De båda männen stannade ibland och drack ur en fickplunta som den ene hade i byxfickan. Varje gång de stannade, gick Alexi åt sidan så att de inte skulle upptäcka honom.

**

Theodor var så nervös att han höll på att kräkas. Han och Gustavo hade övat mycket och allt hade gått enligt planen. Men nu när de började närma sig, kändes det väldigt olustigt. Han visste att Anders och Jack stod beredda och skulle gripa in om det behövdes, men det förtog inte rädslan nämnvärt. Gustavo däremot kände sig lugn. Han hade varit med förut och tyckte snarare att det kändes spännande. Han hade först varit lite orolig över att bli igenkänd, men då han sett sig i spegeln efter att Anders försett honom med lösskägg och peruk, förstod han att det inte fanns någon risk för det.

De hade båda noterat att Alexi följde efter på avstånd trots att han försökte hålla sig osynlig. Nu började de närma sig industriområdet och Theodor kräktes i en buske.

Anders och Jack var väl förberedda. De satt och tryckte bakom en trave lastpallar redo att gripa in. I gaveln på containern hade Jack sågat upp en lucka som han försett med gångjärn och gjort så att den gick att regla utifrån. På baksidan hade han borrat upp ett hål lagom stort så att slangen från gastuben fick plats. Först hade de tänkt använda en brandsläckare med kolsyra, men insett att gasmängden kanske inte skulle räcka till. I stället hade Jack skaffat en stor tub med koldioxid som nu stod apterad utom synhåll. Så fort de fick veta att sällskapet var i antågande, intog de sina positioner.

Jack ställde sig bakom containern med handen på kranen till gastuben. Anders gömde sig bakom ett oljefat strax intill dörrarna. Han tog upp sin mobil och knappade fram appen för övervakningskameran som Theodor installerat i containern. Nu var allt klart och de var redo.

Då Theodor och Gustavo kom in på industriområdet, följde de noga den väg som Theodor hade anvisat. Han hade kollat de övervakningskameror som fanns i närheten och visste precis vilka områden de täckte. En kamera hade varit lite besvärlig, men den hade han klippt av kabeln till. De noterade att Alexi befann sig ungefär hundra meter bakom dem då de var framme vid containern. Gustavo öppnade dörren och båda klev in. Genast kröp de ut genom luckan på baksidan och reglade den för att sedan smyga iväg och hålla sig utom synhåll.

144

Alexi såg hur de båda männen gick in och tänkte först vänta på dem en bit därifrån. Men då det dröjde, blev han otålig. Han ville hem och bestämde sig för att ta dem inne i containern. Han gick med bestämda steg och tog samtidigt fram sin kniv.

Dörren stod lite på glänt. Han slet upp den och rusade in. Anders såg i appen hur Alexi villrådigt såg sig omkring synnerligen förvånad över att där var tomt. Han rusade fram och reglade dörren. Jack öppnade samtidigt gaskranen.

Alexi skrek det värsta han kunde och kastade sig mot den tunga plåtdörren, men den gav inte vika. Snart kände han hur det blev svårt att andas och strax därefter slocknade han. Anders ropade till Jack att stänga av gasen. Theodor och Gustavo rusade fram från sitt gömställe och de hjälptes åt att linda in den medvetslöse Alexi i en tjock matta. De lastade honom på en skottkärra och satte av mot Jacks verkstad.

I verkstaden satt Fedor bunden på en trälåda i ett hörn. Egentligen så stod han i ett hål i lådan, men det såg ut som han satt. Benen som hängde ut över lådkanten var inte hans. De var en avgjutning av hans egna, i gummimassa som klätts med ett par slitna jeans. Anders hade kommit på idén efter att ha sett en amerikansk actionfilm där man hade fejkat en hemsk tortyr för att få upplysningar. Fedor hade sagt att Alexi inte var rädd för smärta och det var säkert sant. Men att se någon på nära håll få sina ben kapade, skulle nog få den hårdaste att mjukna. För att ytterligare förstärka upplevelsen och få det att se realistiskt ut, hade gummibenen fyllts med slaktrester från rökeriet som låg i samma område. Han hade sagt att det skulle användas till att utfodra havsörnar som skulle fotograferas. De övriga hade först tyckt att det var en idiotisk och makaber idé, men Anders hade stått på sig.

Skulle de kunna få reda på vem mannen som kastat handgranaten var så var de tvungna att ta till okonventionella metoder, om än så makabra.

Då Alexi vaknade till och kände att han var bunden, började han skrika och rycka i repen. Han hade en huva trädd över huvudet så han såg inget, men förstod genast att han återigen hamnat i en fälla. Först misstänkte han att det var Fedor som varit ute efter honom, så han blev mycket förvånad då han fick huvan bortryckt och såg att hans forne bundsförvant satt bunden bredvid honom.

Kapitel 24

Belysningen var svag men Alexi såg ändå tydligt att det var Fedor.

"Vad i helvete har hänt med dig?"

Fedor försökte låta så ynklig och rädd som han bara kunde. Han nickade mot Anders och Jack som stod en bit bort och betraktade dem.

"Det är ju dom där som tagit oss."

Alexi blängde på de båda männen med en hatisk blick.

"Vad är det dom vill?"

"Jag vet inte", sa Fedor. "Men det har väl att göra med att deras fruar blev mördade, kan jag tro."

"Du var ju inte inblandad i det där. Varför har dom tagit dej då?"

Fedor ruskade på huvudet. Det hade börjat klia på ena benet nere i lådan men han försökte att inte tänka på det.

"Ingen aning. Dom tror kanske att jag ändå var delaktig på något vis."

"Det står ju två till där borta. Vilka är dom?" Sa Alexi och nickade åt hörnet där Theodor och Gustavo stod.

"Det vet jag inte. Dom var med när jag blev tagen."

Anders gick fram och ställde sig framför lådan. Han tittade allvarligt på dem.

"Välkomna till Folktribunalen. Det ska bli förhör och rättegång och jag hoppas att ni har mycket att berätta."

Alexi fnyste så saliven sprutade.

"Va fan är det här för något? Är ni inte riktigt kloka!"

Anders log och talade lugnt.

"Det här är en folkdomstol som ska ställa tillrätta det som inte staten mäktat med. Vi ska få fram sanningen och utdöma ett rättmätigt straff.

"Det kan ni försöka med" fnyste Alexi.

Anders gick och hämtade en stol och satte sig tillrätta framför lådan. Han vände sig mot Fedor.

"Fedor Orlov, stämmer det?"

Fedor nickade försiktigt.

"Du ska svara när du blir tilltalad. Har du förstått?"

"Ja", sa Fedor och såg förskräckt ut.

"Då så, då kan vi börja. Vad heter han som kastade in handgranaten i mitt sovrum?"

Fedor ruskade på huvudet.

"Jag vet inte. Det var väl nån i nätverket. Inte en jävla aning faktiskt."

Anders stirrade stint på honom.

"Jag tror nog att du vet om du tänker efter. Du får en chans till. Vem var det?"

Fedor började skaka men slutade snabbt då han såg att benen inte svarade.

"Nej, jag lovar. Hur fan skulle jag kunna veta det? Jag var ju inte där."

Anders suckade.

"Tråkigt att du har den attityden. Jag har upplysningar om att du visst var där då förfrågan gjordes. Men vill du inte snacka så blir det värst för dig själv."

Han nickade åt Jack som kom fram. I handen hade han en yxa.

"Okej, för sista gången. Vem var han?"

"Fedor började bli desperat.

"Men för helvete! Jag vet ju inte vem det var har jag ju sagt. Hur skulle jag kunna veta det?"

Anders gjorde ett tecken åt Jack som gick närmare, höjde yxan och satte den med ett smackande ljud i låret på gummibenet. Fedor skrek allt han kunde och efter en stund började han jämra sig och mumla.

"Jag vet inte. Snälla, ni måste tro mig."

Alexi blev chockad av händelseförloppet. Det hade han inte väntat sig. Nog hade han varit med vid tillfällen då misshandel använts för att få fram information, men då hade det varit garvade kriminella inblandade. Det här var två vanliga svennar. Det hela föreföll mycket märkligt.

Fedor såg ut att må mycket dåligt och hängde med huvudet. Anders gick fram och gav honom några örfilar så att han kvicknade till.

"Du var mig en seg jävel, men hör här. Om du inte svarar på frågan på en gång så blir du av med båda benen. Tycker du det är värt det?"

Fedor började gråta. Det såg så trovärdigt ut att Anders nästan blev rörd. Då inget mer svar kom från Fedor, tecknade Anders på nytt till Jack. Han drog loss yxan, höjde den över huvudet och slog den med all kraft mot Fedors underben, strax nedanför knät. Benet gick av och det vällde fram blod och slaktrester.

"Nå!" Skrek Anders, så det ekade i lokalen. "Fram med det nu innan det är för sent."

Alexi trodde inte det var sant det han just bevittnat. En sådan utstuderad grymhet hade han aldrig varit med om. Det såg så äckligt ut att nästan höll på att spy.

Fedor verkade ha tuppat av. Anders ropade åt Gustavo att ta med sig några spännband och komma.

"Se till att snöra till ordentligt och stoppa blodflödet. När han kvicknar till har jag annat att fråga om."

Så vände han sig mot Alexi, som inte såg lika stursk ut längre. Jack ställde dig bredvid, beredd med yxan.

"Då var det din tur då. Om du inte svarar eller om du ljuger så kommer du att gå samma öde tillmötes som din polare."

Alexi var kritvit i ansiktet. Nu insåg han att det var allvar och han var skräckslagen. Om han skulle tjalla och det kom ut, skulle hans dagar vara räknade. Men att leva ett liv utan ben? Vad skulle det vara för liv? Han bestämde sig för att snacka.

"Jag vet inte vad torpeden heter, men jag vet vem som anlitade honom."

Anders viftade åt Jack att sänka yxan.

"Okej, vem var det då?"

"Jag vet inte vad han heter, men alla kallar honom för afrikanen, och varför är väl inte så konstigt."

"Är han ledaren för nätverket?"

"Nej, men ganska högt uppsatt. Det är han som ser till att saker blir gjorda."

Anders tog en paus och viskade något i Jacks öra. Jack höjde yxan och måttade ett hugg.

"Nej! Vänta för helvete, skrek Alexi. "Det är sant. Jag ljuger inte. Hur ska jag få er att tro mej?"

"Berätta var vi kan få tag i honom."

"Han håller till i Steninge, på industriområdet. Nätverket har några lokaler där och det är i en verkstad som afrikanen brukar hålla till."

Anders ropade åt Theodor att anteckna.

"Vad finns det mer för lokaler där som nätverket har tillgång till?"

"Det är ett måleri som ligger längre in. Det finns bara ett så det går inte att ta miste. Huvudkontoret, eller vad man nu ska kalla det för, är i gamla bryggeriet. Där kommer ingen in utan att vara anmäld först. Det är där som dom förvarar vapen och pengar."

Anders var nöjd med det han hört. Han var ganska övertygad om att Alexi talat sanning. Han nickade belåtet och sa till Jack att sänka yxan.

Alexi drog en lättnadens suck. Han hade kunnat ljuga, men den risken vågade han inte ta. Att hålla sig undan från nätverket skulle inte bli enkelt, men alternativet hade varit värre.

Anders puttade till Fedor som kvicknade till och reste sig från hålet i lådan. Han sträckte ut benen och ruskade dem ett i taget.

"Fy fan, jag höll på att få sendrag."

Alexi trodde inte sina ögon. Det dröjde en bra stund innan han fattade att han än en gång blivit lurad.

"Förbannade jävla svikare! Jag ska flå dig levande ditt jävla missfoster."

Fedor sa inget. Han nickade åt Anders. Det var tecknet att de skulle lämna Fedor och Alexi ensamma. Bara Gustavo stannade kvar men gick in i kontoret och väntade. Han hade lovat att hjälpa till med det jobbiga.

Anders, Jack och Theodor satte sig i bilen och åkte hem till Jack. De sa inte så mycken men alla tänkte desto mer. Allt hade gått som planerat och de hade nästan fått alla upplysningar de varit ute efter. Nu skulle det finnas en möjlighet att kunna klämma den där afrikanen på uppgifter om vem torpeden var.

Vad som skulle hända med Alexi var de medvetna om. Att vara ansvarig för två oskyldiga kvinnors död kunde inte medföra någon annan påföljd än att själv få gå samma väg till mötes. Det var den sanna rättvisan. Den var grym men nödvändig. Åtminstone för Fedors del.

Fedor bemötte inte Alexis okvädningsord. Han var tyst och trädde tillbaka huvan över Alexis huvud, tog fram pistolen och avfyrade den i tinningen på honom.

Kapitel 25

Anders mådde inte särskilt bra. Han tänkte ofta på det som hänt och försökte komma till någon slags insikt över att de hade gjort det rätta. Både han och Jack hade i unga år varit anhängare av dödsstraff och den uppfattningen hade inte ändrats då de blivit äldre. Men att nu själv varit delaktig i att en person fått plikta med sitt liv för sina illdåd, kändes mycket obehagligt. Nu var de själva brottslingar i lagens mening och om de åkte fast så skulle straffet bli långvarigt, även fast de inte varit med vid själva verkställandet. Han försökte se det från brottsoffrens synvinkel. Nu var ju varken Liselott eller Gudrun vid liv, men han och Jack var ju själva brottsoffer och på det viset kändes det lite bättre. Sedan var det Fedor också. Det var han eller Alexi och då blev inte valet särskilt svårt.

Många gånger hade Anders funderat över om de verkligen skulle låta det gå så långt som det nu gjort. De hade kunnat ta Alexis upplysningar och lämnat över honom till polisen. Men vad hade hänt då? Han skulle naturligtvis ljuga och inget av det han tidigare sagt skulle räcka som bevis och han skulle släppas inom kort. Anders och Jack hade snackat en hel del om rättssäkerhet och beviskrav och båda hade varit överens om att det var åt helvete det som försiggick i domstolarna. Beviskraven var så hårda att det var näst intill omöjligt att fälla någon om det inte fanns teknisk bevisning. Ibland räckte inte ens dna och fingeravtryck. En duktig advokat hade oftast inga problem med att få domstolen att tveka. Det kunde vara de mest långsökta förklaringar som i praktiken varit helt omöjliga, men räckte för att visa att det rådde rimligt tvivel. Varför skulle kriminella omfattas av samma rättigheter som hederligt folk? De har ju valt att leva utanför samhällets normer och lagar.

Om de inte uppfyllde sina skyldigheter borde de inte heller ha samma rättigheter.

Det spelade inte så stor roll hur Anders vände och vred på sina tankar. Det kändes ändå inte bra.

Jack hade inte grubblat lika mycket. Han kände tillfredsställelse över att Alexi var borta. Hade det inte varit för honom så skulle Saga aldrig blivit våldtagen och Gudrun skulle fortfarande vara i livet. Det kändes bara rätt det som skett. Visst tänkte han på att de själva nu var en del av den kriminella världen och riskerade långa fängelsestraff, men de hade själva valt och det hade varit för en god sak. Han kände ingen ånger.

**

De hade bestämt att inte ses på ett tag, men efter tre veckor så samlades gruppen i Jacks verkstad. Det var ingen som ville fråga något om Fedor och Gustavos förehavanden efter avrättningen men alla visste vad planen gått ut på.

Fedor och Gustavo skulle undanröja alla spår, transportera kroppen långt bort och se till så att den blev svår att hitta. Så hade också skett. De hade kört Alexi till ett skogsområde långt utanför stan där de grävt ner honom så djupt att inget djur skulle kunna gräva fram honom. Om det varit en person som anmälts som saknad och det hade samlats skallgångskedjor med sökhundar, hade läget varit ett annat. Då hade de valt en annan metod. Men Alexi skulle inte anmälas som saknad.

Möjligen skulle nätverket ha gjort en del efterforskningar, men de skulle knappast gå ut med likhundar i skogen. Möjligen kunde hyresvärden kanske göra en anmälan, fast den skulle nog inte tas på så stort allvar av polisen.

Alla var ganska lågmälda och det pratades inte så mycket om det som varit. Theodor verkade vara den som tagit minst åt sig av händelsen. Han verkade oberörd och också nyfiken på vad deras nästa drag skulle bli.

"Ja, då återstår två. I vilken ordning tycker ni vi ska ta dom?"

Anders hade funderat över det.

"Jag undrar om vi inte ska låta nätverket här vila lite och i stället koncentrera oss på Norrköping?"

Han vände sig mot Theodor.

"Din sons mördare finns väl där och lever som om inget hänt? Är det tio år sedan nu?"

Theodor nickade.

"Ja, drygt. Han har fortsatt att råna och stjäla och har suttit inne flera gånger. Men så fort han kommit ut har han börjat igen. Jag har varit med på flera rättegångar och sett hur han klämt fram krokodiltårar och ångrat sig, för att sedan flina då straffet blivit lågt."

Jack tog några djupa klunkar ur ölflaskan.

"Vad tycker du vi ska göra med honom?"

"Har inte det varit tydligt?" Sa Theodor och knep med ögonen.

"Jo, men hur menade jag? Nu har ju Fedor och Gustavo gjort sin del. Vi kan ju knappast begära att de ska agera som bödlar varje gång. Kommer du själv att hålla i pistolen?"

Theodor tittade ner i golvet. Han hade nog tänkt tanken flera gånger, men trodde nog inte att han skulle klara av det. Anders avbröt.

"Det blir inga fler skjutningar. Pistolen ska vi bara använda i yttersta nödfall. I det här fallet ska vi hitta på något annat."

Nu märktes det att stämningen blev en annan och alla var nyfikna De visste att Anders ständigt hade idéer och var spända på vad han hittat på nu.

"Jag antar att du har ett förslag?" Sa Jack och tittade uppfodrande på Anders.

"Jo, jag har tänkt lite. Vi skulle kunna låta honom själv ta steget. Vi hjälper honom bara lite på traven."

Theodor såg inte särskilt nöjd ut.

"Så han ska inte få veta varför? Då är ju liksom hela grejen förstörd."

"Det är klart att han ska få veta, det behöver du inte oroa dig för."

Theodor drog en lättnadens suck. Det var mycket viktigt för honom att mördaren förstod varför han skulle straffas.

"Vad hade du tänkt dig då?"

Anders tittade runt och noterade de andras nyfikna blickar.

"Bungyjump, det vet ni vad det är va?"

De övriga såg ut som frågetecken.

"Vi ska låta honom hoppa bungyjump, men till skillnad mot ett vanligt hopp så ska inte gummirepet vara fastsatt. Han ska störta rakt ner i backen."

De andra tittade frågande på varandra. Jack började skratta.

"Fy fan, vilken jävla idé. Var får du allt ifrån? Nu får du förklara närmare vad det skulle vara bra för."

"Ja, varför inte", sa Anders. "Vi skulle kunna få det att se ut som en olycka."

"Men vore det inte enklare att bara knuffa ner honom? Då skulle det se ut som självmord," sa Gustavo.

"Jo kanske, men jag har fått för mig att en uppenbar olycka inte skulle vålla samma intresse från polisens sida. Ett misstänkt självmord måste nog utredas tills det är konstaterat. Vem skulle komma på en så befängd idé som att ta livet av någon genom ett bungyjumphopp?"

Theodor såg synen framför sig och kände sig mycket nöjd.

"Ska han få veta vad som kommer att hända då han hoppat?"

"Ja, och det kan du få berätta för honom och också berätta om anledningen."

Det dröjde ett tag innan alla smält det de just fått höra, men snart verkade alla vara med på banan. Genast satte diskussionen om detaljer igång och olika synpunkter och frågeställningar gicks igenom.

Det blev bestämt att Theodor skulle och försöka ta reda på så mycket som möjligt om gärningsmannen. Theodor visste var han bodde och var han brukade hålla till om dagarna. Men det fanns mycket annat som kunde vara viktigt att veta. Anders hade inpräntat vikten av noggrannhet i alla och det hade inte undgått Theodor.

Mötet avslutades och alla åkte hem till sitt, utom Anders som stannade kvar hos Jack. De satt och pratade tills långt in på natten. Det var skönt för båda att få vara förtroliga och prata ut om de motstridiga känslor som fanns där efter förhöret och avrättningen av Alexi. Mest behövligt var det nog för Anders, som efteråt kände sig något bättre till mods. Jacks osentimentala attityd och enkla tankesätt gjorde att Anders kunde se på saken ifrån ett annat perspektiv.

Kapitel 26

Gert Karlsson vaknade på morgonen och kände sig utvilad. Han hade lagt sig tidigt och sovit hela natten utan att behöva gå upp och pissa. Kvällen innan hade han tagit sig en rejäl blecka tillsammans med några polare. De hade planerat att göra inbrott i en villa nere vid Lindö som de hållit under uppsikt en tid. På Facebook hade de sett att ägarna var på semester och skulle komma hem först om två veckor, så de hade god tid på sig. Några kontanter skulle de nog inte hitta, men en hel del dyrbarheter som skulle gå att sälja var nog mer troligt.

Gert åt en knäckebrödsmacka med kaviar och drack en kopp kaffe. Sedan kände han sig redo att möta dagen. Just nu kändes det ganska bra. Han hade gott om kontanter efter några lyckosamma rån och hade inte haft påhälsning av polisen på länge.

I dag tänkte han ta det lugnt, bara slappa och kanske kolla på någon film. Senare tänkte han som vanligt gå ner till grillen och käka en hamburgare.

Filmen han börjat titta på, var så dålig att han somnat efter en kort stund. Då han vaknade var klockan redan så mycket att det börjat kurra i magen. Han klädde på sig en tunn jacka och kände efter i byxfickan om där fanns tillräckligt med pengar för en hundrafemtiogrammare. Det fanns det och han kunde redan känna smaken i munnen.

Gert åt nere på grillen och passade samtidigt på att ta några starköl. På hemvägen var han både mätt och lite småfull. Det kändes skönt.

När han kommit in i lägenheten fick han en känsla av att något var annorlunda. Han såg sig omkring men kunde inte upptäcka något ovanligt. Dörren hade ju varit låst och det fanns ingen åverkan vad han kunnat se. Han skakade av sig känslan och slog sig ner framför teven. Han hade precis nickat till då han vaknade av ett ljud. Då han tittade där ljudet kommit ifrån, stelnade han till. Där stod en maskerad man med en pistol.

Gert trodde först att det var en kompis som drev med honom, men förstod snart att det var på riktigt. Han studerade den maskerade mannen för att se om det fanns något han kände igen.

"Du, undrar om du inte tagit fel? Vi är i samma bransch du och jag så det här är ingen lämplig plats att göra inbrott på. Hur kom du in?"

Mannen sa inget utan viftade med pistolen och visade att han skulle sätta sig igen. Den maskerade mannen tog upp sin mobil och slog in ett nummer samtidigt som han backade mot dörren och låste upp. Nästan genast störtade det in tre män som också de var maskerade.

Gert blev både rädd och förvånad. Vad var det frågan om? Ett planerat rån med fler inblandade hade han själv varit med om flera gånger, men då hade det gällt exklusiva boenden där det funnits något värdefullt att hämta. En nedgången tvåa i Hageby var väl knappast något att lägga energi på?

"Va fan är det frågan om?"

"Du ska få stå till svars för mordet på Magnus Wikström" sa en av männen.

Gert kom genast att tänka på vad som hände för mer än tio år sedan.

"Men va fan, det där blev jag dömd för och har suttit av."

"Vad fick du, två år? Det tycker du var ett rimligt straff. Men det tycker inte grabbens far. Det var hans ende son du tog ifrån honom. En ung pojke med livet framför sig. Nu har Folktribunalen dömt dig till ett rättvist straff. Du döms härmed till döden."

Den störste av männen gick fram och tog ett stadigt grepp om hans armar. Gert försökte slita sig loss men mannen var oerhört stark så det gick inte att röra sig. Den som hade talat kom fram och plockade fram en flaska ur fickan. Han tog tag i Gerts kinder och klämde åt så att munnen öppnade sig varefter han böjde huvudet bakåt och tömde flaskan. Det smakade beskt och Gert hostade kraftigt innan han kände hur han blev matt.

Jack släppte sitt grepp och tog av sig huvan.

"Ja, det var inte mycket till motstånd. Vad gör vi nu?"

Fedor stoppade ner pistolen och tog av sig huvan.

"Vi gör precis som vi sagt", sa Anders och kikade ut genom fönstret för att se om kusten var klar. Theodor satt i minibussen och väntade. Då han fått klartecken körde han fram och ställde sig utan för porten. Fedor och Gustavo gick ut i trapphuset och spanade.

Då allt verkade lugnt tog Jack och Anders ett stadigt tag om Gert och släpade honom ut ur lägenheten. Gustavo gick tillbaka in för att se så ingen lämnat spår efter sig.

Han hittade Gerts nycklar och låste dörren då han gick. Det åkte förbi några bilar, men då det blev en lucka öppnade de porten och lastade in Gert i baksätet på minibussen. Sedan hoppade de in och Theodor körde lugnt iväg.

Han tittade i backspegeln och såg ansiktet på den medvetslöse mannen. Hatet bubblade upp inom honom. Där var han som dödat hans son. Nu skulle han få stå till svars.

"Hur länge kommer han att vara väck?" Undrade Jack.

"Säkert i ett par timmar," sa Gustavo. "Det var lite oklart då jag läste beskrivningen, men med dosen han fick så borde det röra sig om den tiden."

"Ja, då hinner vi gott och väl", sa Anders.

Färden gick mot Katrineholm och sedan vidare norrut på väg 56.

Då de kom fram till Hjälmaresund och passerat den höga bron, stannade Theodor på en parkeringsplats strax efter. Anders tittade på klockan.

"Okej, då går vi igenom allt. Vi har gott om tid. Är utrustningen med?"

"Allt är med," sa Gustavo.

"Och du kan garantera att den inte går att spåra?"

"Absolut."

Gustavo hade beställt utrustningen för bungyjump på nätet i falskt namn och från en IP-adress som inte gick att spåra. Sedan hade han hämtat ut paketet i en tobaksaffär i Enköping med falskt id-kort och där det inte fanns någon övervakningskamera. Det fanns ingen möjlighet i värden att någon skulle kunna ta reda på vem som beställt.

"Bra," då förbereder vi oss. Vi kör fram en bit och släpper av Fedor sedan kör vi tillbaka och släpper av Gustavo några kilometer innan bron. Vi håller telefonkontakt, men kom ihåg att vi håller oss till kodorden vi övat in."

Alla verkade vara med på noterna och då Fedor och Gustavo intagit sina positioner, sa Anders till Theodor att köra fram.

De stannade mitt på bron och skulle just till att gå ut, då Fedor meddelade att det kom en bil. De fick genast avbryta och köra därifrån. Det kom flera bilar och tiden gick. Anders började bli lite orolig och kastade ett öga på den sovande mannen. Men han verkade helt väck.

Det gjordes ett nytt försök och den här gången verkade de ha turen med sig. Selen fästes noga runt Gert och Jack konkade ut honom ur bilen.

Theodor var besviken. Han hade hoppats på att det var han som skulle få berätta för mördaren. Nu blev det inte så. Anders hade själv berättat efter att ha vridit och vänt på alla möjligheter. Theodor skulle köra bilen så blev det bestämt. Fast han skulle i alla fall få uppgiften att tippa mördaren över broräcket, om det nu kunde vara någon tröst.

Theodor tog i så att han höll på att få ryggskott. Den lealösa kroppen var tyngre än han kunnat tro. Med en sista kraftansträngning fick han ut mannen ur bilen och stjälpte honom över räcket. Anders var otålig.

"Skynda dig, vi börjar få ont om tid."

Theodor torkade svetten ur pannan och lade all sin kraft på en sista knuff.

Det surrade i repet då Gert föll från bron. I samma ögonblick de hörde plasket försvann änden av repet ner i vattnet.

De skyndade sig in i bilen och körde iväg. Först hämtades Fedor upp sedan Gustavo och det bar iväg tillbaka mot Linköping.

Theodor ville inte köra hem så Jack fick ta över ratten. Han kände sig illa till mods. Det var inte så mycket besvikelsen över att inte ha fått konfrontera sonens mördare. Det var en annan känsla. Nu var det gjort det han så länge gått och funderat över. Han hade intalat sig att det skulle kännas befriande, men det gjorde det inte. Det var snarande en känsla av tomhet. Han hade själv lagt sista handen vid gärningen och fått sin efterlängtade hämnd, men saknaden och sorgen efter sonen fanns fortfarande kvar.

Jack slängde en snabb blick på Anders som satt bredvid honom i framsätet.

"Är allt under kontroll?"

Anders nickade.

"I morgon eller om några få dagar kommer vi att få höra på nyheterna att en död man hittats under bron i Hjälmaresund. Mannen hade varit fullproppad med droger och försökt att hoppa bungyjump från bron. Polisen kommer att göra en utredning och förmodligen komma till slutsatsen att allt skett under en psykos."

"Tror du inte att man kommer att undra hur han kom dit? Det finns ju ingen bil"

"Säkert. Det kommer nog att vara många frågetecken, men att det skulle röra sig om ett mord är nog mindre troligt.

"Så du ser det som ett mord?"

Anders svarade inte på den frågan. Innerst inne visste han att det var ett överlagt mord, men det hade skipats rättvisa och det var det viktigaste.

Då de kom hem till Jacks verkstad, samlade de ihop sina kontantkortsmobiler och brände upp dem i smältugnen som Jack brukade använda till metallgjutning. De satte sig ner och gick noggrant igenom hela händelseförloppet för att säkerställa att inga missar gjorts. Allt verkade ha gått som planerat.

Fedor och Gustavo åkte hem till sitt och Theodor fick sova över hemma hos Jack. Han orkade inte köra något mer den natten.

Kapitel 27

De hade bestämt sig för att ligga lågt ett tag. Anders och Jack fortsatte jobba som vanligt. Theodor mådde inte bra så han sjukskrev sig. Anders var lite orolig över att han kanske skulle vilja dra sig ur nu när hans ärende var avklarat. Men Theodor hade inga sådana planer. Han ville gärna vara behjälplig, i alla fall tills alla fått sina fall avklarade. Men just nu ville han bara ta det lugnt och försöka samla tankarna.

Gustavo hade fått kontakt med en karl som var ute efter småflickor på nätet. Det hade visat sig att mannen i fråga var avdelningschef inom socialförvaltningen. En gift man med fyra barn. Han hade erbjudit den fjortonåriga flickan som Gustavo fingerat, tiotusen för en natt på hotell i Stockholm. Gustavo hade letat upp en bild från hans Facebook där han stolt poserade framför poolen med sin lyckliga familj. Han hade klistrat in bilden i ett dokument där han också klistrat in den chattkonversation som mannen haft med flickan. Det var ingen vacker läsning och skulle fullständigt radera mannens liv om det kom till allmänhetens kännedom. Gustavo hade mejlat dokumentet och begärt femtiotusen för att hålla tyst. Pengarna hade genast betalats ut av den skräckslagne mannen. Han hade desperat försäkrat att det aldrig skulle hända igen. Ett tag tänkte Gustavo ändå publicera dokumentet, men valde att avstå då det skulle kunna uppstå komplikationer. Vem vet vad en man med ett sargat liv skulle kunna ta sig till? Dessutom skulle han alldeles säkert låta bli att intressera sig för småflickor i fortsättningen.

Fedor kände sig lite rastlös. Nu kunde han röra sig fritt utan att behöva se sig om. Då Alexi var ute ur bilden, fanns inte längre något intresse från nätverket att fullfölja sina åtaganden gentemot honom. Men han trivdes inte med att gå sysslolös. Visserligen var det nu fritt fram att skaffa en lägenhet nere på stan, men han trivdes faktiskt ganska bra i sin lilla stuga. Han och Gustavo bodde ju grannar och kunde umgås när de ville.

Det var mest det här med pengar som störde honom. Han hade inte behövt lida brist på något, det hade de övriga sett till. Men det kändes inget vidare att inte själv kunna bidra. Det skulle han göra så fort han fick möjlighet, men just nu hade Anders bestämt att han skulle ligga lågt.

Precis som Anders siat om, hade dödsfallet vid Hjälmaresund uppmärksammats i pressen. Polisen hade avskrivit fallet som en olyckshändelse utan att ha gjort någon grundlig undersökning. Att mannen i fråga varit fullproppad med droger hade tydligen räckt för att avskriva fallet. Vem skulle få för sig att hoppa bungyjump från Hjälmaresundsbron mitt i natten utan att knyta fast repet ordentligt, utom en psykotisk knarkare?

**

Efter några veckor kallade Anders samman gruppen igen. Theodor kände sig bättre och hade börjat jobba igen och Fedor tyckte det skulle bli skönt att det hände något.

De snackade inte så mycket om det som varit utan mer om framtiden. Nu var det en kvar och det skulle kanske bli det svåraste uppdraget. Torpeden som kastat handgranaten.

Den enda ledtråd de hade var afrikanen som Alexi snackat om. Det var honom de måste snärja och försöka klämma på information. Gustavo hade kollat runt på nätet och det han fått fram var inte särskilt upplyftande. Afrikanen var tydligen ökänd för sin hårdhet och avsaknad av empati. Han hade suttit inne många gånger och då ofta i isoleringscell efter att ha misshandlat andra interner.

Anders förstod att det skulle bli en hård nöt att knäcka, men hade lite idéer han gick och klurade på. Han harklade sig för att fånga de andras uppmärksamhet.

"Jag har tänkt på en sak. Innan vi engagerar oss allt för mycket i hur vi ska komma åt afrikanen, kanske vi skulle se till att Gustavo får hjälp. Visserligen har han inget mordhot hängande över sig vad vi vet. Men att riskera svår misshandel så fort man visar sig är ju inget vidare."

Gustavo blev glad. Han hade inte räknat med att någon skulle engagera djupare sig i hans situation. Nu kändes det som om han hade folk omkring sig som brydde sig och var villiga att ställa upp för honom.

Anders fortsatte.

"Det där nätverket du jobbade för, kan du berätta lite mer?"

"Det kallas för Bergagänget. Dom är inte så många, men ganska välorganiserade och sysslar väl mest med vanliga grejer som de andra gängen. Fast dom har en liten grupp som enbart sysslar med nätbedrägerier. Det var den gruppen jag ingick i.

Inga slagskämpar precis men alltid uppbackade uppifrån. Så mina forna jobbarkompisar är jag inte rädd för. Det är dom andra som sysslar med lite hårdare grejer som man ska se upp med."

"Du försökte ju hoppa av. Hur gjorde du? Snackade du med någon?"

"Ja, det är klart. Man hade ju dom man skulle redovisa till och jag sa som det var, att jag inte hade någon lust att vara med längre."

"Vad fick du för svar då?"

"Inte mycket. Han sa bara att det inte var läge för det. Jag drog ju in en hel del kosing så dom ville nog inte bli av med mig."

"Men du hoppade av i alla fall?"

"Ja, jag vände mig till en avhopparverksamhet inom kommunen som hjälpte mig till att börja med. Jag fick skyddad identitet. Men den visade sig inte vara särskilt väl skyddad, så jag blev hittad och ordentligt misshandlad."

"Typiskt myndigheter", sa Fedor. "Det där känner man ju igen. Det finns inte en jävla myndighet som går att lita på i sådana här sammanhang. Alla läcker som såll, till och med polisen. Inte underligt att så få söker hjälp."

"Det är nog sant", sa Anders. "Men räckte det inte med att du blev misshandlad?"

"Nej, om jag inte återvände snart så skulle dom söka upp mig på nytt och då skulle det bli värre. Det var då jag gömde mig i koloniområdet och träffade Fedor."

Nu lade sig Theodor i samtalet.

"Vad krävs för att dom ska lämna dig ifred? Vet du det?"

"Pengar. Mer pengar än jag skulle kunna få fram. Säkert en miljon eller mer."

"Eller kanske att vi bara skulle säga till dom att lämna dej ifred?" Sa Anders och log.

Gustavo skakade på huvudet.

"Det tror jag inte, eller hur menar du?"

"Vet du vad han heter, han som du redovisade till?"

"Ja det är klart, men det är en hårding som inte låter sig skrämmas ska du veta."

Anders klapprade med fingrarna i bordet och verkade insjunken i tankar.

"Ta reda på var han bor eller var vi kan få tag i honom så ska vi se vad vi kan göra."

Gustavo såg tveksam ut.

"Ja det kan jag göra, men ha inte för stora förväntningar. Jag förstår inte vad som skulle kunna få honom att lämna mig ifred förutom pengar?"

"Det är det vi får se", sa Anders.

Jack anade vad Anders hade i åtanke. Så väl kände han honom att han visste att det snart skulle komma en helt vansinnig och makaber idé som säkert skulle fungera. Det där de gjort med Alexi för att få honom att snacka hade ingen trott på, men Anders hade fått sin vilja igenom och det hade visat sig fungera alldeles utmärkt.

Det var under det andra mötet efter händelsen med Gert i Norrköping, som de övriga fick ta del av vad Anders hade hittat på för att få Gustavo att bli lämnad ifred. Först hade de skrattat och trott att han skojat, så vidrig var idén. Men snart hade de blivit varse att han menade allvar. Det där med Alexi och gummibenen hade varit makabert nog, men det var inget mot vad de nu fick höra.

Kapitel 28

Jack och Anders hade jobbat hårt för att få allt att se så naturtroget ut som möjligt. De hade riggat utrustningen i en tom lokal de fått låna av en bekant till Jack, under förevändning att det skulle förvaras byggmaterial där under en kort tid. Nu var det äntligen klart och de betraktade sitt verk med stolthet.

Theodor skakade på huvudet och tittade på Anders.

"Ja, vad ska man säga? Undrar vad som rör sig i ditt huvud egentligen? Endera är du väl helt rubbad eller också ett geni. Vi får väl se om det kommer att fungera."

"Nog kommer det att fungera rent tekniskt alltid. Frågan är bara om det blir så trovärdigt att det inte går att genomskåda. Men jag tänkte att vi ska testa lite så får vi se hur det ser ut."

Fedor ställde sig i hålet på trälåren. Det var samma låda de använt till Alexi och den bar fortfarande spår av blod och slaktrester, men det förstärkte bara den visuella effekten. Anders justerade belysningen från strålkastarna så att det blev en aning skumt men ändå så att man såg ganska tydligt.

Det hade varit betydligt svårare att gjuta de nya gummibenen. Nu skulle de sättas ihop med ett stycke underkropp. Efter flera försök hade i alla fall Jack fått till det så att det såg någorlunda realistiskt ut. Gjutningen var ännu inte fylld med blod och slaktrester. Det förvarades i en frys i Jacks verkstad och skulle ligga där tills det var dags för skarpt läge.

Jack bökade med utrustningen. Det var inte helt enkelt att få den på plats, men efter lite krångel så satt benen på plats. Då det bara var ett test hade de inte klätt benen så man kunde tydligt se att det var fejk. Senare skulle det vara byxor och skor på och då skulle intrycket bli ett helt annat.

Anders fäste vajrar vid fötterna. Ena vajern var fäst i en ögla i väggen och den andra gick till en elektrisk vinsch.

"Okej, då testar vi."

Anders tryckte på knappen på fjärrkontrollen och det började surra i vinschen. Sakta drogs vajrarna åt och benen började dras isär. Fedor började jämra sig och gjorde grimaser. Det såg så lustigt ut att alla började skratta.

Anders stängde av vinschen.

"Ja, nått i den stilen hade jag tänkt. Men sen gäller det att den som sitter där spelar med på ett trovärdigt sätt."

"Är det inte Jack som ska vara där?" Undrade Fedor och såg lite orolig ut.

"Nej, Jack måste vara lös och ledig så att han kan gripa in om det uppstår problem. Det blir du Fedor. Du har ju redan vanan inne. Vi måste ha två man som håller vakt och Gustavo får inte bli upptäckt, då kan hela projektet fallera."

Theodor såg lite fundersam ut.

"Om det nu kommer fler, vad gör vi då? Vi har ju bara ett vapen."

"Det har jag också tänkt på," sa Jack. Vi skulle behöva något mer. En hagelbössa kanske?"

Anders nickade.

"Du har rätt, men var får vi tag i en sån utan att stjäla ett?"

"Det fixar jag lätt", sa Fedor. "En hagelspruta är lätt att få tag på utan att göra inbrott. Det är bara att gå ner på torget och snacka med några individer så ordnar det sig."

Anders såg inte särskilt nöjd ut.

"Var tror du en sån bössa kommer ifrån?"

Fedor ryckte på axlarna.

"Jo, det är klart. Men då är det i alla fall inte jag som stulit det, eller hur?"

"Fedor har rätt", sa Jack. "Någon måtta på dina moralprinciper får det allt vara. Okej att vi inte ska göra inbrott hos oskyldiga, det har vi ju kommit överens om, men köpa en olaglig bössa måste vi kunna göra. Hur lagligt tror du det är det vi redan gjort?"

Anders höll med. Han insåg det rimliga i resonemanget.

"Okej, fixa det då, men glöm inte ammunition."

Nu var allt förberett och alla var insatta i hur det skulle gå till. Fedor försågs med ungefär samma förklädnad han haft då Alexi togs omhand. Övre delen av gummigjutningen fylldes med slaktrester och blod och limmades igen ordentligt.

Theodor fick i uppdrag att kontakta den man i Bergagänget som varit Gustavos överordnade. Han sökte upp mannen på arbetsplatsen där han jobbade och överlämnade ett brev. Brevet var från Gustavo och det stod:

"Hej Raffe, länge sedan sist. Som du vet så har jag dragit mig tillbaka och vill att det ska få vara så. Jag har gjort en del lyckade affärer och fått ihop lite pengar, så jag vill köpa mig fri.

Jag vet inte hur mycket ni vill ha, men jag har en halv miljon. Hoppas att ni är nöjda med det. Du kan hämta pengarna på Tallbackens industriområde i morgon kväll klockan elva. Jag kommer inte själv att vara där, men har bett en polare att överlämna dom. Han är en vanlig svenne, så ta inte med dig ett helt koppel med hejdukar för då kommer han att bli skraj och sticka. Parkera bilen på gästparkeringen vid målerifirman så möter han upp där klockan elva prick.

Hälsningar

Gustavo Hernandez"

Theodor hade stuckit innan mannen hunnit öppna brevet. Efter att ha läst det och begrundat vad det stod, tyckte han först att det verkade en aning underligt. Men när han tänkt efter och dragit sig till minnes vad Gustavo varit för typ av person, kändes det inte orimligt. Han visste hur skicklig Gustavo varit då han jobbat hos dem och att han skrapat ihop en halv miljon på egen hand var nog inte så konstigt. Nu skulle ju inte den summan vara tillräcklig, det hade hans boss bestämt, men det kunde gott räcka som en avbetalning.

På kvällen träffade han några andra medlemmar och visade upp brevet han fått. Det blev godkänt att han skulle åka och hämta pengarna, men han skulle ha en man med sig för säkerhets skull.

Kvällen därpå körde en bil in på Tallbackens industriområde. Efter att ha åkt lite fram och tillbaka, stannade den på gästparkeringen vid målerifirman.

Theodor stod och tryckte bakom ett hörn och hade full uppsikt över bilen. Han tittade på klockan och när den var elva, gick han fram. Han hade en parkas på sig och en rutig keps så han såg verkligen ut som riktig Svensson. Theodor knackade försiktigt på rutan som sakta hissades ner.

"Hej där, är det ni som ska hämta något från Gustavo?" Frågade han oskyldigt.

Mannen som kört, öppnade dörren och klev ut. Det var samme man som han tidigare överlämnat brevet till. Passagerardörren öppnades och en till man klev ut. Han var svartmuskig och såg grym ut. Theodor förstod att det var en som inte skulle kliva åt sidan om det blev bråk.

"Följ efter mig", sa Theodor och började gå mot lokalen.

Anders hade hört i hörsnäckan att deras mål inte kommit ensam. Han sa till Jack att göra sig beredd.

Theodor försökte uppträda så naturligt som möjligt trots att han var livrädd. Åsynen av den svartmuskige följeslagaren gjorde honom nervös och han hoppades innerligt att Anders och Jack visste vad de gjorde.

Då de kom fram till lokalen gick Theodor in först. De andra såg sig omkring för att förvissa sig om att de var ensamma. Därefter gick de också in.

Det var ganska mörkt i lokalen, men det lyste en svag lampa alldeles ovanför dörren.

"Vänta här så ska jag hämta pengarna", sa Theodor och försvann in genom en smal dörr.

Plötsligt tändes starka strålkastare som nästan förblindade de båda männen. Jack som stått gömd, klev fram och drämde kolven på hagelbössan i huvudet på den svartmuskige som segnade ner. Den andra mannen fumlade efter något i fickan, men hann inte få fram något innan han hade en pistolpipa i munnen.

"Nu tar vi det bara lugnt", sa Jack och fiskade upp en revolver ur mannens byxficka. Han kastade revolvern till Anders som just klivit fram i ljuset.

"Så bra", sa Anders. "Nu har vi två av dom eftersökta."

Jack bakband mannens händer med ett kraftigt buntband. Han gjorde ett halvhjärtat försök att slita sig loss, men stelnade i ett nackgrepp av Jacks väldiga näve som samtidigt tryckte ner honom på golvet. Då han var ordentligt bunden till händer och fötter, fortsatte Jack att binda den medvetslöse mannen som lämnades kvar på golvet medan den andre drogs fram till den riggade trälådan. Då mannen fick syn på Fedor som redan satt bunden på lådan, ryggade han till.

Jack kopplade fast selen som skulle hålla mannen på plats. Under tiden justerade Anders strålkastarna så att ljuset blev precis så som de tänkt sig.

Nu började den nedslagne mannen stöna. Theodor skyndade ut från sitt gömställe, muddrade honom och hjälpte sedan till att placera honom på en stol framför lådan.

Anders knäppte på högtalaren och klassisk musik började ljuda i rummet.

"Då så mina herrar. Så ska då ödets klocka klämta och ni ska stå till svars för era gärningar. Välkomna till Folktribunalen."

Raffe trodde nästan att han drömde. Här satt han fastbunden på en låda bredvid en helt okänd person. Framför honom stod en maskerad galning och rabblade något obegripligt. Han slet och drog i sitt fängsel men insåg snart att det var lönlöst.

"Vad fan är det ni vill?" Snäste han. "Vad är det för jävla folktribunal du snackar om?"

"Vi är folkets domstol som ser till att sådana som ni får sitt rättmätiga straff."

Raffe slängde en snabb blick åt Fedor.

"Fattar du vad han snackar om?"

Fedor skakade på huvudet.

"Ni behöver inte förstå så mycket för jag ska berätta varför ni är här. Ni ska dömas och straffas för misshandeln av en kär vän till oss. Hans namn är Gustavo Hernandez."

"Honom har jag aldrig hört talas om," skrek Fedor. "Jag har inte gjort något."

"Det spelar ingen roll vad du säger. Jag har bevis så det räcker."

Anders gjorde tecken till Jack som gick fram och fäste stålvajrarna i öglorna runt Fedors ben. Då det var gjort tog han fram fjärrkontrollen och tryckte på knappen. Mycket sakta spändes vajrarna och Fedors ben började dras isär. Fedor började skrika och Raffe satt mållös och bara stirrade. Benen drogs allt mer isär och Fedor skrek så det sved i Raffes öron. Då benen stod rakt ut, tappade Fedor medvetandet och hans huvud föll ner mot bröstet. Så hördes ett obehagligt ljud. Benen slets isär och ut vällde inälvor och blod. Raffe höll på att tuppa av och det gjorde mannen på stolen också. Han kräktes kaskader och var alldeles vit i ansiktet.

Jack var raskt framme och kopplade snabbt loss vajrarna från de isärdragna benen. Han fäste dem runt Raffes. Han hade både spytt och pissat ner sig och verkade närmast apatisk.

Anders tryckte på fjärrkontrollen och Raffes ben drogs isär. Just då kom Theodor springande med andan i halsen.

"Hörni, vi måste avbryta. Jag fick just ett meddelande. Det är lite brådis. Vi måste få undan liket och göra rent innan dom kommer."

Anders suckade tungt.

"Okej då, vi fick i alla fall en. Det får räcka."

Han tittade på Raffe som var halvt medvetslös.

"Snacka om tur. Men passa dig. Om ett enda hårstrå kröks på Gustavos huvud så kommer vi och hämtar dig. Då ska jag skruva ner hastigheten på vinschen så att ditt lidande blir lite mer långdraget. Vi vet var du bor och var du jobbar."

Han sa till Jack att släppa loss männen som då de blev fria rusade ut ur lokalen, kastade sig in i bilen och for iväg i ett dammoln.

Gustavo klev fram från sitt gömställe. Han var fortfarande blek och lite darrig efter det han bevittnat.

"Fy fan, vilken grej."

Anders klappade om honom.

"Nu kan du nog visa dig var som helst utan att behöva riskera något. Tror du inte det?"

Gustavo nickade och log.

Kapitel 29

Gustavo kände sig fri för första gången på länge. Först hade han inte riktigt trott att han skulle bli lämnad ifred, men rykten hade börjat spridas på nätet. Han hade läst på Flashback att det dykt upp en gruppering i Linköping som kallade sig Folktribunalen. Det hade uppstått en mängd trådar i olika inlägg och de flesta handlade om hårresande berättelser över vad det här gänget var kapabla till för grymheter. En säker indikation på att han kunde känna sig lugn, var då han gått ner i centrum och där stött på några killar från Bergagänget som känt igen honom. De hade hejat och sedan skyndat sig därifrån. Hade det skett tidigare skulle de inte tvekat att ge sig på honom. Nu hade de nästan verkat rädda bara över att se honom.

Det var en skön känsla. Han och Fedor kunde gå ner på puben och ta varsin öl utan att känna sig hotade. De kunde besöka Jack mitt på ljusa dan utan att behöva se sig över axeln.

***

Det tilltagande flödet av spekulationer om den nya grupperingen hade inte undgått polisen. De kunde inte riktigt tro på de hårresande historier de läst, men beslöt sig ändå för att undersöka saken. Var händelsen med det makabra mordet skulle ha ägt rum var inte särskilt svårt att få reda på. Det fanns till och med bild på lokalen där det skulle ha skett. Polisen hade varit där och tagit reda på vem ägaren var. Han hade varit tillmötesgående och låtit dem genomsöka lokalen utan husrannsakansorder.

De hade funnit blod som vid närmare analys visat sig komma från vildsvin. Av ägaren hade de fått upplysning om vilka som haft tillgång till lokalen och det hade lett dem till Jack.

Anders hade förvarnat Jack om att han förmodligen skulle få besök, så han blev inte särskilt förvånad då polisen knackade på. De hade frågat ut honom om hans förehavanden i lokalen i fråga och han hade kommit med en rimlig förklaring. Att det funnits blod där hade berott på att han förvarat slaktrester från rökeriet som han skulle ha till att mata havsörnar med. Rökeriet hade också bekräftat att Jack hämtat slaktrester från dem. På frågan om hur det kunnat uppstå ett sådant märkligt rykte på nätet, hade han svarat att han inte visste. Polisen var medvetna om att både han och Anders hade haft starka skäl att agera mot kriminella. Men då ingen anmälts saknad och de inte hade funnit något misstänkt, så hade de inte gått vidare. Både han och Anders var tidigare ostraffade och helt vanliga medborgare som råkat ut för en tragedi. Att de skulle vara kapabla att genomföra det som beskrivits, föreföll högst osannolikt.

Anders kände sig tillfreds med hur allt utvecklat sig. Han hade också läst trådar med spekulationer och det var precis det han velat uppnå. Nu var tribunalen något det pratades om och mer skulle det bli.

Det var Gustavo som skulle se till att ryktesspridningen tog extra fart. Han hade fått i uppgift att hoppa in i de olika trådarna som florerade på Flashback och andra sajter. Där skulle han hänga på och komma med nya och ännu mer hårresande uppgifter om vad Folktribunalen hade gjort och vad de var kapabla till. Allt han skrev skulle godkännas av Anders. Om det blev allt för orealistisk så fick han stryka det. Men det mesta fick passera.

***

Inget hade undgått gängen i Linköping. Då Raffe från Bergagänget berättat vad han hade varit med om, var det först ingen som trodde honom. Det hade låtit allt för otroligt. Men då hans livvakt bekräftat historien, var det en del som börjat tveka. Livvakten hade varit med i kriget i Bosnien och hade rykte om sig att vara fullkomligt orädd. När han nu berättade att det Raffe sagt var sant, hade saken kommit i ett annat läge. Att Gustavo skulle lämnas ifred bestämdes ganska snabbt. Det var ingen som varit särskilt sugen på att ge sig på honom efter allt som sagts.

Snart hade ryktet spritt sig till alla gäng och nätverk i Linköping och det började även att sprida sig till andra delar av landet. Även allmänheten började få kännedom om att det fanns en grupp som kallade sig för Folktribunalen och som stod på brottsoffrens sida.

***

Anders hade varit hemma i Kungsör i en vecka för att se till huset och hämta en del utrustning. Eftersom han tillbringade det mesta av sin tid i Linköping, började han så smått fundera på att sälja huset och flytta dit. Han hade pratat med Pär om saken och han hade inte haft några invändningar. Pär trivdes utmärkt i England och hade för avsikt att stanna där i ytterligare några år.

Det fanns hus till salu i samma område där Jack bodde och det skulle nog gå jämt upp med vad han kunde få för huset i Kungsör. Jack hade propsat på att Anders skulle bo med honom. Visserligen stod de varandra nära och kom bra överens, men det skulle vara skönt att ha något eget.

Under resan tillbaka till Linköping bestämde han sig. Han skulle vänta tills de funnit torpeden och sedan sälja huset.

Han hade funderat en hel del då han varit hemma. Det skulle inte bli enkelt att ringa in torpeden. Att det var afrikanen som satt på den information de var ute efter, stod klart. Men vad han förstått av det Gustavo fått fram, så var afrikanen av ett helt annat virke än de övriga varit. Skulle han låta sig skrämmas att prata så måste det till något ännu mer skrämmande än de hittills hittat på. Han hade sina funderingar men var osäker på om det skulle vara genomförbart. Visst skulle ryktesspridningen kunna ha en viss inverkan, men det skulle inte räcka på långa vägar.

**

Så var det dags för nästa möte. Jack hade byggt om en del i sin verkstad så att de nu hade ett mötesrum där de kunde sitta bekvämt. Han hade ställt in fem sköna fåtöljer runt ett bord. En ölkyl fanns också på plats samt kylskåp och micro så att de kunde få något gott att äta till ölen.

Då Anders kom fram var de andra redan på plats. De satt i fåtöljerna med varsin öl och samspråkade glatt.

Gustavo redogjorde för vad han haft för sig på nätet. Det var nu vilda spekulationer om Folktribunalen.

Han hade lyckats plantera ett rykte om att den här grupperingen var mycket större än man först trott. Att det var personer med kraftigt ekonomiska resurser som låg bakom och som inte skydde några medel för att uppnå sitt syfte.

Anders nickade belåtet. Rykten brukade efter en tid övergå till sanning och det kunde förhoppningsvis underlätta när de skulle konfrontera afrikanen.

Vad nästa steg i planen skulle bli var alla medvetna om. Men inte hur. Så nu var de mycket nyfikna på vad Anders hade för idéer. Han kände de andras förväntansfulla blickar.

"Vi måste alltså försöka få afrikanen att snacka. Vad jag förstått så lär det inte bli lätt. Men det får bli nästa bekymmer. Nu gäller det att komma på hur vi ska få tag i honom."

Anders tittade på de andra.

"Är det någon som har ett förslag?"

Det blev tyst i rummet. Alla hade nog förväntat sig att Anders skulle komma med en färdig lösning.

"Han är nästan aldrig ensam utan har livvakten med sig hela tiden", sa Fedor.

Anders nickade och hummade lite.

"Jo, jag har förstått det. Men han sover väl någonstans och då kanske han är ensam?"

Gustavo tog upp sin mobil och tog fram en anteckning.

"Han bor i en villa i Ekängen och vad jag fått fram så bor han själv där. Han bodde visst ihop med en kvinna förut, men hon har tydligen flyttat."

Theodor sträckte på sig i fåtöljen.

"Men om han är så försiktig av sig att han måste ha livvakt, då är det väl troligt att han också har det på nätterna?"

"Ja, det är något vi måste undersöka", sa Anders. "Vi får helt enkelt spana på honom då han kommer hem om kvällarna. Kan du Fedor försöka kolla upp när han brukar åka hem?"

"Det vet jag redan. Det är väldigt oregelbundet. Ofta går han på krogen och då är det inte säkert att han åker hem alls. Men på söndagar brukar han för det mesta vara hemma, i alla fall på kvällen."

"Men du vet inte om han har livvakten med sig hemma?"

"Nej, inte vad jag fått fram. Men det får vi väl anta."

Nu började Jack bli lite otålig.

"Det känns som mycket snack och liten verkstad. Vi dundrar in, klubbar ner livvakten och tar honom bara. Det kan väl inte vara så jävla svårt."

Anders log.

"Det skulle nog kunna gå. Jag är övertygad om att du nog skulle kunna klara av både honom och livvakten, men dom här är ju inga som ska likvideras. Vi måste vara ytterst försiktiga så vi inte röjer oss. Du kan ju tänka dig vad som skulle kunna hända om dom fick reda på vilka vi var."

Fedor höll med.

"Ja, och om det skulle gå fel och du kanske skulle bli skjuten så vore allt förgäves."

Anders fortsatte.

"Vi vill ju inte att något ska gå fel så vi måste ha en vattentät plan. Jag har funderat och tror nog att det löser sig. Men först måste vi hitta ett nytt ställe dit vi kan ta honom. Vi måste undvika att verkstaden eller helst hela industriområdet kan förknippas med Folktribunalen på något vis.

Jack förstod att Anders hade rätt. Att vara för ivrig och gå på som han själv brukade göra, var nog inte så lämpligt.

"Hur har du tänkt att vi ska göra sen då?"

"Jag återkommer om det när jag tänkt klart", sa Anders och smålog.

Kapitel 30

Enzi Amin kom ursprungligen från Uganda. Släktskapet med den forne diktatorn Idi Amin fanns där, men på mycket långt avstånd.

Han hade kommit till Sverige som tolvåring strax efter millennieskiftet. Hans familj hade varit tvungna att fly hemlandet då pappan blivit satt under lupp av den dåvarande regimen, misstänkt för samröre med en extremistgrupp.

Det hade inte varit så lätt att anpassa sig i det svenska samhället. Men Enzi hade varit tuff och inte låtit sig tryckas ner av nedsättande kommentarer och annan mobbing.

Efter några år bosatte sig familjen i Linköping. Enzi trivdes ganska bra och skolgången gick hyfsat. I övre tonåren började det gå snett och han halkade in på den kriminella banan.

Där gjorde han en snabb karriär och det dröjde inte länge innan han var medlem i ett kriminellt gäng.

Med tiden avancerade han inom nätverket och var snart ganska högt uppsatt. Han hade visat hur hänsynslös han kunde vara och folk hade börjat frukta honom. Nu var han en av de som bestämde och alla kallade honom för afrikanen.

***

Enzi hade ständigt en livvakt i hasorna. Flera gånger hade han blivit utsatt för attentat, men klarat sig undan med mindre blessyrer. Det var många från rivaliserande gäng som ville se honom död. Han hade själv låtit avrätta flera personer och nu stod hämndlystna kamrater till dem på kö.

För några år sedan hade han köpt en fin villa nere vid Ekängen. Det var hans fästning där han kunde känna sig relativt trygg. Okrossbara fönster och säkerhetsdörrar. Larm och kameraövervakning både inomhus och utanför. Livvakten hade ett eget rum där han kunde sova över och för att snabbt kunna agera om det blev ett larm. Det var utanför huset som risken var störst. Det hade gjorts några försök att komma åt honom då han varit hemma, men det hade inte lyckats. Han hade kunnat identifiera vilka som varit där och sedan tagit itu med dem.

Att ständigt vara på sin vakt var numer vardag för Enzi och han tänkte inte så mycket på det. I högkvarteret var han oåtkomlig och behövde han uträtta något ärende, fanns det alltid någon han kunde skicka.

Nu hade det inte hänt något på länge och han var ganska övertygad om att hans fiender nu var så pass infiltrerade att han i god tid skulle få reda på om det planerades något attentat.

Enzi hade som de flesta andra hört talas om den här nya grupperingen som etablerat sig i staden och kallade sig Folktribunalen. Han hade gjort efterforskningar men det hade inte givit något. Hans kontakter med insyn hos polisen hade heller inte kunna styrka att det skulle vara sant. Nu var han mer inne på att allt bara varit en viral grej utan någon som helst substans. Den uppfattningen hade han också planterat hos sina kamrater och underhuggare inom nätverket.

Han var en aning besviken på att Alexi hade försvunnit. Han hade visat sig vara skicklig när det kom till smuggling. Åtskilliga kilo av det dyrbara vita pulvret hade inbringat stora inkomster. Enzi hade precis varit på väg att befria Alexi från hans skuld då han fått veta att han var försvunnen. Det hade gjorts grundliga efterforskningar, men Alexi hade varit som uppslukad. Ingen hade hört något och inga rykten hade spridits. Enzi hade haft en tanke på att den där halvkorkade kompisen som sprungit Alexi i hasorna, kanske visste något. Det var väldigt nära att han tagit tag i saken, men annat som varit viktigare hade dykt upp. Nu hade han släppt det då han fått veta att Fedor inte haft något att göra med Alexis försvinnande. Han hade efter en tid fått veta att Alexi förmodligen åkt till Polen och där tagit värvning i det militära.

Nu hade han i alla fall hittat en annan som kunnat ta Alexis plats. Visserligen inte lika framgångsrik, men tillräckligt för att det skulle löna sig.

Enzi hade planer för framtiden. Han hade redan nu tillräckligt med pengar för att kunna lämna nätverket och börja leva ett annat liv. Men han var inte riktigt nöjd. Lite mer ville han ha och han hade bestämt sig för att fortsätta i några år till. Därefter tänkte han bege sig tillbaka till Uganda. Då förutsatt att läget var stabilt där och inget inbördeskrig var i faggorna. Där skulle han verkligen kunna njuta av sin rikedom. Inga påklådiga myndigheter som synade en i sömmarna och en utbredd korruption som skulle vara mycket användbar. Han hade snackat en del om detta med högsta bossen och han hade inte varit helt emot det. Det skulle naturligtvis kosta en del, men det skulle han ha råd med.

Enzi var ansvarig för narkotikasmugglingen från öst. Han var även engagerad i människosmuggling och en del utpressarverksamhet. Men den uppgift som han var mest beryktad för, var eliminering. Han hade en kontakt som visat sig vara ovärderlig. En mycket pålitlig kille från Turkiet som utfört de flesta av mord och misshandel som Enzi beställt. En enda gång hade han misslyckats med sin uppgift. Det var med de två svennarna som hade misshandlat Alexi och hans kompis. Där hade det gått lite fel då deras fruar hade fått sätta livet till. Det hade inte lett till någon större skada och svennarna hade på sätt och vis fått sitt straff ändå. Men för övrigt hade allt gått som på räls. Torpeden var mycket skicklig och Enzi hade fullt förtroende för honom.

***

Efter en ganska hektisk vecka, bestämde sig Enzi för att vila upp sig ordentligt hemma i villan. Han kände inte för att gå ut och festa utan ville vara för sig själv. Kanske kolla på tv och bara ta det lugnt en hel helg. Enzi berättade om sina planer för livvakten. Han hade inte blivit så glad då han varit festsugen och gärna tillbringat helgen på krogen. Men det var bara att rätta in sig i ledet.

Tidigt på fredagskvällen satte sig Enzi och livvakten i Enzis Tesla och åkte mot Ekängen. Då de kom fram gick de igenom samma procedur som de alltid gjort. Livvakten gick in först för att kolla på övervakningsfilmerna så att ingen varit i närheten. Enzi satt kvar i bilen och väntade. Med detta förfarande fanns förstås risken att Enzi skulle kunna bli attackerad. Men med skottsäkra rutor och dörrar var också risken att bli skadad minimal.

Enzi satt och rattade på bilstereon och tittade upp då en mycket gammal man kom gående. Mannen verkade förvirrad och Enzi tänkte att det var någon som rymt från ett äldreboende. Då den gamle mannen var jämsides med bilen, stannade han till och tittade mot honom. Enzi vevade ner rutan.

"Hallå där, vad glor du på?" Ropade han till mannen.

Mannen stapplade fram till bilen?

"Vad sa du? Jag hör lite dåligt."

Enzi suckade

"Jo, jag undrade vad du glor på. Har du aldrig sett en svart man förut?"

"Jaså, jo jag tittade på bilen. Det var ingen dålig kärra det där. Den kostar väl en förmögenhet?"

Enzi log. Han kände sig alltid nöjd när någon visade intresse för något exklusivt han hade.

"Du skulle bara veta. Men vad gör du ute? Har du kommit vilse?"

Mannen lutade sig fram mot Enzi.

"Ja, jag vet inte riktigt var jag är."

I samma ögonblick kom en bil i hög fart och stannade med en tvärnit bredvid Teslan. Enzi tittade till och plötsligt stack det till i halsen på honom. Allt gick så snabbt att han inte hann trycka på knappen till sidofönstret. Han kände hur allt började snurra, sedan blev det svart.

Den gamle mannen hävde sig in och fick upp låsknappen så att dörren kunde öppnas. Han drog ut Enzi ur bilen, lyfte upp honom på axeln och småsprang fram till bilen som stannat. Bakdörren öppnades och han slängde in Enzi varefter han sprang runt och hoppade in på den andra sidan.

Livvakten hade hört att det kom en bil och skyndat sig för att se efter vad det var. Det sista han såg av bilen var ett dammoln längre bort. Då han såg att Teslan var tom, fick han hjärtat i halsgropen. Han hade misslyckats med sitt uppdrag och det skulle få svåra konsekvenser om han inte genast försvann.

***

Enzi började vakna till. Han hade ingen aning om var han befann sig. Då han försökte resa sig slog han i huvudet. Det var helt svart och famlade med händerna. Han kände väggar runt om och förstod att han var instängd i någon slags låda. Han började få panik. Det var inte mycket som kunde skrämma honom. Misshandel och skenavrättningar hade han varit utsatt för flera gånger utan att yppa minsta lilla hemlighet. Men att vara instängd i ett trångt utrymme var inte det han mest av allt önskade sig.

Trots att det var helt svart, kunde han ändå känna att det kom in luft någonstans ifrån. Han försökte behålla lugnet och intalade sig själv att det inte var någon fara. Om det nu var hans fiender som tagit honom, varför hade de då inte bara skjutit honom? Det var så det brukade gå till. Det här följde inte gängse norm. Förmodligen ville de få honom att avslöja affärshemligheter eller namnen på infiltratörer, men där skulle de gå bet. Han skulle inte säga något vad som än hände.

Med lite tur skulle livvakten redan slagit larm och kavalleriet var på väg.

Så tändes en lampa. Enzi kisade med ögonen. Allt var till en början suddigt men klarnade efter en stund. Mycket riktigt befann han sig liggande i en låda. Han bankade i sidorna och tryckte fötterna mot taket. Men allt var kompakt.

Det sprakade till i en liten högtalare som satt vid kortväggen där han hade fötterna. En röst han inte kände igen började tala.

"Hjärtligt välkommen. Du är förstås väldigt nyfiken på vad som hänt. Det ska jag upplysa dej om. Du är nu gäst hos Folktribunalen."

Enzi kände hur kallsvetten kröp fram.

Kapitel 31

Då Anders lagt fram sin plan på hur de skulle kunna få afrikanen att avslöja vem torpeden var, hade alla häpnat. Nog för att de visste hur fantasifull och påhittig Anders kunde vara. Men det här slog nog alla rekord. Fedor hade berättat hur hård och orädd afrikanen var och det hade Anders tagit fasta på.

Tillsammans hade Anders och Jack tillverkat en låda som de ljudisolerat med frigolit. Det fanns belysning och ett ljudsystem med mikrofon och högtalare. Theodor hade låtit installera en liten kamera som kunde registrera det som hände i lådan. Allt manövrerades från en app i mobilen.

Det fanns en slanganslutning där man kunde släppa ner mat och vätska och även lite annat om det skulle behövas.

Om hela skeendet skulle ta för lång tid så skulle afrikanen också behöva uträtta sina behov. Det hade de fixat med ett hål i golvet och en hink fäst under. Fedor hade provat att stängas in i lådan under en kort tid. Bara efter någon minut hade han fått cellskräck och skrikit att de skulle släppa ut honom. Det kändes som att vara levande begravd och inte ett ljud utifrån hade gått att uppfatta. Om nu afrikanen också led av klaustrofobi så skulle det säkert inte behöva ta lång tid. Men ingen visste ju.

Lådan hade körts iväg till Gustavos stuga på koloniområdet. Den låg ganska enskilt och det var inte många människor som brukade passera förbi där. Först hade Anders inte tyckt att det var någon bra idé, men Gustavo hade envisats. Han hade ändå tänkt flytta därifrån till vintern, nu när han kunde känna sig trygg.

Själva bortförandet hade Anders funderat mycket över. Men det var Jack som kommit på att de skulle ta honom då han väntade i bilen. Efter en lång tids spaning av Fedor och Gustavo, fanns det nu en ganska klar bild över afrikanens vanor. Det hade varit påfrestande att försöka kartlägga hans mönster. Ofta kom han inte alls hem på kvällarna. Ibland hade han bara stannat hemma en kort stund och då och då hade han haft någon kvinna med sig. Men det som de tagit fasta på var att han alltid väntade i bilen tills livvakten kom ut och visade att allt var grönt.

Jack hade fått spela huvudrollen som den gamle mannen. Dels hade han själv propsat på att få vara lite mer aktiv. Men det behövdes också någon som var tillräckligt stark för att snabbt kunna få ut afrikanen ur bilen.

De hade gjort många försök med olika maskeringar men det var först då Gustavo hade skickat efter en mask från USA som de blivit nöjda. Masken var väldigt naturtrogen och gick inte att missta från ett verkligt ansikte. Med en peruk på huvudet och en kraftig grå rock, kunde ingen ana att inte Jack var en mycket gammal man. Han hade varit tvungen att kröka ordentligt på ryggen för att inte visa hur stor han var då han gått fram till afrikanen.

Fedor hade haft invändningar. Han såg faror i allt och hade tyckt att planen verkat allt för riskabel. Speciellt sprutan med narkosmedel som Gustavo köpt på Darknet. Om nu afrikanen skulle vara motståndskraftig och inte somna så fort som det var tänkt, skulle det kunna gå riktigt illa. Men den här gången hade han haft alla emot sig.

Det fanns backup-planer ifall något skulle gå fel. Livvakten skulle kunna komma ut tidigare än han brukar och det skulle kunna komma förbi någon på vägen. Då skulle allt avblåsas och de skulle skynda sig iväg.

Men nu hade allt gått enligt planen och Anders var mycket nöjd.

Då de kom fram till Gustavos stuga och kollat att inga åskådare syntes till, hade de burit in afrikanen och placerat honom i lådan. De skruvade fast locket och Theodor tog fram mobilen och startade appen.

Lådan stod uppställd på fyra ben. Undertill fanns en påbyggnad där hinken för eventuell avföring och urin var placerad. De hade noga sett till att allt var fullständigt ljus och ljudisolerat. Den enda kontakten med yttervärlden var det inbyggda ljudsystemet.

Theodor kopplade upp mobilen till en laptop och de slog sig ner för att följa händelseförloppet. Theodor startade kameran med mörkerseende och kollade klockan.

"Då ska vi se. Snart borde han kvickna till."

Efter en stund började det röra på sig och efter ytterligare några minuter kunde de se att afrikanen var tillräckligt vaken. Theodor tände lyset och nickade åt Anders att ta mikrofonen.

"Hjärtligt välkommen. Du är förstås väldigt nyfiken på vad som hänt. Det ska jag upplysa dej om. Du är nu gäst hos Folktribunalen."

Det var tyst från lådan en lång stund. Afrikanen sparkade med benen som en besatt, men då han märkte att det inte hade någon verkan, lugnade han ner sig.

"Vad är det ni vill?"

Anders harklade sig och satte mikrofonen till munnen.

"Det ska du snart få veta. Men först ska jag förklara situationen för dig.

Du ligger nu begravd cirka två meter under jord. Du kanske känner att det finns luft, och det är inte så konstigt. Vi har en slang kopplat till kistan där vi kan förse dig med mat och vätska om det skulle behövas. Du kan känna hålet bakom huvudet. Det är där luften kommer ifrån."

Afrikanen avbröt honom.

"Vet du vem ni har att göra med? Om ni inte genast släpper ut mig så kommer konsekvenserna att bli fruktansvärda, det kan jag garantera."

Anders väntade en liten stund.

"Jodå, vi vet vem du är. Det är just därför som vi tagit dig. Du har upplysningar som vi gärna vill att du delar med dig av."

Afrikanen svor inne i lådan.

"I helvete att ni kommer att få något ur mig."

"Om du väntar lite tills jag berättat färdigt så kanske du kommer på andra tankar", sa Anders med mild röst.

"Du har nu två val. Du kan berätta det vi vill veta och befrias från din grav. Men det kommer inte att ske på en gång. Först måste vi kontrollera att dina uppgifter stämmer. Det andra alternativet är att du vägrar. Då kommer följande att hända. Du får ligga kvar där du är i några veckor. Vi kommer att förse dig med mat och vatten så att du inte avlider för snabbt. Om du lyfter på mattan i golvet så kan du se att där finns ett hål där du kan göra dina behov. Det kommer visserligen att lukta för jävligt, men det kan du nog stå ut med. När du sedan börjar bli för svag för att kunna prata, kommer vi att upphöra med leveranserna och i stället släppa ner några husdjur så att du får lite sällskap. Vi har en låda med några mycket hungriga råttor. Dom är stora men får nog plats i slangen.

Vi kommer inte att meddela dig innan, utan det får bli en överraskning. Du kommer att höra när det börjar rassla i slangen. Förmodligen kommer du att kunna fånga och ha ihjäl några, men inte alla. När de väl börjat äta på dig så finns ingen återvändo."

Det blev knäpptyst från lådan.

Enzi hade varit med om mycket, men en sådan utstuderad grymhet hade han aldrig hört talas om. Det skulle vara den värsta skräck som någon utsatts för. Nu förstod han att allt det han hört och inte trott på om Folktribunalen kanske var sant.

Det var tyst en lång stund.

"Vad är det ni vill veta?"

Anders sken upp och gjorde tummen upp mot de andra.

"Vem är torpeden du brukar anlita? Vi vill veta namn och var vi kan få tag i honom."

Svaret dröjde från lådan.

"Vad har jag för garantier att ni släpper ut mig om jag berättar?"

Den garanti du får, är att vi är hederliga medborgare som står vid vårt ord. Det får du nöja dig med."

Afrikanen våndades. Det hade aldrig hänt att han svikit någon av sina kamrater. Han hade blivit svårt misshandlad och fått sina naglar utdragna, men aldrig hade han röjt någon. Det här skulle bli första gången. Det fanns förstås en liten chans att de bluffade, men skulle han vara beredd att ta risken? Nej, det här var allt för hemskt. Inget skulle vara värt det.

"Okej, han heter Aslan Köse och är turk. Han brukar hålla till nere vid hamnen. Han är medlem i segelsällskapet. Han har en båt där som han emellanåt bor i. Är han inte där så hittar ni honom förmodligen på puben Överste Mörner. Han har en lya i samma fastighet. Kan ni släppa ut mig nu?"

Anders skrev ner det afrikanen berättat.

"Sakta i backarna. Först måste vi kolla så att uppgifterna stämmer. Det kan ta någon dag. Nu kommer jag att släppa ner en flaska vatten och en burk med pasta i röret. Glöm inte det jag sa om hålet i golvet. Om du täcker det ordentligt så kommer det inte att lukta så mycket. Om det du berättar stämmer, så gräver vi upp dig. Visar det sig att du ljugit så kommer råttorna att få dig."

Kapitel 32

Nu var det nödvändigt att agera snabbt. Ingen visste hur länge afrikanen skulle hålla ut och de kunde inte släppa honom innan torpeden var hittad. Det här var något som Anders hade förbisett. Han skulle naturligtvis i förväg haft en färdig plan på hur gripandet av torpeden skulle gå till.

De satte sig ner för ett snabbmöte.

"Jag tror jag hört talas om honom", sa Fedor. "När afrikanen nämnde det här med segelbåtsklubben så kom jag ihåg att Alexi snackat om det vid något tillfälle."

"En av oss får åka dit och spana", sa Anders och såg på Fedor. "Kan du?"

Fedor nickade och gav sig genast iväg.

"Vad var det mer han sa, Överste Mörner. Var ligger den?"

"Nere på stora torget", sa Jack. "Jag kan åka och kolla."

"Nej, det får Gustavo göra. Vet du var den ligger?"

Gustavo nickade och skyndade sig iväg.

Nu var Anders, Jack och Theodor ensamma. Anders lutade pannan mot händerna och tänkte så det knakade.

"Okej, vi snackar lite mer med afrikanen. Jag tror att lösningen ligger hos honom."

Theodor satte sig framför datorn och startade ljudsystemet. Anders tog mikrofonen.

"Hallå där nere, hur har vi det?"

Afrikanen ryckte till av det plötsliga ljudet.

"Ja, vad tror du? Har ni fått tag i Aslan?"

"Nej du, så snabbt går det inte. Först ska vi lokalisera honom, sedan ska vi gripa honom. Det är där du kommer in i bilden. Ju snabbare det går desto fortare gräver vi upp dig. Har du något förslag?"

Det var tyst en lång stund från lådan. Afrikanen tänkte.

"Ni har ju min mobil. Messa honom och säg att vi måste träffas."

Anders tog fram afrikanens mobil och började knappa bland kontakterna.

"Någon Aslan finns inte. Vad heter kontakten?"

"Leta efter Lejon. Det är vad Aslan betyder på turkiska."

Anders fortsatte att bläddra bland kontakterna och fann det.

"Där ja. Okej, då är det så här. Du får tala om vad jag ska skriva. Jag förstår att du tänker hur du ska kunna lura oss, men det kommer inte att funka. Han har ingen aning om var du befinner dig. Dessutom är du nergrävd. Ifall någon av oss blir skadad eller värre så kommer du att få ligga kvar där nere tills du självdör. Om det visar sig att du försökt blåsa oss så kommer du snart att få stifta bekantskap med råttorna. Vill du så kan jag släppa ner en nu, om du inte tror mig."

Afrikanen hade för länge sedan givit upp. Han kunde inte tänka sig ett värre sätt att dö på och han skulle göra allt som krävdes för att komma därifrån.

"Börja så här: Ey bre. Nytt gig på gång."

Anders antecknade.

"Va fan betyder det?"

"Hej broder. Jag har ett nytt uppdrag åt dig. Sen får ni bestämma mötesplats och klockslag. Han kommer garanterat."

"Kommer han ensam?"

"Han är alltid ensam."

Anders konfererade med Jack och Theodor. Sedan tog han upp sin egen mobil och kallade tillbaka Fedor och Alexi.

Det blev bestämt att mötet skulle ske på puben där torpeden brukade hålla till. I messet skulle det stå att afrikanen skickat en kurir för att ta honom till en säker plats.

Theodor var den som skulle agera kurir. Han hade minst risk att bli igenkänd.

Fedor fick i uppdrag att skaffa heroin. Det tog emot för Anders men nu hade nöden ingen lag. Gustavos uppgift blev att skaffa ett kraftigt sömnmedel. Jack skulle finnas i bakgrunden, beredd att gripa in om något skulle gå fel.

Det var inte utan en viss nervositet som Anders skickade iväg messet från afrikanens mobil. Strax efter fick han en tumme upp som svar från lejonet. Nu var det på gång.

Theodor kände sig ganska säker då han körde ner mot Stora torget. De hade noggrant gått igenom vad han skulle säga och hur han skulle agera. Han klev in på puben och såg sig omkring. Där var ganska folktomt men vid ett av bordet satt en ensam man och drack kaffe. Mannen såg utländsk ut så Theodor antog att det var rätt person. Han gick fram och slog sig ner mitt emot mannen.

"Aslan?" Sa Theodor och försökte se vänlig ut.

Mannen tittade misstänksamt på honom och skakade på huvudet. I samma ögonblick kände Theodor en hand på sin axel. Han tittade upp och där stod en man som var betydligt yngre än den han hade framför sig.

Mannen vickade på huvudet och visade att de skulle gå därifrån. Han sa inget utan följde efter Theodor hack i häl.

När de kommit till bilen och kört iväg började torpeden prata.

"Vad är på gång?"

Theodor skakade på huvudet.

"Ingen aning. Jag är bara chaufför. Afrikanen skulle aldrig säga något till mig."

Torpeden nickade.

"Nej, han är rätt så försiktig av sig den där negern. Vart ska vi?"

"Till koloniområdet nere vid Valla."

Torpeden rynkade pannan.

"Det var konstigt. Där har vi aldrig träffats."

"Theodor ryckte på axlarna."

"Nej, inte vet jag. Men nu sa han så i alla fall."

"Är han ensam?"

"Ja, nog var han det då jag åkte."

Torpeden frågade inte mer under resten av färden. Då de kom fram till Gustavos stuga och klivit ur bilen, kände torpeden efter i byxfickan att pistolen låg där den skulle.

Jack stod beredd innanför dörren och de andra hade gömt sig i en garderob.

Theodor kom först in tätt följd av torpeden. Jack tog ett snabbt steg fram och lade armarna om hans överkropp. Torpeden gjorde några snabba rörelser i ett desperat försök att komma loss. Men han satt i ett järngrepp. Anders rusade fram ur garderoben och tryckte in en spruta i armen på torpeden. Jack höll stadigt fast honom tills han kände att kroppen slappnade av och han föll i sömn.

"Hur länge kommer det att verka?" Frågade Anders och vände sig mot Gustavo.

"Ett par timmar skulle jag tro. Men han kan lika gärna vakna efter en timme."

"Då så, då räknar vi med att vi har en timme på oss. Gustavo, kan du blanda till mer sömnmedel och ladda sprutan igen?"

Gustavo gjorde som han blivit tillsagd och räckte över den fyllda sprutan till Anders. Theodor satte på mikrofonen.

Afrikanen hade sovit en stund trots att han börjat få svåra smärtor av att ha legat still så länge. Han vaknade med ett ryck av Anders röst.

"Hallå igen där nere. Jag kommer att släppa ner en spruta med sömnmedel. Den ska du injicera på en gång. Ju snabbare desto bättre för dig själv."

Afrikanen darrade på rösten när han svarade.

"Hur vet jag att det är sömnmedel?"

"Det vet du inte, men vill du bli uppgrävd så gör du som jag säger."

Det rasslade till i röret och afrikanen fick tag i sprutan.

Trots att han var på gränsen till medvetslöshet, började han se ett alternativ. Om han bara låtsades ta sprutan, skulle han kanske kunna göra motstånd och lyckas fly om tillfälle skulle uppstå. Visserligen var han mycket svag just nu men det skulle kunna gå. Det kunde mycket väl vara ett dödligt gift i sprutan. Ett sätt för de där galningarna att göra sig av med honom. Han bestämde sig för att göra ett försök.

"Jag har tagit den," ropade han.

Theodor skakade på huvudet då han såg på skärmen vad som försiggick.

"Han bluffar."

Anders hade nästan haft det på känn. Han väntade en stund innan han knäppte på mikrofonen.

"Tråkigt att du inte litar på oss. Som straff kommer jag nu att släppa ner den första råttan."

Han tog fram en leksaksråtta han köpt på Teknikmagasinet. En sådan som man skruvar upp med en nyckel och som sedan skuttar fram över golvet.

Han skruvade upp fjädern och släppte ner den i röret. Det rasslade till och råttan for ut i lådan och började sprätta omkring.

Afrikanen höll på att få hjärtstillestånd. Den skräck han kände var nästan värre än den han känt då han fått veta att han var levande begravd.

Till slut så hade kraften i fjädern tagit slut. Råttan blev liggande på hans mage. Då han tog tag i den blev han varse att den inte var riktig. Det knastrade i högtalaren.

"Det där var en liten försmak. Nästa gång är det på riktigt."

Det var då afrikanen insåg att man kunde se honom. Det spelade inte så stor roll för nu var han så nedbruten han kunde vara. Han tog sprutan och tryckte in den i armvecket.

"Okej, han har slocknat", sa Theodor och slog igen laptoppen.

Jack tog en skruvdragare och skruvade snabbt bort alla skruvar som höll locket på plats. En fruktansvärd stank slog emot dem då de lyfte på locket.

"Fy fan, han har skitit utanför hålet", sa Jack och höll för näsan.

De skyndade sig att lyfta upp afrikanen och bära ut honom till bilen. Jack och Gustavo hoppade in och for iväg.

De andra hjälptes åt att lägga ner torpeden i lådan och skruva fast locket.

Kapitel 33

Afrikanen slog upp ögonen och kisade mot en gatlykta som stod en bit bort. Han såg sig om och kunde inte se var han befann sig. Han låg på en gräsplätt vid sidan av en cykelbana. Först förstod han ingenting men snart började minnet återvända. Han var fri och hade klarat sig. Hade allt bara varit en ond dröm eller var det på riktigt?

Då han försökte resa sig, märkte han att det inte fanns någon kraft i varken armar eller ben. Han hade obeskrivligt ont och det luktade skit om hela honom.

En förbipasserande cyklist stannade till och frågade vad som hänt. Afrikanen visste inte vad han skulle säga. Han bad i alla fall cyklisten att ringa efter ambulans.

På vägen till sjukhuset funderade afrikanen hur han skulle förklara vad som hänt. Ingen skulle tro honom om han berättade sanningen och den fick heller aldrig komma fram. Om det skulle komma till allmän kännedom att han hade offrat torpeden, skulle hans liv inte vara mycket värt. Allt han ägde skulle tas ifrån honom och drömmarna om ett komfortabelt liv i Uganda kunde han glömma. Han skulle hålla tyst. Men nu visste han att Folktribunalen verkligen existerade och det fick honom att rysa.

***

"Fick du tag i det du skulle?" Frågade Anders.

Fedor grävde i fickan och tog fram en liten plastpåse med vitt pulver.

"Det blev inte så mycket men jag tror det räcker."

Theodor hade startat appen och iakttog nu hur torpeden sakta började vakna. Han vände sig mot Anders och Jack.

"Ja, nu är det eran tur. Men kan vi verkligen vara säkra på att det är rätt person?"

"Det är det vi ska ta reda på nu", sa Anders. "Sätt på ljudet."

"Aslan Köse, förmodar jag. Kan det stämma?"

Aslan hade just vaknat och hade ingen aning om vad som hänt och var han befann sig.

"Va fan är det frågan om?"

"Ja visst ja, du måste ju få veta vad som försiggår. Du är nu gripen av Folktribunalen och kommer att förhöras. Du ligger nedgrävd två meter under marken och kan inte ta dig ut. Om du känner att det kommer luft så stämmer det. Det är ett rör kopplat till din kista. Det är bara för att vi ska kunna förhöra dig och att du inte ska kvävas."

Aslan hade snackat en del med afrikanen om den här så kallade tribunalen. Han hade varit av samma uppfattning som honom, att det bara rört sig om en viral grej som var påhittad. Han började sparka och slå i väggar och tak.

"Släpp ut mej för helvete. Är ni helt dumma i huvudet?"

"Såja, då tar vi det lite lugnt. Du kommer inte ut hur mycket du än försöker.

Svara i stället på mina frågor så blir allt mycket enklare."

Aslan fortsatte att sparka. Han var ursinnig och skrek som en besatt. Theodor var tvungen att skruva ner volymen.

"Vi låter honom hållas tills han lugnat ner sig."

De gick och tog en fika.

Jack verkade lite frånvarande och Anders frågade om det var något speciellt.

"Jag vet inte men jag har tänkt lite på sista tiden. Om det nu är han som kastade in granaten, ska vi inte överlämna honom till polisen i stället? Han lär ju få livstid. Jag vet inte om jag är kapabel till att ta livet av honom."

Anders suckade.

"Du Jack, det begriper du väl att vi inte kan göra. Var finns bevisen? Att han erkänt något för oss skulle inte betyda ett jävla dugg i en rättegång. Han skulle bli frikänd. Dessutom så var du ju med när vi kastade ner han från Norrköping från Hjälmaresundsbron. Då var det inga problem."

"Nej, men då var jag fortfarande så rasande. Nu har det gått en tid."

"Så du tycker att Gunhild och Liselotts mördare ska gå fri? Dom fick lemmar avslitna och granatsplitter inborrade i sina kroppar. Dom dog säkert under väldiga plågor. Vem ska hållas ansvarig för det om inte mördaren själv? Har du glömt vårt måtto, öga för öga?"

"Ja, du kanske har rätt", sa Jack "Det kommer över mig ibland bara. Det är klart att han ska straffas för det han gjort. Vi kollar om han börjar bli mogen."

Theodor startade appen och såg att torpeden nu lugnat ner sig. Anders knäppte på mikrofonen.

"Då så, då sätter vi igång. Aslan Köse, är det så du heter?"

Det kom inte ett ljud från lådan. På skärmen kunde de se hur torpeden kände i sina fickor om pistolen fanns där.

"Det där är ingen idé. Vi har tagit hand om pistolen. Svara bara på frågorna nu. Heter du Aslan Köse?"

"Ja!" skrek han så alla hoppade till.

"Bra. Är det riktigt att du brukar utföra uppdrag åt afrikanen?"

Där tyckte Aslan att gränsen var nådd. Aldrig för ett ögonblick att han tänkte avslöja något om sina affärer.

"Far åt helvete, era jävla idioter. Jag ska skjuta skallen av både er och era familjer, var så säker."

Anders kastade en snabb blick på Jack.

"Tråkigt att du inte är samarbetsvillig. För att få dig på bättre tankar så kommer jag nu att låta dig få sällskap i kistan av en liten vän som jag har här. Han heter Ove och är en vanlig svensk huggorm. Han bett är inte så farligt men det gör jävligt ont."

Anders tog fram en gummiorm som han köpt samtidigt som leksaksråttan. Han släppte ner den i plastslangen och skakade den.

Aslan blev stel av skräck. Det var inte mycket i denna värd som kunde skrämma honom. Men han hade sedan barnsben varit skräckslagen för ormar. Ormen hoppade ut ur hålet och hamnade i ansiktet på honom.

Han fick tag i den och dängde den med full kraft i väggen. Hjärtat slog så han trodde det skulle hoppa ut ur kroppen på honom.

Anders nickade belåtet då han såg på skärmen hur han reagerat.

"Andas djupt och lugnt nu så ska du se att det går bra. Det där var bara en leksak. Jag ville se hur du reagerade och det gjorde mig nöjd. Nästa gång blir det på riktigt."

Aslan hade pinkat på sig. Han var så skräckslagen att han knappt kunde andas.

"Jaa! Jag ska svara."

"Okej, då fortsätter vi där vi slutade. Har du åtagit dej uppdrag åt afrikanen?"

"Ja!"

"Har du dödat människor?"

"Ja!"

"Har du dödat några oskyldiga?"

"Nej!"

"Jag tror att du ljuger. Nu släpper jag ner den riktiga ormen. Nej förresten, jag släpper ner flera."

"Vänta för i helvete! Jo, jag har dödat oskyldiga. Men det var ett misstag. Det var två fruntimmer i Kungsör som strök med när det var deras karlar jag var ute efter."

"Tack, då var vi klara", sa Anders och knäppte av mikrofonen.

Anders och Jack såg på varandra. Nu var de framme.

Anders satte fast locket på slangen och gick fram till Theodor.

"Du kan gå ut nu. Det kan ni andra också göra."

Jack började gå ut men vände i dörren.

"I helvete heller. Det här är lika mycket min sak. Jag stannar."

Efter en dryg timme kunde de se hur torpeden började få svårt att andas. Han vred sig och kippade med munnen. Efter ytterligare en halvtimme låg han livlös. De väntade en stund innan de ropade in de andra. Jack skruvade bort locket. Han kände på torpedens puls och märkte att den nästan var obefintlig.

Anders bad Fedor att göra i ordning heroinet. Fedor hade testat några gånger så han visste vad han skulle göra.

Då sprutan var fylld och klar gav han den till Anders. Jack kavlade upp torpedens skjortärm och snörde till överarmen med en svångrem. Anders tryckte in sprutan i den blå ådern som spände i armvecket. Då han dragit ut sprutan, lade han sin hand över näsa och mun och höll kvar tills pulsen helt upphört.

Nu var det gjort. Liselott och Gudrun hade fått upprättelse och han och Jack hade fått sin hämnd.

På kvällen körde de kroppen till hamnen. Theodor hade i förväg kollat hur de kunde ta sig fram till torpedens båt utan att fastna på några övervakningskameror. Gustavo hade dyrkat upp låset till grinden.

De hittade nycklar i torpedens ena byxficka, låste upp och placerade kroppen på sängen. Sprutan torkade de varsamt av och lade intill honom.

Kapitel 34

Det kändes konstigt. Anders hade nog trott att det skulle kännas bättre, att han skulle få någon slags frid. Men så blev det inte. Det kändes inte alls bra. Han och Jack hade snackat mycket om det som hänt. Jack hade mått ganska dåligt, åtminstone den första tiden. Han hade intalat sig själv att det mest berott på nervositeten av att åka fast, men insett att det var mer än så. Under själva händelseförloppet hade de varit så fokuserade att de inte haft tid att reflektera. Det hade kommit nu efteråt. De hade medverkat till att tre människor mist livet och den tanken var svårsmält. Men nu var det gjort.

Då alla hade samlats efter händelsen med torpeden, hade de bestämt att gå skilda vägar och inte kontakta varandra igen. I alla fall inte inom de närmaste månaderna. Det skulle kunna finnas en risk att någon nitisk utredare skulle börja nysta i fallen. Alexi skulle de inte hitta. Inte på flera år i alla fall. Men torpeden och knivmannen från Norrköping fanns ju där. Vad afrikanen skulle kunna ta sig för, var svårt att veta. Men det var inte mycket han hade att gå på. Förhoppningsvis skulle han hålla det som hänt för sig själv. Det var i alla Fedor och Gustavo övertygade om.

***

Anders hade inte hunnit sälja huset i Kungsör, så han bestämde sig för att flytta hem igen. Jack hade tyckt att det var tråkigt men insett att det nog var klokt.

Fedor och Gustavo fortsatte att umgås. Gustavo tjänade bra på nätet och han var generös och delade med sig till Fedor.

Theodor jobbade med sin verksamhet i Norrköping som vanligt. Till skillnad från Anders och Jack hade han inte påverkats i lika hög grad. I alla fall inte negativt. I tio års tid hade han varje dag tänkt på hämnd. Nu behövde han inte göra det längre och det kändes jävligt bra. Vad beträffade de övriga som fått stryka med hade han inte tyckt att det varit någon förlust. Två grova brottslingar som inte gjort annat än ställt till elände. Världen mådde bättre utan dem.

***

Det var lite trögt att komma igång för Anders. Det kändes konstigt att flytta hem igen. Han hade inte bott där på ett tag. Men snart så hade han allt i ordning och kunde börja leva som tidigare. Ja inte som tiden då han haft Liselott, men efter det. Han pratade ofta med Pär i telefonen. Pär hade börjat känna sig hemma i England och hade inga planer på att flytta hem igen. Han skulle komma och hälsa på till sommaren hade han lovat.

Då några månader gått och inget hänt, tyckte Anders att det var dags att höra av sig. Han ringde Jack och de pratade länge. Jack hade försökt övertala honom om att göra slag i saken och flytta till Linköping. Anders hade funderat en hel del på det. Det skulle vara roligt att få umgås oftare med Jack. Dessutom kanske han inte skulle behöva gå och grubbla så mycket.

På något vis var det nästan som Liselott fanns kvar där i huset, i alla fall i hans tankar. Det gjorde ont och det kanske skulle göra mindre ont om han flyttade.

Många gånger hade han varit nära att ta till flaskan igen. Men han hade stålsatt sig. Inget skulle ju bli bättre om han söp ner sig och skulle behöva stå till svars inför Pär. Han gick och grunnade några dagar innan han bestämde sig. Nu skulle det bli av.

Jack blev väldigt glad då han fick veta att Anders bestämt sig. Nu skulle de kunna jobba båda två i hans verkstad, var och en med sitt. De skulle också kunna umgås så ofta de ville. Visserligen skulle Anders ha ett eget boende, det hade han varit tydlig med, men det skulle förhoppningsvis inte vara så långt ifrån. Till en början skulle Anders i alla fall bo hos honom.

Anders hade röjt undan gammalt skräp han inte ville ha kvar. Han hade kollat med Pär om det fanns något han ville ha, men han hade tagit med sig det han ville till England. Sina arbetsredskap hade han redan kört till Linköping. Nu var det mest lite småpyssel kvar innan annonsen skulle komma ut på Hemnet.

Redan första dagen då annonsen visat sig, hade det dykt upp en köpare. Han hade varit villig att lägga tvåhundra tusen utöver utgångspriset. Efter samråd med mäklaren hade Anders tackat ja. Sedan hade det burit av till Linköping.

***

Det blev fest hos Jack. Han hade tagit kontakt med Theodor och bett honom komma. Fedor och Gustavo hade han träffat sedan en tid tillbaka och de var också bjudna. Anders hade först varit lite avvaktande och tänkt att det kanske varit för tidigt att börja umgås, men han hade ändrat sig då alla samlats.

Jack hade blivit stupfull och slocknat innan midnatt. Anders hade tagit det försiktigt. Han visste vad alkoholen hade för inverkan på honom. Han hade tidigare provat att helt lägga av och det hade funkat sådär. Men nu visste han att han kunde bemästra suget bara han inte drack för mycket och avhöll sig från starksprit. Öl funkade bra och även vin i måttliga mängder.

Jack hade varit duktigt bakis då de käkat frukost på morgonen. Men fram på förmiddagen hade han piggnat till.

Det snackades om allt möjligt. Theodor var nyfiken på vad Fedor och Gustavo hade för framtidsplaner. Han hade hållit koll på Gustavo och förundrats över hans skicklighet när det gällde internet och allt han kunde göra där. Det skulle inte vara så dumt att ha en sådan resurs i hans egen firma. Så han frågade helt enkelt om Gustavo ville börja jobba hos honom. Gustavo tittade på Fedor som såg lite sorgsen ut.

"Det skulle vara skitkul, men jag vet inte om jag har så stor lust att flytta till Norrköping. Nu har jag ju en fin lägenhet här och det går ganska bra med affärerna också. Men tack för erbjudandet."

Fedor såg genast lite gladare ut.

Då fick Jack en idé.

"Men va fan, kan inte du Theodor flytta hit i stället? Du har väl inget som binder dig till Norrköping? Då kan vi ju träffas och ha fest oftare. Du har ju kunder över hela landet så det är väl inte så noga var du bor."

Theodor skrattade.

"Tro det eller ej, men jag har faktiskt gått och funderat på det. Jag skulle kunna göra det på ett villkor. Det är att Gustavo blir min kompanjon. Jag har tänkt att expandera och det hade jag tänkt göra på internet. Men då måste kunskapen finnas och den har jag inte tillräckligt av själv."

Jack sken upp.

"Det finns gott om plats i min verkstad. Fan va kul om vi kunde hänga där allihop."

Fedor såg återigen lite missmodig ut. Han hade inga egenskaper som skulle kunna vara till nytta för de övriga i deras arbete. Han kände sig utanför.

"Låt mig tänka på saken", sa Theodor och reste sig upp. "Jag har lite att uträtta hemma, men jag tar till mig det du sa så hörs vi sedan."

Då Theodor åkt frågade Jack vad de andra tyckte om hans idé. Gustavo verkade positivt inställd.

"Ett riktigt jobb? Det har jag aldrig haft förut. Det kunde vara värt att prova på. Jag skulle nog inte tjäna lika mycket som nu, men det skulle vara lagligt."

"Vem vet", sa Anders. "Det kanske skulle kunna bli ett framgångsrikt koncept. Det går du inte precis dåligt för Theodor nu."

Jack vände sig mot Fedor för att höra hans åsikt. Fedor skruvade lite på sig. Det märktes att han kände sig obekväm.

"Jo, det låter väl bra. Ni fyra skulle nog trivas att jobba under samma tak."

"Vi är ju fem", sa Anders och såg förvånad ut.

"Jo, men jag kan ju inget."

Anders och Jack skrattade samtidigt. Anders klappade Fedor på axeln.

"Du kan mer än du tror. Jag har nog lagt märke till hur du resonerat och tänkt till när det gällt viktiga beslut vi tagit. Hade det inte varit för dig så skulle en hel del kunnat gått åt helvete. En sån förutseende och noggrann person skulle vi ha stor nytta av i alla våra rörelser."

Fedor blev generad. Han förstod inte riktigt vad Anders syftat på men det kändes i alla fall riktigt bra.

Anders fortsatte.

"Om nu Theodor bestämmer sig för att flytta hit och Gustavo börjar jobba med honom. Då blir vi tre olika företag som huserar under samma tak. Vi behöver en konsult som granskar våra affärer och ser till så att vi inte klampar i klaveret. Vem skulle vara bättre lämpad för det än du Fedor? Jag föreslår att du startar en enskild firma. Vi kan bygga till en skrubb i verkstaden där du kan ha ditt kontor. Vad säger du?"

Fedor visste inte vad han skulle säga. Ett eget företag? Konsult? Han smakade på ordet.

"Ja, om ni tror att jag skulle vara till någon nytta. Varför inte? "

Kapitel 35

På några veckor hade Theodor bestämt sig. Efter en månad hade det första flyttlasset med arbetsredskap anlänt till Jacks verkstad. Att få villan såld hade gått snabbt. En granne till honom hade tingat den för sin dotters räkning och hela affären hade genomförts utan inblandning av mellanhänder.

Det hade varit lite svårare att få tag i en lämplig bostad i Linköping. Theodor ville gärna bo där det inte var så mycket trafik, men ändå ganska nära Jacks verkstad. Till slut hade han i alla fall hittat en villa som kunde duga. Inte riktigt i klass med den han haft i Norrköping. Men det hade blivit pengar över som kunde investeras i verksamheten.

Anders hade också hittat en villa som intresserade honom. Den låg bara ett stenkast från Jacks hus. Den var visserligen inte till salu ännu, men Jack var ytligt bekant med ägaren och hade hört att han planerat att flytta ut på landet. Tillsvidare bodde Anders hos Jack, så det var ingen större brådska.

Det hade varit en del stök med att få till verkstaden så att den skulle bli funktionell för alla. Jacks verksamhet krävde störst utrymme. Han hade maskiner som tog plats och kunde föra ganska mycket oväsen. Men med hjälp av några lokala snickare så hade ett större förråd byggts om till två väl ljudisolerade kontor. Ett till Anders och ett till Theodor och Gustavo. Fedor hade fått ett kontor i en städskrubb. Inte så stort men det låg nära toaletten. Det hade han tyckt var en fördel. Han skulle mest använda det som förvaring och för att sitta och läsa dokument.

En stor del av tiden skulle han nog vara hos de andra. En av hans uppgifter som konsult var som fikaansvarig. Det hade han tyckt var ett hedervärt uppdrag.

***

De skriverier om Folktribunalen som florerat på internet hade så sakta minskat. Visst kom det ibland upp en och annan tråd med spekulationer, men inget nytt verkade ha hänt.

Enzi hade inte med ett ord nämnt för någon om det han varit med om. Det hela hade varit allt för pinsamt men också väldigt skrämmande. Beträffande torpedens dödsfall så hade man gjort en del egna efterforskningar, men kommit till samma slutsats som polisen gjort.

Det fanns andra kandidater som var beredda att ta hans plats och Enzi hade redan provat några av dem.

Det hade blivit några skjutningar som inte fallit så väl ut. En av skyttarna hade åkt fast och det hade varit på vippen att han börjat snacka bredvid mun. Men det hade löst sig. Enzi hade hotat med att döda skyttens föräldrar om han så mycket som knystade om vem han fått uppdraget från. Det hade gjort susen och skytten hade tigit som muren. Han hade släppts i brist på bevis och nu lärt sig en läxa. Noggrannhet och planering var något han måste tänka på nästa gång han skulle utföra ett uppdrag. Det där hade aldrig varit några problem när det gällt torpeden.

Det fanns pengar att hämta i försäkringsbranschen. Det hade nätverket i Tallbacken en del erfarenhet av. Nu var det inte vilka försäkringar som helst det gällde. Det rörde sig oftast om en slags beskyddarverksamhet. Om en företagare betalade en viss summa per månad så skulle han eller hon vara skyddade från inbrott och skadegörelse. Nätverket hade legat lite lågt med den typen av verksamhet då de största intäkterna funnits i droghandeln. Men droghandeln var en verksamhet som gick upp och ner och just nu var det lite stiltje på den fronten. Tullen hade varit framgångsrik och lyckats stoppa flera större partier, främst från Tyskland och Östeuropa. Då gällde det att hålla kassaflödet uppe med andra medel.

Mestadels hade beskyddarverksamheten riktats mot mindre företag som drivits av invandrare. Det var för det mesta små butiker och mindre verkstäder. Några försök hade gjorts mot större verksamheter, men det hade resulterat i för mycket krångel. Men det fanns många företagare runt om i Linköpingstrakten så än fanns det potential.

Enzi hade fått i uppdrag att undersöka marknaden och hitta nya klienter. Inget som gav några adrenalinkickar precis men det skulle göras. Han satte några medarbetare på uppgiften. Själv ville han inte röra sig utomhus så mycket och det var ganska påfrestande att ha en livvakt i hasorna hela tiden. Livvakten som varit med då han blivit bortförd hade lämnat work over och försvunnit. Ingen utom Enzi visste vad som hänt honom. Det skulle ha varit illa om det läckt för mycket om bortförandet, så Enzi hade tagit det säkra före det osäkra och gjort sig av med honom. Nu bar han hemligheten för sig själv. Det som livvakten berättat för de andra om vad som hänt, hade Enzi kunna förklara. Så det hade inte blivit någon stor sak av det. Nu var det bara att se framåt och fokusera på den uppgift han fått.

***

I Jacks verkstad var det full fart. Alla hade installerat sig och efter lite inkörningsproblem i starten fungerade nu allt mycket bra.

Theodor hade flyttat in i sitt nya hus. Han hade också köpt lite ny utrustning som skulle behövas nu när han fått en medarbetare. Villan som Anders var intresserad av hade ännu inte blivit till salu, men han hade första tjing på den. Han trivdes bra med att bo hos Jack och de kunde samåka till verkstaden på mornarna.

Fedor trivdes som fisken i vattnet. Det hade känts lite kymigt att skicka de första fakturorna till de andra, men det hade han gjort på deras uppmaning. Till en början hade det gått lite trögt då han inte riktigt vetat vad han skulle göra. Men snart hade det löst sig. Hans viktigaste uppdrag var att titta igenom kontrakt och fakturor så att det inte skulle bli fel. Det var ganska vanligt att det kom falska fakturor som lätt skulle kunna slinka igenom om man inte var uppmärksam. Men inget undgick Fedor. Minsta lilla som inte verkade logiskt granskade han med hökblick. Värre var det med bokföringen men den fick han hjälp med. Alla hade varit tydliga med att allt skulle vara lagligt. Det hade känts lite konstigt men nu hade han vant sig.

***

Det var högkonjunktur och det gick bra för alla. Jobben trillade in i en jämn ström och det kändes mycket bra. Allra bäst gick det för Theodor och Gustavo. Den nätbutik som Gustavo skapat, visade sig vara rena guldgruvan då den kommit i gång på allvar. Theodor var mycket nöjd över sitt beslut att rekrytera Gustavo. Han hade visat sig vara ännu skickligare än Theodor kunnat ana.

Då det var lunch brukade alla samlas i matsalen. Ofta blev det hämtmat, men då och då hade någon tillbringat kvällen med att laga till något eget. Inte Anders eller Jack. De var båda ganska dåliga på att laga mat. Men Theodor var inte så tokig. Hans specialitet var en egenkomponerad gryta. Fedor och Gustavo älskade den, men Anders och Jack tyckte den var lite för stark i smaken. Fedor hade också bidragit med lite hemlagat ibland. Det var något suspekt från Polen och inget som hade fallit de övriga i smaken. Men de hade hållit god min ända tills Fedor för fjärde gången kommit med samma sörja. Då hade de sagt ifrån. Först hade han blivit stött men sedan insett att Theodors mat nog var lite godare.

Det var just vid en lunch med Theodors gryta som två män kom in i verkstaden. Jack hade sagt till dem att det var lunchrast och att de fick komma tillbaka lite senare. Men det hade de inte hörsammat utan börjat jiddra om att de hade ett erbjudande. De hade varit ganska ihärdiga så Jack hade varit tvungen att visa dem på dörren.

Senare samma dag kom de tillbaka och den här gången var de fyra. De två som först varit där och två andra som inte verkade särskilt seriösa i sin framtoning. Stämningen blev snabbt ganska spänd.

"Jo, som jag sa förut så har vi ett erbjudande. Som ni vet så är det en hel del inbrott här i området. Vi erbjuder en försäkring mot det. För en mindre avgift ser vi till att ni inte blir drabbade."

Alla förstod genast vad det var frågan om. Flera andra företagare i området hade vittnat om att de blivit utpressade av kriminella, och nu var det tydligen deras tur. Jack blev rasande och reste sig från bordet så hastigt att stolen välte.

"Vad i helvete! Här ska inte köpas nån jävla försäkring. Vi kan nog skydda oss själva. Dra åt helvete innan jag kastar ut er."

Anders ryckte i Jacks byxben och hyssjade åt honom. De fyra männen stod bara och flinade.

"Okej, om det är så ni vill ha det. Ja, det är upp till er."

Männen vände och gick ut. Jack satte sig ner, röd i ansiktet av ilska.

"Vilka jävla typer va. Komma hit och hota oss. Vilka tror dom att dom är?"

Anders såg bekymrad ut.

"Det här var inte så bra. Nu kommer vi att få vara på vår vakt. Ett tu tre så får vi nog inbrott här. Det skulle inte förvåna mig det minsta."

De såg på varandra och ingen visste inte riktigt vad de skulle säga.

"Jag kommer i alla fall att sätta upp övervakningskameror och installera larm fortast möjligt", sa Theodor.

Kapitel 36

Sent en lördagskväll väcktes Jack av mobilen som ringde ilsket. Han svarade och då han fick höra vad det gällde, rusade han in till rummet där Anders sov.

"Vakna för helvete! Det brinner i verkstan."

Anders kastade sig upp ur sängen. De klädde sig hastigt och rusade ut till bilen.

På vägen ringde Anders till de övriga.

Det syntes på långt håll att det var en kraftig brand och då de var framme var det fullt pådrag. De kunde bara stå och se på när allt gick upp i rök.

Theodor dök upp strax efter och snart var även Fedor och Gustavo där.

Jack var i upplösningstillstånd. Han stampade i marken av ilska.

"Det här är jävlar i mig ingen olycka. Nån har tänt på."

Han tog tag i Theodor.

"Fick du inget larm?"

Theodor var mycket skärrad han också.

"Jodå, men det går direkt till vaktbolaget och jag hann inte kolla om det blivit någon film innan Anders ringde."

"Kan du kolla nu, i mobilen?"

Theodor tryckte fram larmappen. Där var några filmer. På det första klippet syntes bara att något blev inkastat genom ett fönster och att det blev en explosion. På de andra klippen syntes bara rök och eld.

"Dom jävlarna!" Skrek Jack. "Dom har kastat in en brandbomb. Det är för att vi inte köpte nån försäkring. Det ger jag mig fan på."

Brandkåren var snart klar med släckningsarbetet. Branden hade inte spridit sig till någon närliggande fastighet, men den hade orsakat stor förödelse inomhus.

De fick inte tillstånd att gå in utan uppmanades att åka hem och avvakta tills nästa dag.

Alla fem åkte hem till Jack.

Stämning var dyster då de satt ner runt köksbordet. Allt arbete de lagt ner var nu bortkastat. Förmodligen skulle det inte gå att rädda någon utrustning och lokalen skulle ta lång tid att återställa.

Theodor suckade tungt.

"Det var en jävla tur att jag i alla fall hunnit teckna företagsförsäkring. Han tittade på Jack och Anders.

"Ni då, har ni fixat det?"

Båda nickade. Det var i alla fall en liten tröst i allt elände.

Fedor slog ut med armarna.

"Jag har ingen försäkring. Vad händer nu?"

Theodor klappade honom på axeln.

"Du hade väl inte så mycket av värde i din skrubb, förutom datorn då. Den går lätt att ersätta. Men alla Jacks maskiner är nog förstörda. Där har vi det största problemet."

Jack skakade på huvudet.

"Ja, fy fan. Det var ju en del jag byggt själv och som inte går att köpa. Det här kommer att ta åratal innan jag kan komma igång igen."

"Vi andra får väl jobba hemifrån", sa Theodor. "Gustavo och jag har ju i alla fall webbutiken så vi kan nog komma igång ganska snart."

Anders hade inte sagt så mycket. Han hade suttit insjunken i egna tankar. Han visste innerst inne vad som skulle bli följden av det hela. Så väl kände han sig själv och Jack. Frågan var bara hur de övriga skulle resonera.

Han harklade sig.

"Jag kommer inte att nöja mig med försäkringspengar. Det kommer inte att täcka allt jobb som vi lagt ner. De som gjort det här ska få betala."

Han såg på Jack som nickade försiktigt.

"Jag visste att du skulle säga så och jag håller med. Dom där jävla skurkarna ska bittert få ångra det dom ställt till med. Vi ska jävlar i mig krossa hela deras nätverk och dom som inte hamnar i fängelse ska vi själva ta itu med."

Anders studerade de andras ansiktsuttryck. Han hade haft på känn att de inte skulle vara odelat positiva, men det han såg talade emot det.

Theodor nickade instämmande.

"Jag tror att det är dags för Folktribunalen att vakna till liv igen."

***

Det blev ett mödosamt arbete att rensa ur lokalen. Det mesta var förstört och det var inte mycket som gick att återanvända. Theodor och Gustavo hade köpt nya datorer och satt hemma hos Theodor och jobbade. De hade inte så mycket tid att hjälpa till med uppröjningen, men delade med sig av de inkomster de fick in till de andra.

Jack hade det svårt med humöret. Han hade lagt ner hela sin själ i företaget och försäkringen skulle inte täcka det arbete han lagt på att själv tillverka maskiner och specialutrustning. Anders försökte peppa honom så gott det gick men det var inte alltid så lätt.

Fedor hade inte förlorat lika mycket som de andra, men han kände med dem och försökte hjälpa till så mycket han kunde.

Efter några månader var det i alla fall så mycket i ordning att de kunde börja flytta in. Theodor och Gustavo hade haft framgång med webbutiken och inkomsterna började flöda in i en allt högre takt. Även Anders hade kommit i ganska bra ordning och började nu känna sig lite bättre till mods. Men för Jack hade det gått trögt. Det verkade inte finnas någon glöd kvar hos honom längre. Anders uppmanade honom att ta ledigt och tillbringa lite tid med Saga. Det gjorde han också och när han kom tillbaka var han som en ny människa.

Anders hade börjat planera så smått. Då Jack varit hos sin dotter och han hade varit ensam om kvällarna, kunde han slappna av och låta hjärnan arbeta fritt utan något som störde. Så sakteliga hade en plan börjat forma sig och han hade nu i stora drag klart för sig hur de skulle agera. Men det var mycket som fattades och det skulle säkert ta lång tid innan de skulle kunna sätta planen i verket.

Fedor fick i uppdrag att höra sig för med sina kontakter och försöka samla in så mycket fakta som möjligt. Vilket nätverk hade det varit frågan om? Det fanns en ökänd Mc-klubb som genast blev misstänkt. Men Gustavo hade genom sina källor fått veta att det troligtvis inte var de som var skyldiga. Allt började mer och mer peka på nätverket i Steninge. Gänget där afrikanen var en av huvudpersonerna.

Anders var ganska säker på att afrikanen inte visste vem som pressat honom på uppgifterna om torpeden. De hade varit ytterst försiktiga och han hade aldrig fått se en skymt av deras ansikten. Det var bara den gamle mannen som dragit honom ur bilen han sett. Men den maskeringen hade varit så bra att det inte fanns en möjlighet att se vem det rört sig om. Folktribunalen var visserligen fortfarande ett hett samtalsämne, men inget hade framkommit om vilka som låg bakom. I alla fall inget som kommit fram på nätet.

Fedor som hade lite kännedom om nätverket då han och Alexi gjort en del jobb för dem var till stor hjälp. Även fast de bara gjort mindre jobb och aldrig varit i själva högkvarteret, hade han lagt en hel del på minnet. Han hade lätt för att känna igen ansikten.

I Steninge industriområde fanns en hel del mindre företag. Jack hade vid något tillfälle gjort affärer med några, men han kände inte till området så väl. Nu var det dags att göra ett besök där och kolla läget. Kanske skulle det gå att få några upplysningar från kollegor? Han bollade lite med Anders och de bestämde sig för att åka dit tillsammans. Inte för att de hade några större förhoppningar att få reda på något som skulle vara till hjälp, men det kunde ju inte skada.

Jack ringde några telefonsamtal.

"Kom Anders. Det finns några på plats som vi kan snacka med och vi är välkomna."

De for genast iväg. I bilen diskuterade de hur mycket som kunde vara lämpligt att ta upp rörande nätverket som höll till där. De var ganska överens om att det nog var bäst att gå försiktigt fram. Man kunde ju aldrig veta vilka som var allierade med varandra. Även om det utåt sett var en seriös företagare med rent mjöl i påsen, så fanns alltid risken att det kunde finnas något annat under ytan.

De svängde in på området och stannade vid en verkstad strax innanför grindarna. Innehavaren stod och svetsade på gården. Jack och Anders gick fram och hälsade. Jack småpratade lite och undrade hur det gick med affärerna. Efter en stund blev de inbjudna på fika.

Vid kaffebordet blev det först lite mer småsnack, för att sedan komma in på mer allvarliga samtalsämnen. Jack berättade att de varit utsatta för en eldsvåda.

Mats, som mannen hette, nickade och hummade lite.

"Jo, jag hörde talas om det där. Det är inte första gången det händer. Det är flera här som också varit utsatta. Det börjar bli ett otyg det där."

Anders spetsade öronen.

"Har du klarat dig?"

"Ja, än så länge men det är väl bara en tidsfråga innan det är dags. Det vet man väl vilka som ligger bakom det där."

Jack berättade om de fyra männen som varit hos dem och velat pracka på dem en diffus försäkring.

Mats nickade igenkännande.

"Det är så dom jobbar. Om man inte betalar så kan det gå illa. Grannen här mitt emot råkade ut för samma sak för några månader sedan. Han vägrade att betala och bara någon dag efteråt så fick han sin bil vandaliserad."

"Har han några misstankar om vem som gjorde det?"

"Ja, det är klart. Det vet dom flesta här. Det är allmänt känt att gänget som håller till i Bryggeriet håller på med skumraskaffärer och utpressning."

"Är det ingen som polisanmält dom?"

"Jo visst, men va fan ska polisen göra? Det måste till konkreta bevis och det är inte det lättaste."

Anders tittade på Jack och höjde ögonbrynen.

"Nej, jag vet hur det fungerar. Men tror du att vi kan snacka lite med grannen om vad han råkade ut för?"

"Det tror jag säkert. Men han är jävligt argsint så ni får gå varsamt fram."

Anders och Jack tackade för kaffet och gick.

Grannen i fråga höll till ett stenkast från Mats verkstad. Utanför hans lokal stod en sönderslagen Volvo V90.

Den stora verkstadsporten stod öppen och där inne stod en man och skruvade på en maskin.

"Hallå där, ropade Jack och vinkade. Mannen kom fram och han såg ganska barsk ut.

"Jaha, och vad vill ni då?"

Jack berättade att de varit och hälsat på Mats i verkstaden bredvid och att de av honom fått höra om vandaliseringen av bilen.

Mannen hade först varit ointresserad av något besök, men då han fick höra att de också varit utsatta blev han genast välvilligt inställd.

Det han berättade om händelseförloppet visade sig vara identiskt med deras upplevelse. Fyra män hade kommit och erbjudit en försäkring. Han hade tackat nej och bara efter några dagar hade han fått bilen sönderslagen.

"Har du någon aning om vilka det var?" Frågade Anders.

"Det kan du ge dig fan på. Jag har dom på film. Alltså dom fyra männen. Vem som slog sönder bilen har jag inget bevis för, men det är ju inte så svårt att gissa."

"Filmade du dom med mobilen?"

"Nej, jag har övervakningskamera på kontoret som ständigt är på. Vill ni se?"

De gick in på mannens kontor och han letade fram filerna på datorn.

Det gick inte att ta miste på att det var samma personer som hälsat på dem i Tallbacken.

Då Jack och Anders summerade de upplysningar de fått efter besöket i Steninge, såg de att det var mer än de räknat med. Mannen som fått bilen sönderslagen hade berättat att männen han filmat brukade hålla till i bryggeriet som låg i samma område. Han kände även till måleriet där afrikanen och hans hejdukar brukade hänga. Det verkade inte vara någon vidare fart på målningsarbetena där och de flesta var tämligen övertygade om att det var en annan typ av verksamhet som försiggick där.

De hade träffat ytterligare några företagare som råkat ut för försäkringsförsäljarna. Några hade betalat, men de som vägrat hade råkat illa ut. En hade blivit misshandlad och en annan hade fått sin dyra segelbåt förstörd.

När Anders en sen kväll då han inte kunnat somna, lagt ihop alla fakta de fått ihop hade allt blivit glasklart. Han visste vilka som legat bakom och var de höll hus. Nu återstod att ta reda på vem som givit ordern och vem som tänt på verkstaden. Genast började det röra sig i hans huvud och planen han en tid gått och grunnat på, började sakta ta form.

Kapitel 37

Den som styrde över nätverket i Steninge, kallades för Nilas. Vad han egentligen hette var det ingen som visste. Han hade bara dykt upp efter att hans föregångare blivit skjuten. Efter en kortare maktkamp med flera dödsskjutningar, hade Nilas till slut stått som en obestridd ledare.

Till en början hade det rört om en del i gänget. Vissa som tidigare haft en framträdande position, hade blivit oroliga över hur framtiden skulle te sig. Men den oron hade skingrats när det visat sig att Nilas inte bara var framgångsrik, utan även väldigt generös när det gällde att dela med sig av vinsterna.

Nu var det ingen som ifrågasatte hans ledarskap och den lönsamma verksamheten utvecklades i en allt snabbare takt.

Den största inkomstkällan var narkotika. Vissa tider kunde gänget dra in flera miljoner i veckan. Ibland då polis och tull fått extra resurser eller blivit beordrade att fokusera på smuggling, hade lönsamheten blivit sämre. Då fanns andra inkomstkällor att luta sig mot. En sådan inkomstkälla var utpressning, eller försäkringsförmedling som det hette i dessa kretsar. Man erbjöd helt enkelt en försäkring mot inbrott och skadegörelse. Främst var det mindre firmor och egenföretagare som mot en summa pengar varje månad, skulle skyddas mot allt ont. De flesta visste om vad det rörde sig om och många betalade också. Men de som inte var intresserade och inte låtit sig övertalas råkade illa ut. Främst var det vandalisering av egendom som blev följden, men också misshandel av både klienter och deras närstående förekom.

Nilas hade som strategi att inte ta ut allt för orimliga avgifter. Han var också noga med att se till så att de som betalat verkligen fick valuta för sina pengar. Om det någon gång inträffade att en klient råkat ut för stölder eller skadegörelse, lade Nilas stora resurser på att hitta de skyldiga och straffa dem hårt.

Men försäkringen kostade ändå en del och det var inte alla som hade råd att betala. Många var också bittra över att inte samhället kunde se till att brottslingar blev gripna och inlåsta. Men staten och rättsväsendet verkade ha en annan syn på det. Samhällstjänst och skyddstillsyn var de vanligast förekommande påföljderna för tillgreppsbrott och skadegörelse. Vad det skulle kunna ha för preventiv effekt var det få som begrep.

Den synen från staten var naturligtvis till stor fördel för de som liksom Nilas försörjde sig på brottslig verksamhet. Han hade kommit till Sverige enbart av den anledningen och den milda behandlingen av de som åkte fast gjorde att rekryteringen var ett av de mindre problemen.

Nu hade han ungefär femtio anställda varav tre av dem ingick i den innersta kretsen. Afrikanen, eller Enzi som han hette, var en av dem.

Nilas hade varit lite fundersam då Enzis livvakt plötsligt försvunnit. Ännu mer konfunderad hade han blivit då det visat sig att även torpeden som Enzi brukade anlita gått upp i rök. Enzi hade förklarat att de båda utan tillåtelse gett sig av till sina respektive hemländer på grund av familjeskäl. Det var naturligtvis inte okej. Men Nilas hade ingen lust att avsätta stora resurser för att försöka hitta och straffa dem då de var utomlands. Han hade låtit det hela bero.

Nilas var den ende som kallade Enzi vid namn. Alla andra sade bara afrikanen då han kom på tal.

Då Nilas kom in i bilden var Enzi redan ganska högt uppsatt. Det var mycket nära att det kunnat sluta riktigt illa för Nilas del. Enzi hade fått i uppdrag att eliminera honom då maktkampen börjat gå in i ett kritiskt skede. Men Nilas hade lyckats få över honom på sin sida i sista stund.

Nu ingick Enzi i ledningsgruppen tillsammans med tre andra.

En av dem var Tobias. En före detta skinhead som tidgt hamnat i klammeri med rättvisan. Han hade liksom Enzi varit med i nätverket långt innan Nilas gjort entré. Han hade börjat från botten och sakta arbetat sig upp till den topposition han nu befann sig i. I början hade det varit svårt då hans motvilja mot utlänningar inte riktigt gått att dölja. Men med tiden hade girigheten segrat över främlingsfientligheten och han hade i alla fall utåt sett ändrat sin uppfattning.

Den andre var armenier. En hårdför och tystlåten typ. Han hade blivit rekryterad av Nilas för något år sedan då gänget i Steninge legat i fejd med ett rivaliserande gäng. Nilas hade på något underligt sätt lyckats övertala honom att byta sida. Ingen kunde fatta hur han kunnat göra det och det hade blivit en väl förborgad hemlighet.

Nu var det just en sådan tid då tull och polis fokuserade på narkotika. De flesta leveranserna från öst kom via Finland. Vid alla gränsövergångar var det höjd beredskap och nästan alla bilar stoppades och genomsöktes. Nilas hade blivit av med flera leveranser och kurirerna hade åkt fast. Han hade då styrt över så att leveranserna gick från Danmark, via Malmö och

Göteborg. Men det hade varit lika illa där. Dessutom var varorna som kom från väst, bra mycket dyrare.

Då hade han tagit beslutet att göra en paus i droghanteringen och i stället fokusera på annat. Försäkringsförsäljningen var en del, men för att kompensera för uteblivna narkotikaintäckter krävdes mer.

Det var Tobias som hade ansvar för försäkringarna. Enzis ansvarsområde var en annan typ av utpressning samt rån och beställningsuppdrag. Han hade propsat på att få fokusera på människosmuggling, men då hade Nilas förklarat att det inte var så lämpligt i och med tullens utökade kontroller.

Vad armeniern hade för uppgift var det ingen som visste, förutom Nilas förstås. Men han nämnde aldrig det för någon av de andra. Det där var något som ofta pratades om internt då inte Nilas var närvarande. Det var ibland vilda spekulationer om hur det förhöll sig. Ett rykte var att armeniern hade någon slags hållhake på Nilas. Ett annat var att de båda planerade något tillsammans som inte hade med nätverket att göra. Men så länge som allt gick bra och pengarna strömmade in, var det ingen som gick längre än att bara spekulera.

Nilas och Enzi hade snackat en hel del om ryktena som florerat om den så kallade Folktribunalen. Det hade varit jobbigt för Enzi. Han hade sin hemlighet och han hade haft fullt sjå med att försöka verka oberörd då ämnet kommit på tal. Nu hade det inte hörts så mycket på senare tid och det hjälpte till att förstärka Nilas uppfattning, att allt bara varit fejk. Enzi tyckte det var bra att inte Nilas varit av annan uppfattning och kanske beordrat en närmare undersökning av saken.

Enzi hade tänkt mycket på det han varit utsatt för. En så utstuderad grymhet var svår att ta till sig. Att bli levande begravd och sakta bli uppäten av råttor var något som fick honom att drömma mardrömmar om nätterna.

Han hade alltid trott om sig själv att han var en hårding som aldrig skulle låta sig skrämmas vad som än hände. Men nu visste han att det inte var helt sant. Någon gång längre fram i tiden kanske han skulle försöka ta reda på vem som varit ansvarig för hans bortförande. Men ännu var det lite för tätt inpå. Det skulle nog ta flera år innan kan kunde ta det beslutet. Det var ju något han skulle behöva göra helt ensam.

Men nu var det annat som låg i fokus. Pengarna skulle in snabbt och effektivt. Då han inte fått syssla med det han tyckte var roligast och var bäst på, fick han skärpa sig lite extra. Det här med utpressning kunde i och för sig vara intressant, men inte särskilt spännande. Rån kunde ibland vara spännande, men att råna kiosker och små butiker tyckte han bara var löjligt. Visserligen behövde han själv inte vara med i själva handlingen, det hade han underhuggare till. Men grejen låg långt under hans värdighet. Som tur var hade han fortfarande i uppgift att se till så att fiender eliminerades. Det gillade han och kunde ibland själv medverka som huvudaktör.

Vid det senaste ledningsmötet hade Nilas rest sig och slagit näven i bordet.

"Nej hörni, nu är det dags att jobba. Ut och gör vad ni ska och gör mig inte besviken."

Kapitel 38

Det hade nu gått några månader sedan branden. Det mesta var iordningställt och alla verksamheter hade så smått kommit igång. Företagsförsäkringarna hade betalats ut. Visserligen hade det inte täckt alla förluster, men katastrofen de först befarat hade uteblivit.

Anders hade inte berättat så mycket om sin plan. De andra hade varit nyfikna och försökt att mjölka honom på information. Men han hade tyck att det var bäst att vänta tills allt var på plats.

En morgon då alla satt tillsammans och käkade frukost, bankade det på porten. Jack gick och öppnade. Det var två av männen som innan branden hade varit där och försökt pracka på dem en suspekt försäkring. Jack hade svårt att hålla sig lugn. Han hade fått skarpa förmaningar av Anders att inte brusa upp ifall de skulle dyka upp igen. Det var svårt men han klarade det. Han bad dem komma in.

Anders blev inte särskilt förvånad då han såg vilka det var. Han nickade diskret till Theodor som gick in på sitt kontor. Med en knapptryckning så var kameror och mikrofoner igång och allt det som nu skedde, dokumenterades.

Anders reste sig, hälsade och bad dem sitta ner.

"Vill ni ha lite kaffe?"

Männen tackade nej.

"Vi har mycket att uträtta i dag, så kaffet får vara. Tråkigt det där som hände med fastigheten. Men vi ser att ni kommit igång igen."

Anders tog en tugga av sin smörgås.

"Ja, det har gått över förväntan och nu är vi på banan igen."

Det var synd att ni inte antog vårt erbjudande, då skulle ni sluppit allt det här."

Anders nickade.

"Ja, det är lätt att vara efterklok. Men det går väl alltid att ändra sig. Hur mycket skulle det kosta?"

Mannen som förde talan kliade sig i håret.

"Är det ett och samma företag eller har ni fler verksamheter?"

"Vi har fyra registrerade företag, men ett är en konsultverksamhet som bara får sina intäkter från oss andra."

Mannen tänkte en stund.

"Det blir tio tusen i månaden för vart och ett av företagen."

Jack blev röd i ansiktet och var på väg att resa sig då Anders puttade till honom med foten. De andra satt tysta.

"Ja, då säger vi väl det", sa Anders och reste sig upp. "Hur går det till rent praktiskt? Skickar ni faktura eller ska vi föra över till något konto?"

Männen reste sig.

"Nej, vi kommer och hämtar. Det ska vara kontanter och första betalningen ska ske om en vecka. Så om ni har fyrtiotusen på måndag så är ni skyddade sedan."

Anders sträckte fram handen.

"Okej, det ska vi fixa. Vi ses."

Då männen gått, släppte Jack ur sig sin ilska.

"Förbannade svin. Hur i helvete kunde du vara så lugn?"

"Sanningen att säga så var jag inte särskilt lugn. Jag var nog lika arg som du. Men vi har inget att vinna på att inte behålla lugnet. Nu har vi i alla fall en tidplan. Vi har en vecka på oss att få allt på plats. Det ska vi nog hinna."

Nu kunde inte de andra hålla sig längre. Fedor var den som var mest ivrig.

"Nej, nu får du berätta vad du planerat. En vecka tycker i alla fall inte jag är någon lång tid för planering."

Anders klappade honom på axeln.

"Jag har nog planerat i lite mer än en vecka. Men det är först nu som vi vet när dom dyker upp nästa gång. Då ska vi vara beredda."

"Okej", sa Jack. "Men nu får du nog ta och berätta lite mer detaljerat. Det är väl en hel del som du vill att vi ska förbereda och jag vill i alla fall inte ha någon obehaglig överraskning i sista stund."

"Nej, jag förstår det. Jag kan dra planen i stora drag."

Alla lyssnade spänt.

"När pengarna hämtas ska vi ta karlarna till fånga."

"Nej vänta nu", skrek Fedor till. "Inget mer dödande har vi ju sagt. Om vi tar dom till fånga så vet dom ju vilka vi är. Då är det kört för oss. För du tänker väl inte hålla dom fångna på livstid?"

Anders log.

"Jag förstod att du skulle reagera, och det är bra. Men vi ska fingera att vi blir rånade. Exakt hur det ska gå till har jag inte riktigt klart för mig, men det måste vara jävligt trovärdigt. Vi ska få dom att tro att det är Folktribunalen som har slagit till. För att det ska bli riktigt trovärdigt så måste några av oss också bli tillfångatagna.

Fedor tittade på Gustavo.

"Det blir väl vi då som vanligt som ska agera offer?"

Anders skakade på huvudet.

"Nej, den här gången tänkte jag att det skulle bli Jack och Theodor."

Theodor höjde på ögonbrynen.

"Varför just vi? Vore det inte på sin plats att du själv gjorde skitjobbet nån gång?"

"Min tur kommer nog ska ni se. Men jag tänkte så här. Vi ska pumpa dom på så mycket information som möjligt. Allt vad de känner till om nätverket vill vi veta. Då gäller det att skrämma upp dom riktigt ordentligt. Jack som är stor och stark kommer att förstärka deras rädsla när han skriker ut sin smärta. Du Theodor har ju visat vilka skådespelartalanger du har. Du är som klippt och skuren för det här."

"Ja, det får vi väl se. Men vad hade du tänkt dig att skrämmas med den här gången? Blir det något av det vi använt oss av förut?"

"Ja, på ett ungefär. Fast den här gången blir det ännu värre?"

"Vad kan vara värre än att bli levande begravd eller att slitas mitt itu?"

"Kanske inte värre, men riktigt otäckt kommer det i alla fall att bli. Vad är en man mest rädd för?"

De såg på varandra.

"Det är väl att mista sin familj?" Sa Jack.

"Jo det är så klart, men det var inte det jag tänkte på."

Fedor räckte upp handen.

"Du, det är ingen skolklass det här. Men vad tänkte du på?"

"Det kanske är att bli av med snorren?"

Anders gjorde tummen upp.

"Helt rätt. Den här gången ska vi kapa kukar. Inte på riktigt så klart, men det ska se så ut. Du Jack gjorde ju så naturtrogna ben av gummimassa då vi tog itu med Alexi och likadant med han som var ute efter Gustavo. Så några naturtrogna gummikukar ska väl inte vara så svårt att fixa?"

Jack flinade.

"Du är för fan störd på riktigt. Men visst, jag fixar det. Vilken storlek vill du ha?"

"Gör en liten till dig och en stor till Theodor. Det är väl så det ser ut i verkligheten?"

Alla började skratta utom Jack som såg lite förnärmad ut.

"Ja, det var i stora drag. Ni får veta mer senare. Nu måste vi börja jobba. Du Jack vet vad du ska göra. Gustavo ska ta bilderna från övervakningskameran och sätta ihop en video som ska publiceras anonymt när tiden är inne. Själv ska jag fortsätta planera. Det är en hel del som ännu saknas.

Jack gjorde inte exakt som Anders sagt. Han gjorde två lika stora. De första prototyperna såg inte alls bra ut, men efter några försök hade han fått ganska bra fason på dem. Han stoppade in en i byxorna och drog ut den genom gylfen. Inte illa alls och med lite naturtrogen färg skulle det inte gå att skilja från en riktig.

När den kapades skulle det spruta blod och det var inte så enkelt. Men Theodor hade kommit på att man kunde använda en gummituta, en sådan som man spolar öronen med då man har vaxproppar. Jack borrade in tunn slang i gummikuken och fäste den i tutan som var fylld med vatten och röd karamellfärg. Han var entusiastisk då han visade upp sitt verk för de övriga.

"Titta här ska ni få se."

Han drog ner gylfen och tog fram apparaten, lade den på bordet och sa till Theodor att hugga av den med en yxa. Theodor höjde yxan högt över huvudet.

"Nej! Inte så för helvete. Du kan ju missa. Sätt yxan vid flänsen och klipp till med hammaren."

Theodor gjorde som han blivit tillsagd. Då han kapat apparaten klämde Jack på gummitutan han hade i fickan. Blodet sprutade ur den kapade stumpen samtidigt som han skrek. Det såg så verkligt ut att Fedor höll på att svimma.

"Nå, vad tycker ni?"

Anders nickade belåtet.

"Mycket bra, men tänk på att du måste färga gummimassan innan du gjuter. Sen kan du försöka få blodet att inte vara så tunt. Det blir ännu mer trovärdigt då."

Kapitel 39

Hector och Arvin hade fått ihop en ordentlig summa på sin runda den här gången. Nu var det bara två ställen kvar, sedan skulle de vara klara för dagen. Det var ett enkelt arbete att gå runt bland småföretagarna och hämta pengar. De flesta var ganska fogliga och betalade utan att protestera. Några hade varit besvärliga men då hade förstärkning kallats in. Nu återstod bara två platser och där skulle det nog gå lugnt till, så förstärkningen hade fått ledigt resten av dagen.

De körde in på Tallbackens industriområde, åkte runt och kollade lite tills de hittade Hjalmarssons Trä och Bygg. Det var den näst sista. De parkerade utanför verkstadsporten. Innehavaren kom genast ut och tog emot dem. Han överräckte ett kuvert till Hector och skyndade sig genast in igen. Hector öppnade kuvertet och kollade lite snabbt. Det var ovanligt att summan inte stämde. Det hade hänt vid några tillfällen och konsekvensen hade då blivit att premien höjts ordentligt.

Hector nickade belåtet och stoppade ner kuvertet i innerfickan på sin jacka. Han boxade till Arvin på axeln.

"Så där ja, nu är det bara en kvar, sen tar vi helg. Vad har du för planer då?"

Arvin ryckte på axlarna.

"Inget bestämt. Jag kanske ska ta ungarna till Kolmården, det har dom tjatat om länge. Vi får se, det beror lite på vad frugan tänkt sig. Hon är allergisk och kan inte gå bland djuren. Vad ska du göra då?"

Hector flinade brett.

"Jag ska ha orgie. Supa och knulla hela helgen. Du vet dom där fnasken som afrikanen tog hit från Rumänien, dom ska läras upp och jag har erbjudit mig att vara deras lärare."

"Jaså, brukar inte afrikanen lära upp dom själv?"

"Jo, men nu hade han visst inte tid, så han frågade mig."

"Ja, tänk om man kunde få den typen av uppdrag nån gång."

Hector tittade strängt på Arvin.

"Du har fru och barn. Det fattar du väl att det inte skulle passa sig."

"Men det har ju du också?"

"Jo, men det är väl en jävla skillnad. Min kärring var ju fnask från början och hennes horungar är inte mina. Du har i alla fall en anständig kvinna och egna ungar."

"Jaså, du tänker så. Ja vi får se, kanske det blir Kolmården i alla fall."

Hector var lite osäker på var det sista stället låg. Visserligen var det bara en vecka sedan de var där, men han hade kort minne. Efter att ha kört runt en stund, pekade Arvin."

"Där är det."

Då kände Hector igen sig och stannade intill byggnaden.

Sista mötet med de här gubbarna hade gått lugnt och fredligt till och fyrtiotusen mer i kassan skulle sätta pricken över i på den här lyckade dagen.

De öppnade utan att knacka och klev in.

***

Då två dagar återstod tills de skulle få besök, var alla i det närmaste klara med förberedelserna. Förklädnader och sömnmedel hade införskaffats. Ett rum hade iordningställts med kraftig ljudisolering och en förstärkt dörr som inte skulle gå att bryta upp. Theodor hade installerat kamera, högtalare och mikrofon som inte gick att upptäcka.

Jack var färdig med gummipenisarna och efter flera tester var de nu så naturtrogna de kunde bli. En av testerna var att Anders skulle förevisa sina egentillverkade minigiliotiner. Han hade dragit sig till minnes då han och Jack jävlats med ficktjuvar i unga år och fått idén till hur de skulle förstärka upplevelsen av rädsla. Han hade helt enkelt fäst ett vasst blad i bygeln på en kraftig råttfälla av slagtyp. Det första testet hade inte gått så bra då det visat sig att fjädern varit lite för svag för att kapa av en gummipenis helt. Men efter lite modifiering fungerade allt som det skulle. Han hade tillverkat sex varav fyra försetts med en spärr så att fällan inte kunde utlösas.

Jack hade skakat på huvudet och skrattat då han sett vad Anders åstadkommit. Det var så typiskt Anders att hitta på något så jävla sjukt. Men det skulle säkert vara effektivt och fylla sitt syfte.

Nu fanns det tid kvar till att öva in allt det som skulle ske. Det var mycket som skulle klaffa och det var viktigt att det också fanns reservplaner ifall något skulle gå fel. Fedor hade lagt ner mycket tid på att hitta luckor i planen. Han hade hittat flera, men nu var allt åtgärdat.

***

Anders pustade ut då han såg att det bara var två karlar den här gången. Det skulle underlätta väsentligt. Han gick fram och hälsade.

"I dag kanske ni har tid att dricka lite kaffe?"

Hector och Arvin satte sig ner vid bordet och nickade till hälsning mot Jack och Theodor.

"Jo, i dag har vi tid. Det ska smaka bra."

Anders tittade mot dörren.

"Dom andra kanske också vill ha? Sitter dom och väntar i bilen?"

"Nej, vi är själva i dag", sa Hector och tog en pepparkaka.

Det småpratades lite om allt möjligt och när kaffet var urdrucket, rätade Hector på sig och gäspade.

"Nej, nu är det nog dags för oss att ge oss iväg. Var det fyrtio lax som vi kom överens om?"

"Det kan nog stämma", sa Anders och reste sig.

Han gick iväg och kom strax tillbaka med ett tjockt kuvert. Just då han skulle överlämna det, stormade två personer in med dragna vapen. De var maskerade med neddragna luvor och hål för ögonen.

"Stå still och ge hit pengarna!" Skrek den ene.

Anders släppte ner kuvertet på golvet och började famla efter något byxfickan. Då small ett skott av och han segnade ner och blev liggande livlös. De övriga ryckte till av den plötsliga smällen. De förstod att det var allvar och satte upp händerna i luften.

Den ene av rånarna skyndade fram och plockade upp kuvertet med pengarna. Sedan gick han fram till Theodor och Jack och kände på deras fickor. Där hittade han inget och fortsatte då till de båda indrivarna. Både Hector och Arvin var beväpnade och rånaren plockade snabbt bort deras vapen och mobiler.

En blodpöl hade bildats under Anders och rann ut över golvet. Den andre rånaren fick hoppa över pölen då han gick fram. Han viftade hotfullt med geväret och skrek att de skulle röra på benen.

De blev motade längre in i lokalen och in i ett rum som låstes.

Hector sänkte sina armar.

"Vad i helvete var det där?"

Jack och Theodor stod och skakade och Theodor brast i gråt.

"Helvetes jävlar, dom sköt Anders."

Hector och Arvin såg på varandra.

"Nu tar vi det lugnt så vi kan tänka klart", sa Hector och såg sig om i rummet.

Det var inte mycket där. Bara ett bord, några stolar och ett kylskåp. Han vände sig mot Theodor.

"Sluta grina för i helvete. Vad är det här för rum?"

Theodor slutade genast gråta.

"Det är meningen att det ska bli ett övernattningsrum, men det är inte riktigt klart än."

Arvin gick fram och kände på dörren. Den var låst. Han tog sats och stötte mot den med axeln, men den verkade stabil.

"Du där", sa Hector och vände sig mot Jack. "Du som är storvuxen. Försök att sparka upp dörren."

Jack såg alldeles förskräckt ut.

"Är du inte klok. Dom kan ju vara kvar där ute."

"I helvete dom är. Kom igen nu, vi måste ut så dom inte får för långt försprång."

Jack gick fram till dörren och gav den en kraftig knuff. Då inget hände, tog han sats och kastade sig mot dörren. Den gav inte med sig det minsta.

"Nej, det går inte det här. Vad fan ska vi göra?"

Hector började gå fram och tillbaka i rummet. Han var mycket upprörd.

"Mobiler! Nån som har en?"

Jack och Theodor skakade på sina huvuden.

"Då är det nog bara att vänta", sa Arvin och satte sig på en stol. "Tids nog kommer det väl någon."

Hector nickade.

"Ja, vi har väl inte något val. Vi får väsnas så att man hör oss. Inte för att det finns så mycket här att föra oväsen med, men vi kan i alla fall skrika och busvissla."

Genast satte alla igång att skrika och vissla allt vad de kunde. Det var ganska ansträngande så efter en kort stund slutade de.

"Jag är törstig", sa Jack och gick fram till kylskåpet. "Undrar om vi inte ställde in några drickor där då vi höll på med rummet?"

Han öppnade kylskåpsdörren och mycket riktigt stod det sex drickaflaskor där. Han noterade genast de två som var märkta och greppade dem. Den ena slängde han till Theodor.

"Finns det fler?" Undrade Arvin.

Jack tog två flaskor till och gav varsin till Hector och Arvin. De korkade genast upp och började dricka. Jack och Theodor gjorde likadant.

Efter en stund började Hector och Arvin att gäspa. De satte sig ner på golvet.

"Vi kan ju lika gärna ta en tupplur medans vi väntar på att någon ska komma."

Hector lade sig ner i fosterställning och somnade nästan genast och det dröjde inte länge innan Arvin gjorde detsamma.

Jack och Theodor såg på varandra.

"Vi väntar i några minuter", sa Jack.

Efter en stund gick Jack fram och petade med foten på de båda männen. Då det inte blev någon reaktion gav han den ene en rejäl spark. Då inget hände, ropade han.

"Kusten är klar. Ni kan komma nu." Samtidigt som han gjorde tummen upp mot den dolda kameran.

Kapitel 40

Allt hade gått exakt som planerat. Anders skyndade sig in i duschen för att få bort allt fejkblod han fått på sig. Fedor stod på knä och torkade rent golvet. Fedor hade fortfarande huvan nerdragen över ansiktet enda tills Anders sa till honom att ta av sig.

Det hade varit lite huvudbry med att komma på hur de skulle få männen att ta sömnmedel. Idén med drickaflaskorna hade Gustavo kommit på. Han hade korkat upp flaskorna och hällt sömnmedel i alla, utom två som han märkt med en liten röd prick på korken. Det hade ju kunnat gått så illa att ingen av männen varit törstiga. Då hade man fått vänta ut dem. Men allt hade klaffat. Nu låg de båda männen och sov djupt.

"Hur lång tid har vi på oss?" Frågade Anders då han kommit ut från duschen.

Gustavo tittade på sin klocka.

"Ungefär två timmar. Men jag har förberett några extra doser ifall vi skulle behöva mer tid."

"Det är bra, men har du kvar så det räcker? Vi måste ju söva dom igen då vi är färdiga."

Gustavo nickade.

"Vi har så det räcker och blir över."

"Okej, då sätter vi igång."

Jack tyckte att det tog lite väl lång tid innan de blev utsläppta, men gjorde ingen grej av det.

"Jäklar vilka skådespelartalanger ni är", sa Anders och klappade om både Jack och Theodor. "Man kan nästan tro att ni gått på scenskolan. När du Theodor började grina, kändes det som om det var på riktigt."

"Jag kan tänka mig det. Jag var så himla nervös att det nästan var på riktigt."

"Nog pratat. Vet alla vad ni ska göra?"

Alla nickade.

Jack skruvade fast fyra stolar och några krokar i väggen. De övriga släpade fram männen och baxade upp dem på stolarna och surrade fast dem ordentligt. Jack och Theodor tog fram och gjorde iordning sina gummipenisar. När grejorna var fästa som de skulle, satte de sig och lät sig bindas på samma sätt som de två männen.

Anders tog fram sina egentillverkade giljotiner.

"Kommer ni ihåg att jag sa att jag själv inte skulle slippa undan skitgörat? Nu är vi vid ett sådant moment."

Han drog ner gylfen på den ene av männen och letade fram hans penis. De övriga skrattade så de nästan kiknade.

Det var inte helt lätt att få fast apparaten, men efter lite pill så satt den ganska bra. Han gjorde likadant med den andre. Fedor och Gustavo hjälpte Jack och Theodor att få grejerna på plats.

Anders tog några steg tillbaka och betraktade sitt verk.

"Inte illa alls. Om inte det här kommer att ta skruv, så vet inte jag."

Nu började tiden rinna iväg. Anders ville undvika att behöva ge männen ytterligare en dos sömnmedel. Det var inte helt ofarligt att experimentera med så starka saker och han ville inte att det skulle uppstå några komplikationer. Men Gustavo hade försäkrat att han visste vad han gjorde och att det inte skulle vara någon fara.

Skyndsamt gjordes rummet i ordning. Bordet och en stol placerades framför männen. En kraftig strålkastare riktades mot dem så att de inte skulle kunna se vem som satt vid bordet.

Jack och Theodor kände värmen från strålkastaren och de började svettas.

"Hoppas att vi inte behöver vänta så länge. Det här var inget skönt."

"Ta det lugnt", sa Anders "Vi kan ha den släckt tills dom börjar kvickna till. Det kommer vi att se utifrån. Det räcker nog att bara ha nödbelysningen tänd. Vi testar."

Anders släckte strålkastaren och taklampan. Den enda ljuskällan var nu en liten lampa som satt i ett vägguttag. Det blåaktiga ljuset spred en lite kuslig stämning i rummet men var tillräckligt stark för att männen skulle kunna se varandra.

"Det här verkar väl funka? Strålkastaren tänder vi utifrån, innan jag kommer in. Har ni memorerat hur ni ska bete er och vad ni ska säga?"

Jack och Theodor nickade. De hade övat nästan hela dagen innan och om det skulle falla bort något så var väl inte det någon katastrof. Huvudsaken var att de inte skulle göra bort sig och råka avslöja att allt bara var en bluff.

Sista momentet var att fästa snören från giljotinerna och dra fram dem till bordet. Då skulle Anders kunna utlösa dem utan att behöva gå fram.

Anders släckte taklampan och gick ut ur rummet tillsammans med Fedor och Gustavo. Nu var det bara att vänta.

De behövde inte vänta särskilt länge. Ganska precis efter två timmar då de druckit sömnmedel, började männen kvickna till. Arvin var den som vaknade först. Han skruvade på sig och upptäckte att han var hårt bunden. Han tryckte sig fram och åt sidorna, men det var lönlöst. Det kändes konstigt i skrevet och när Arvin tittade ner, stelnade han till.

"Vad i helvete! Hector, vad är det som händer?"

Nu hade Hector också vaknat. Han var ganska vimsig men då han upptäckte sin belägenhet blev han genast klarvaken. Hector kastade en snabb blick på de övriga och upptäckte att alla var i samma position och med könsorganen fastsatta i en underlig apparat.

Jack och Theodor låtsades sova tills de hörde att de andra kvicknat till. Jack gav upp ett gallskrik.

"Men vad i helvete är det här? Tänker dom kapa kukarna på oss?"

Theodor var inte sen att hänga på.

"Vad fan är det för monster vi har att göra med? Först rånar dom oss, sen skjuter dom ihjäl Anders och nu det här."

Hector ryckte och slet i sina bojor men det verkade fullkomligt lönlöst.

Plötsligt tändes strålkastaren, dörren öppnades och en man kom in. Det syntes inte vem det var, men det gick att urskilja att han hade en huva nerdragen för ansiktet. Han satte sig framför bordet.

"Vad fan vill du?" Skrek Hector.

Mannen satt tyst en lång stund innan han svarade.

"Det ska ni snart få veta. Till en början så vill jag hälsa er välkomna till Folktribunalen. Om ni inte känner till oss sedan tidigare så kan jag berätta lite om oss. Vi är en organisation som påtagit oss rollen som rättskipare i samhället. Då inte staten förmår att skydda medborgarna från kriminella element som ni, så har den uppgiften fallit på oss. Vi både dömer och bestraffar på ett sätt som både vi och en majoritet av befolkningen tycker är rättvist."

Både Hector och Arvin hade hört talas om Folktribunalen och de grymheter de var kapabla till. Men ingen av dem hade trott att det funnits någon sanning i ryktet. Nu började de förstå att det fanns något bakom och det kändes mycket olustigt.

Hector försökte hålla sig lugn.

"Vad är det ni vill?"

"Det är mycket enkelt. Vi vet att ni alla tillhör en kriminell organisation här i Linköping. Det vi vill är att ni berättar allt ni vet om denna organisation. Smått som stort, allt är av intresse. Om vi kommer på er med att ljuga eller om ni inte svarar på våra frågor så blir det inte nådigt för er. Ni kanske har märkt att ni har en anordning fastsatt på era könsorgan.

Här framme har jag fyra snören. Om jag rycker till så kommer apparaten att utlösas och ni kan inte längre kalla er för män."

Hector och Arvin tittade ner och såg den vassa blänkande eggen som var fäst vid en kraftig fjäderbygel. De började kallsvettas.

"Okej, då har ni fått lite information. Vi börjar med dig till vänster. Vad heter du?"

"Jag heter Jack Lundin och det är inte som ni tror. Jag är inte kriminell utan en hederlig arbetare. Jag och Theodor här har inget med dom båda andra att göra. Det här är ett stort misstag."

Mannen vid bordet trummade med fingrarna i bordet.

"Synd att du skulle börja med en lögn. Men okej, du får en sista chans. Namnet stämmer men vad har du för position i nätverket?"

Jack var i upplösningstillstånd.

"Men hör du inte vad jag säger! Det här är ett misstag."

Anders suckade tungt och ljudligt. Han tog tag i ett av snörena. Nu reagerade Hector.

"Men vänta lite nu för helvete. Det är som han säger. Han har inget med oss att göra. Vi känner honom inte. Det var vi två som kom till deras verkstad och skulle hämta pengar för en försäkring dom köpt. Så här kan ni inte göra."

"Det är inte den information som jag har", sa Anders och ryckte till i snöret.

Det small till när fällan slog igen och klippte av gummipenisen på mitten. Jack skrek allt vad han orkade och pumpade febrilt på gummitutan han hade i handen. Blodet pulserade ut över golvet i kraftiga strålar.

Hector hade nu svimmat och Arvin satt apatisk och var kritvit i ansiktet. Jack hade också förlorat medvetandet.

"Ja, så kan det gå om man inte talar sanning", sa Anders och vände sig mot Theodor.

"Då var det din tur. Vi börjar med namnet."

Nu var det Arvin som reagerade.

"Vänta, jag ska berätta allt ni vill veta. Han där har inget med oss att göra."

"Det tror jag säkert att du kommer att göra, men först ska sanningen fram från den här herren. Det är dags att du börjar snacka nu. Mitt tålamod är begränsat."

Theodor blundade och sa inte ett ljud. Han verkade ha givit upp.

Anders väntade tills den avsvimmade mannen vaknat till.

"Det var ju tråkigt det här", sa Anders och ryckte till i det andra snöret.

Theodor skrek om möjligt ännu värre än Jack och pumpade så hårt på gummiblåsan att blodstrålarna inte såg autentiska ut. Ett tag blev Anders lite nervös, men de andra verkade inte misstänka något.

"Ja, då var det bara ni två kvar. Hoppas att det går lite bättre för er."

Arvin och Hector började berätta. De svarade så gott de kunde på Anders frågor och var det något den ene utelämnade så fyllde den andre genast i.

Då förhöret var slut hade Anders fått mer information än han trott varit möjligt.

"Det här gick ju riktigt bra. Ni har varit duktiga och kukarna har ni kvar. Nu kommer vi att vara tvungna att söva er och flytta er till en annan plats. Allt det här har filmats och en del kommer inom kort att publiceras, så ni förstår vad ni har att göra. Att gå tillbaka och skvallra för era polare skulle jag nog inte rekommendera."

Dörren öppnades och Gustavo kom in med en huva neddragen över ansiktet och två glas i handen.

"Här har vi sömnmedlet", sa Anders. "Drick nu så är ni fria när ni vaknar upp."

"Vad händer med dom andra?" Frågade Hector. En är ju skjuten och dom där lär väl inte leva länge till innan dom dör av blodförlust."

"Den skjutne har bara ett köttsår så han kommer att överleva och dom där kommer att klara sig. Vi ska se till att alla får den vård dom behöver. Vi är ju inga barbarer."

Hector och Arvin drack genast upp sina glas med sömnmedel.

Kapitel 41

Hector och Arvin vaknade nästan samtidigt. De låg under en ek intill en liten skogsväg. De hade ingen aning om var de befann sig. Hector tog sig mellan benen.

"Tack gode Gud, den sitter kvar."

Arvin gjorde likadant och pustade ut.

Hector försökte resa sig, men det var lite för tidigt så han blev yr och satte sig genast ner igen.

"Vad i helvete gör vi nu? Om det kommer ut att vi berättat så kan vi hälsa hem."

Arvin stirrade rakt fram med tom blick.

"Tänk om de ger sig på min fru och vara barn?"

"Menar du dom som tog oss?"

"Nej, våra polare. Vi har ju avslöjat saker som absolut inte får komma fram. Det är klart att dom kommer att försöka straffa oss."

Hector lutade pannan i sina händer.

"Vi måste ge oss av med en gång. Vi får bara hoppas på att dom där galningarna inte publicerar något innan vi är ute ur landet. Själv far jag hem till Ryssland. Där kommer jag att vara säker. Kärringen och hennes horunge får stanna kvar här. Hon får säkert tag i någon som kan försörja henne."

Arvid rynkade pannan. Det där lät inte bra i hans öron. Hector förstod vad Arvid tänkte, men han flinade bara.

"Du måste också ge dig av."

"Ja, jag begriper det. Men jag vet inte riktigt vart jag ska ta vägen. Jag har bott i Sverige större delen av mitt liv och har ingen anknytning till mitt gamla hemland."

"Din fru då? Är hon svenska?"

"Nej, hon kommer ursprungligen från Kosovo, men hon har sagt att hon aldrig vill återvända dit."

"Ja, nu har ni väl inte så mycket att välja på. Har hon släktingar kvar där?"

"Det finns väl någon kan jag tro, men ingen hon har kontakt med."

"Det där få du fundera över sedan. Nu måste vi försöka komma iväg. Det kan vara en jävla bit innan vi hittar ut."

***

Gustavo satt och jobbade framför datorn. Han redigerade videon så att Jack och Theodor inte skulle finnas med. Anders hade sagt åt honom att retuschera deras ansikten men ta med sekvensen där de fick sina könsorgan kapade. Det hade Fedor bestämt motsatt sig. Hans argument var att det lätt skulle kunna avslöjas som en bluff vid en närmare granskning. Efter en del diskussioner hade i alla fall Anders gett med sig. Han hade insett att Fedor hade rätt. Nu blev det i stället en video där två gängmedlemmar avslöjade det mesta om vad deras nätverk sysslade med. Det som sades skulle visserligen inte kunna användas som bevis i en domstol, men det skulle vara till stor hjälp för polisen. Men innan polisen skulle få ta del av materialet, skulle de själva använda det för att ställa till ytterligare skada för gänget. Det hade Anders bestämt.

Männens mobiler hade eldats upp i Jacks förbränningsugn efter att Gustavo tankat dem på information.

Nu fanns en tydlig bild av hur nätverket var organiserat. Vilka som satt högst upp och vem som var ansvarig för vad. Afrikanen hade de redan tagit itu med, så han kunde lämnas utanför tills polisen tog honom. Nu var det ledaren och två av hans närmaste män som skulle få stifta bekantskap med Folktribunalen. Nilas, Thobias och armeniern.

Anders hoppades på att de skulle få fast alla tre på samma gång. Hur nu det skulle gå till hade han ännu ingen plan för. Lite flyktiga idéer hade han, men inget konkret ännu. Allt de hittills utfört hade gått som planerat, men det kanske skulle komma en dag då något gick fel. Det fick inte hända så Anders beslöt att de skulle ligga lågt tillsvidare och inte göra något förhastat.

Fedor räknade pengarna de beslagtagit.

"Det är över två hundra tusen. Vad gör vi med dom?"

De andra hajade till över summan.

"Egentligen borde vi ge tillbaka till dom som betalat", sa Anders. "Men vi vet ju inte vilka dom är."

"Vi delar lika", sa Jack. "Det täcker i alla fall lite av kostnaden som vi haft efter branden."

Fedor såg lite bekymrad ut.

"Jag har ju inte haft några större kostnader så det känns inte riktigt rätt att jag ska ha lika mycket som ni."

Anders klappade honom på axeln.

"Så där ska du inte tänka. Det här är pengar som ingen räknat med och du har gjort lika mycket nytta som alla andra. Köp lite saker till lägenheten, vet ja. Det ser ju ganska spartanskt ut där."

"Jo, jag vet. Men det blir över fyrtio tusen. Så mycket behöver jag inte. Vet ni! Jag tror att jag ska skänka det mesta till Saga."

Jack spände blicken i honom.

"Det ska du inte göra. Skulle det vara som någon slags kompensation för att du våldtagit henne?"

Fedor blev förvånad över Jacks häftiga reaktion.

"Det var väl inte riktigt så jag menade. Det var mer tänkt som en fin gest."

"Det är väl ingen fin gest att betala någon som man våldtagit? Nej, det där är nog bara för att döva ditt dåliga samvete."

Jack hade inte riktigt kunnat lägga det som hänt Saga bakom sig. Hon hade själv sagt att allt var glömt och förlåtet. Han hade straffat de båda gärningsmännen och Fedor hade nu blivit en av dem. Men djupt där inne så var det något som gnagde och inte riktigt ville släppa greppet. För det mesta tänkte han inte på det, men ibland kom det upp till ytan.

Fedor suckade tungt. Han kände sig ledsen.

"Men vad ska jag göra då? Jag har bett om förlåtelse och jag ångrar mig djupt, men jag kan ju inte få det ogjort."

"Det där får du leva med", sa Jack. "Du får nöja dig med att Saga förlåtit dig. Det är nog inte många som skulle göra det. Skuldkänslorna får du väl se som ett straff att bära med dig resten av livet. Du kan i alla fall trösta dig med att du räddade livet på henne. Det uppväger väl en del?"

Fedor nickade.

"Ja, du har nog rätt. Det var en dålig idé det där med pengarna."

Då Saga kommit på tal, kom Anders att tänka på något som gått dem förbi.

"Apropå Saga så kom jag att tänka på en grej. Hon blev ju drogad på krogen. Inte sa väl männen något om den där spanjoren som drogade henne?"

Det blev helt tyst då alla tänkte efter.

"Fan! Skrek Jack till. "Det där har vi helt missat. Den jäveln bär en stor skuld. Honom måste vi ha tag i."

Anders nickade.

"Förmodligen så visste dom här snubbarna inget om honom. Men det är något vi får ta reda på när vi får fast dom som styr det hela."

***

Nilas hade kallat till möte. Han var mycket upprörd över att två av hans män var försvunna. Det första han gjorde då de inte kommit och lämnat pengarna på utsatt tid, var att skicka folk till deras bostäder.

Arvin hyrde ett hus en bit utanför stan. När Nilas män kom dit, fanns ingen där. Det mesta fanns kvar och det var tydligt att det skett ett uppbrott i all hast. De vände upp och ner på allt och förstod att familjen troligtvis flytt.

I Hectors lägenhet fanns hans fru och två barn på plats. Kvinnan sade sig vara helt ovetande om var Hector tagit vägen. Då männen försökt pressa henne på information genom hot om våld, hade hon brutit ihop. De antog att det nog var som hon sagt och inte visste något.

Nilas spände blicken i afrikanen.

"Det var du Enzi som hade ansvar för dom här två. Nu är det du som tar reda på vad som hänt. Är det så att dom gett sig iväg med pengarna dom inkasserat så ska dom hittas. Pengarna ska tillbaka och männen ska straffas."

"Jag ska göra vad jag kan", sa Enzi.

"I helvete heller. Du ska göra som jag säger och det är en order. Det börjar bli lite väl mycket av försvinnanden från dina gubbar. Först var det han den där som smugglade åt dig. Axi, eller vad fan han hette."

"Alexi," flikade Enzi in.

"Ja, skit samma. Sen var det livvakten och torpeden och nu dom här två. Det här börjar kännas jävligt konstigt."

"Ja, det tycker jag också", sa Enzi och såg bedrövad ut. "Men jag ska ta reda på vad som ligger bakom, det kan du vara lugn för."

Enzi kände hur ångesten bubblade upp inom honom. Innerst inne förstod han att det var Folktribunalen som låg bakom alltsammans, men det kunde han ju inte säga.

Kapitel 42

Gustavo visade upp resultatet av sin videoredigering för de andra. Filmen visade hur de båda männen satt bundna och berättade allt de visste om nätverket i Steninge. Det var uppgifter som om de kommit fram under ett riktigt polisförhör skulle utgöra ett mycket viktigt material i en rättegång.

Anders var mer än nöjd.

"Det är bra Gustavo, men vi håller på det där tills vi har dom andra. Då gör vi en video till, sedan släpper vi hela skiten till polis och massmedia och ut på nätet så att alla kan kolla."

"Jag har en grej till," sa Gustavo och öppnade en ny fil.

På klippet satt två män fastbundna. Det gick inte att se deras ansikten men vad de var i för belägenhet gick inte att ta miste på. Deras könsorgan var fastsatta i någon slags anordning. Han hade lagt på lite lugn musik så att det skulle bli riktigt stämningsfullt. Så hade han zoomat in, och då den första fällan slagit igen syntes tydligt att mannen fått sin penis avklippt. Blodet pulserade ut över golvet, men det var lite skuggat så det inte gick att se några detaljer. Vrålet som Jack lagt av fanns med och hade förstärkts. I slutet av filmen kom en text upp. Det stod: Så här kan det gå för kriminella som hamnat i klorna på Folktribunalen.

Det hela var mycket effektfullt. Det var omöjligt att se att det inte var autentiskt. Det var inte utan att Gustavo var lite nöjd själv.

"När ska vi släppa det här då?"

"När vi är klara med nätverket i Steninge", sa Anders. "Det blir nog flera filmer då vi tar hand om dom andra. Vi släpper allt på en gång. Även fast det kanske inte kommer att hjälpa så mycket så lär det i alla fall sätta skräck i en del individer, och det kan ju kännas skönt."

Theodor skakade på huvudet. Det var nog något av det mest makabra han sätt.

"Ja herregud, vad ska man säga? Om jag vore kriminell så skulle jag nog tänka mig för en extra gång om jag fick se det här. Fy fan!"

Jack skrattade till.

"Du är redan kriminell."

"Jo förvisso, men du förstår väl vad jag menar?"

"Otroligt häftigt", sa Fedor. "Men pengar betyder allt i dom här kretsarna. Det här kommer inte att avskräcka någon."

"Nej, det tror inte jag heller", sa Anders. "Men det kanske kan hindra att någon ungdom som är på väg in, tänker till en extra gång. Bara det är mycket värt."

***

Folktribunalen låg lågt i flera månader. Men Anders hade inte varit overksam. I hans huvud hade nu en ny plan börjat forma sig. Ännu var det bara i stora drag, men det var så det fungerade. Först kom han på detaljer. Sedan började han foga samman dem till en helhet. Det var ännu mycket kvar som skulle bearbetas, men så mycket var klart att han skulle kunna berätta för de andra. Då kunde de bidra med idéer som skulle få planen att bli vattentät. Han samlade alla efter att en arbetsdag var slut.

"Det känns som om det börjar bli dags nu. Jag tänker berätta om hur jag resonerat, så får ni komma med synpunkter. Inget är bestämt innan vi är överens."

Alla hade väntat på den här stunden. Det var alltid spännande att få höra vad Anders kokat ihop för galna idéer.

"Om vi börjar med målet. Vi ska alltså se till så att ledaren för nätverket och hans närmaste medarbetare tas tillfånga. Vi ska skrämma skiten ur dom och få dom att berätta om allt om vad dom gjort sig skyldiga till."

"Glöm inte bort spanjoren", sa Jack.

"Nejdå, någon kommer säkert att berätta vem han är och var vi kan hitta honom."

"Hur gör vi med afrikanen då?" Frågade Fedor.

"Vi bryr oss inte om honom. Han har ju redan fått smaka på vad vi kan göra. Nej, då allt är klart gör vi som vi sagt. Vi släpper allt filmat material till polisen så får dom lite att jobba med. Sedan släpper vi ut allt på nätet. Då kommer afrikanen att finnas med. Så det är nog bara för honom att anmäla sig själv eller att fly utomlands.

Nu kommer jag att gå igenom steg för steg, så får ni stoppa mig om något verkar oklart. Har ni tid?"

Det tog flera kvällar med stötande och blötande av planen innan alla var nöjda. Fedor var den som haft flest kritiska synpunkter och Anders hade varit mycket noga med att överväga det han sagt. Nu var planen intakt och det var bara att sätta igång.

***

Enzi hade lagt ner mycket tid på att försöka ta reda på var de två indrivarna tagit vägen. Till slut hade han fått reda på att Hector hade lämnat sin familj och flytt till Ryssland. Arvin hade tagit med sig sin familj och flytt till Bosnien. Enzi hade dåligt med kontakter i Bosnien, men i Ryssland hade han en del som nog skulle kunna vara till hjälp. Så Hector skulle nog inte vara något större problem med. Han framförde det han fått fram till Nilas och hoppades att han skulle förstå att det bara var en av dem som var realistiskt att få fatt i. Nilas hade inte alls hållit med. Han var fast besluten om att även Arvin skulle hittas och få betala priset för sitt svek.

Efter en hektisk arbetsdag kom Enzi hem till sin villa i Ekängen. Han hade sin livvakt med sig, men numer var det lite ändrade rutiner. I stället för att livvakten gick in först och kollade läget, gick nu båda tillsammans. Enzi hade ständigt en laddad revolver i byxfickan.

Som vanligt stannade de till vid postlådan. Förutom morgontidningen och några reklamblad, låg där också ett kuvert med Enziz namn på. Det var inte poststämplat.

Så fort han kommit in och livvakten gått in på sitt rum, öppnade han det. Det stod:

"Hej Enzi och tack för senast. Som du nog förstår så har vi ögonen på dig. Inom kort så kommer vi att släppa en del filmat material och ljudupptagningar från våra förhör med olika gängmedlemmar. Där finns du med då du hjälpte oss att få fast torpeden som dödade två oskyldiga kvinnor. Stort tack för det och vi kan upplysa dig om att han nu är avrättad.

Vi kommer inom kort att slå till mot nätverket där du ingår och då ska du inte vara kvar. Om vi får tag på dig igen kommer du att genomgå samma procedur som senast. Men det blir en skillnad. Vi kommer inte att gräva upp dig utan låta råttorna göra sitt jobb.

Hälsningar från Folktribunalen"

Enzi tog ett djupt andetag. Minnet från det hemska han utsattes för kom tillbaka. Nu fanns inte mycket han kunde göra. Om det kom fram att han angett torpeden skulle hans tid vara räknad. Om han berättade för Nilas om folktribunalen och vad han utsattes för, skulle han förmodligen inte bli trodd.

Han väntade tills sent på natten då livvakten förmodligen sov som allra djupast. Då letade han fram sitt pass, samlade ihop alla kontanter han hade hemma och packade en resväska. Försiktigt smög han ut, satte sig i bilen och gav sig av.

***

Då Nilas fick veta att även afrikanen var försvunnen, började han fatta. Han hade nog tyckt att Enzi betett sig lite konstigt på sista tiden. Då de snackat om medarbetarna som försvunnit och torpedens påstådda överdos hade han tyckt sig märka att Enzi svävat lite på orden och inte verkat lika säker som vanligt. Nu förstod han att Enzi hela tiden vetat om vad som hänt. Men varför hade han inte sagt något? Förmodligen hade han varit hotad på något vis, men Nilas fick inte riktigt ihop det. Skulle Enzi låta sig skrämmas av hot? Det var högst osannolikt. En så tuff och orädd person som Enzi skulle aldrig låta sig skrämmas.

Nilas kallade Tobias och armeniern till ett möte.

Tobias var bakfull då mobilen ringde tidigt på morgonen. Han svarade irriterat, men ändrade genast tonfall då han hörde Nilas barska röst. Det var bara att ge sig iväg utan frukost. Armeniern var redan på plats när Tobias anlände. Nilas såg inte glad ut och det bådade inte gått.

"Vad är det som hänt?" Frågade Tobias.

"Det undrar jag också", sa Nilas. "Nu är fyra av mina gubbar försvunna och en är död. Det finns inte minsta förklaring till varför. Det står klart att Enzi åkt till Uganda. De båda inkasserarna har åkt till Ryssland och Bosnien. Alexi är spårlöst försvunnen och torpeden hittades död av en påstådd överdos på sin båt. Vad jag vet så använde han inte narkotika. Vad i helvete är det som händer och vad kommer att ske härnäst? Är det någon av er som också kommer att försvinna?"

Tobias och armeniern tittade på varandra. Tobias svalde tungt.

"Men va fan, det måste väl komma fram nått. Har du kollat med alla våra kontakter?"

"Självklart. Ingen verkar veta ett jävla skit. Idioterna i Bergagänget svamlade något om den där förbannade Folktribunalen och att det var dom som kunde ligga bakom. Dom verkar inte ha fattat att det bara är fejk. Men så är dom väl pundare allesammans. Vår poliskontakt har heller inte hört något. Så frågan är vad vi ska göra?"

Armeniern hade lyssnat noga. Han var tystlåten av sig men nu kände han att han borde säga något.

"Dom enda som vet vad som hänt är dom som försvunnit. Jag tror att vi måste få tag i någon och få honom att berätta."

Nilas nickade försiktigt.

"Du har nog rätt i det. Men jag vet inte vem jag ska skicka. Ni två behövs här hemma. Det blir ett jävla avbräck nu när Enzi är borta så ni får ta på er hans uppgifter. Pengarna måste in."

Armeniern satt tyst en stund.

"Jag kan åka till Bosnien. Det tar bara några dagar för mig och att hitta den som åkte dit med sin familj, det blir inga problem. Jag har kontakter där."

"Jag ska tänka på saken", sa Nilas och reste sig. "Du får besked i morgon, hur vi ska göra."

***

Theodor knäppte av ljudfilen som alla lyssnat på. Lite stolt kände han sig allt.

"Ja, då vet vi hur dom resonerar. Vad säger ni, har vi någon nytta av det där?"

Anders såg väldigt nöjd ut.

"Absolut. Nu har vi en ingång. Deras nyfikenhet är det som ska få dom på fall. Men hur i helvete har du lyckats med det där?"

Theodor log.

"Det var enkelt. Jag stegade helt enkelt in och frågade om dom var intresserade av ett larmsystem. Jag sa att det var flera på området som installerat och var väldigt nöjda."

"Så det var bara att gå in? Fanns det inga vakter?"

"Nej, inte just då i alla fall. Upplåst var det också."

"När gjorde du det här?"

"Strax efter att jag lagt brevet i afrikanens postlåda. Jag förstod att det skulle snackas en hel del efter det och tyckte det var ett bra tillfälle."

Fedor var förfärad.

"Men tänk om dom gett sig på dig? Du anar inte vilka tuffingar det där är."

"Jo, visst var det lite nervöst, men dom har ju också en fasad av att vara seriösa företagare. Om det kommer en kollega och vill lämna några broschyrer så verkar väl inte det så misstänkt, eller hur?"

"Men hur lyckades du gömma en mikrofon?"

"Det var inte särskilt svårt. Den är liten som tumnagel. Jag råkade tappa en penna och passade då på att fästa den under bordet med dubbelhäftande tejp."

Anders såg lite bekymrad ut.

"Du förstår väl att du tog en stor risk. Vad händer om dom upptäcker att dom är avlyssnade?"

"Det lär dom inte göra. Micken ser ut som en träflisa. Det ska mycket till om dom över huvud taget får syn på den."

Gustavo flikade in.

"Det kan jag också intyga. Det går inte att se att det är en mikrofon om man inte tar isär den. Nackdelen är att batteriet bara räcker i några dagar."

"Det gör inget", sa Anders. Nu har vi fått veta tillräckligt och det kommer att vara till stor hjälp."

"På vilket sätt då?" Frågade Jack.

"Dom är väldigt angelägna att få veta varför deras gubbar försvunnit. Det ska dom få veta. Eller rättare sagt så ska dom tro det."

Kapitel 43

Det började närma sig finalen för Folktribunalen. Det mesta var förberett. Men det återstod en viktig detalj. Fedor hade varnat för att de inte skulle använda sin egen lokal. Då de hade gjort det vid flera andra tillfällen, fanns risk att någon skulle kunna känna igen platsen. Anders hade funderat på saken och insett att Fedor hade rätt. Men att hitta en lämplig lokal var inte gjort i en handvändning. Efter en del sökande hade de i alla fall hittat ett ställe som såg ut att passa för ändamålet. Det var en lada vid en nedlagd bondgård en bit utanför stan. Ägaren hade satt ut en annons på Blocket om att ladan kunde hyras ut som förråd. Han skulle åka utomlands och hoppades få in lite extrapengar till reskassan. Jack hade varit där och tittat och tyckt att det var en bra plats. Han hade genast gjort upp med ägaren.

Nu hade de en lokal utan insyn och långt till närmsta granne. Ägaren skulle snart åka och vara borta länge, så de skulle kunna agera helt ostört.

Då alla varit på plats för att kolla i ladan och ägaren gett sig iväg, började förberedelserna. Det var inte så mycket som behövde göras. Bara lite möbler som skulle köras dit. Elsladdar och belysning skulle fixas. Sedan var allt klart.

***

Armeniern hade fått klartecken från Nilas och genast gett sig i väg till Bosnien. Det hade inte tagit lång tid innan han fått information om var Arvin kunde tänkas befinna sig. Efter en stunds letande, fann han honom i en liten by nära gränsen mot Serbien.

Arvin satt ensam och metade i en bäck då han fick syn på armeniern. Han hade genast känt igen honom och förstått varför han var där. Det var inte läge att försöka fly utan bara lugnt förklara varför han lämnat Sverige.

Armeniern visste hur han skulle få information av någon som inte ville berätta och det visste också alla som kände till honom. Arvin hade hört hårresande historier om hans grymhet och tvivlade inte för ett ögonblick på att han också skulle kunna råka riktigt illa ut. Men han hade räknat med att någon skulle komma efter honom.

Armeniern satte sig ner bredvid Arvin och tände en cigarett.

"Får du nån fisk?"

"Nej inte mycket, men ibland så. Fast dom brukar inte vara särskilt stora."

Armeniern drog ett djupt halsbloss och puffade ut några rökringar.

"Du förstår varför jag är här va?"

Arvin nickade.

"Jo, det var väl väntat. Jag ska berätta allt. Du kommer förmodligen inte att tro mig, men det jag kommer att säga är sant. Men vi kan väl ta det i stugan och samtidigt äta något. Du är väl hungrig efter din resa?"

Armenien kände efter. Det var inte utan att det kurrade lite i magen av hunger. Lite gott att dricka skulle heller inte sitta fel.

"Det låter som en bra idé. Ska vi ge oss av med en gång eller vill du fiska lite mer?"

"Nej, det nappar så dåligt så vi går."

Armeniern hade redan varit i stugan. Han hade träffat Arvins fru och av henne fått veta var Arvin höll till. Först hade han tänkt att ta sig ett nyp. Men ungarna var inne så han hade hejdat sig. Det skulle nog kunna bli ett bättre tillfälle lite senare.

När de närmade sig stugan stannade Arvin till.

"Vänta lite, jag måste pissa."

Arvin ställde sig mot ett träd. Armeniern tände en ny cigarett och kisade mot solen. Då Arvin var klar gick han fram, drog fram en pistol och satte ett skott i bakhuvudet på honom. Armeniern dog på fläcken.

Arvin släpade bort honom från stigen och gömde honom i ett tätt buskage. Sedan skyndade han sig hem och hämtade en spade.

Det tog tid och var mycket ansträngande. Men snart hade han grävt en tillräckligt djup grop. Han släpade fram kroppen och fick med viss möda ner den i gropen.

Då allt var klart och jorden var ordentligt packad, satte sig Arvin ner och pustade ut. Han torkade svetten ur pannan.

Nu skulle han och resten av familjen förmodligen vara trygga för lång tid framåt.

***

Nilas hade räknat med att få besked från armeniern redan efter några dagar. Det hade han lovat. Men när det gått över en vecka och han inte hört av sig, började Nilas ana att något inte stod rätt till. Det var ingen idé att försöka få fram något från armeniens kontakter. Han visste knappt vilka de var.

Även fast Nilas nu kände en stor frustration över att kanske ha förlorat ännu en man, kändes det ändå som en lättnad. Armeniern hade varit en tung börda att bära. Han hade lovat honom en högt uppsatt position och en stadig inkomst efter att armeniern räddat livet på honom i Litauen. Men misstanken om att han en dag skulle ta över hela verksamheten hade alltid funnits där. Nu var förhoppningsvis den risken borta, om han nu inte skulle dyka upp igen.

Nilas var ovanligt samlad då han kallade till sig Tobias.

"Okej, så här är det. Armeniern har inte hört av sig. Han är förmodligen borta han också. Nu är det bara du och jag kvar som kan hålla verksamheten flytande. Om det kommer ut att våra gubbar försvunnit utan vår vetskap lär vi nog få problem. Så vi får helt enkelt låta sprida ut ett rykte om att det är vi själva som orsakat försvinnandet. Vad tror du om det?"

Tobias var lite förvånad över Nilas tonläge. Han hade aldrig blivit tillfrågad av honom förut. Det här kändes väldigt konstigt.

"Jo, det är nog bra tänkt. Om vi visar svaghet så är det illa. Jag kan läcka lite till några av gubbarna. Jag vet åtminstone två som jag tror skulle pladdra på ordentligt om dom fick reda på något intressant."

"Gör det", sa Nilas. "Antyd att dom snott pengar från oss och att vi själva tagit hand om saken."

Tobias kände sig riktigt nöjd. Nu skulle kanske äntligen hans chans att få en högre position komma. Afrikanen hade varit det största hindret. Han hade alltid betett sig som om Tobias bara varit en dräng. Armeniern hade han inte haft något grepp om men förstått att han haft något nära band till Nilas. Nu var båda borta och det kändes riktigt bra.

***

Att ytterligare en av ledarna för nätverket nu var borta, hade inte medlemmarna i Folktribunalen någon kännedom om. Den dolda mikrofonen hade slutat fungera och på nätet fanns inget som antydde något.

Allt var nu förberett i ladan. Hur själva infångandet skulle gå till var nog den svåraste nöten att knäcka. Det som låg närmast till hands var nog att använda sömnmedel som de tidigare gjort. Men risken fanns att någon av de båda indrivarna läckt ut något. Då skulle det kunna uppstå en situation de inte räknat med. Det hade kommit upp en del olika förslag, men Fedor hade hittat luckor i alla. Till slut hade de i alla fall enats om att sömnmedel nog var det säkraste alternativet. Gustavo hade lite kvar av det som använts senast och att skaffa mer skulle inte vara något problem.

Jack var i full färd med att testa olika laddningar av blodpåsar han konstruerat. Det skulle se realistiskt ut och det hade det inte gjort under de första försöken.

Han fyllde en blodliknande blandning i plastpåsar som han fäst en liten spränganordning på. Sedan stoppade han påsen under sin skjorta och utlöste laddningen. Den första hade varit alldeles för kraftig så han hade fått en lindrig brännskada på bröstet. Men efter några försök hade han hittat rätt. Nu återstod att fixa med hagelpatronerna så att inga kulor fanns kvar.

Det var spännande att testa i full skala. Fedor fick något motvilligt stoppa på sig påsen medan Jack höll i bössan. Första försöket blev rena katastrofen. Fedor tryckte alldeles för sent på utlösaren, så blodpåsen exploderade en bra stund efter att Jack bränt av skottet. Det såg inte alls trovärdigt ut. Det tog några gånger, men till sist så hade de fått in snitsen riktigt bra. Anders tyckte det såg hyfsat ut men ville att de skulle öva ytterligare några gånger, men då utan påsarna och med sprängladdningen en bit ifrån. Det gjorde de och till slut var Anders nöjd.

Nu skulle det bara övas på gestaltningen, sedan skulle allt vara klart för nästa steg.

Det kändes som en framgång då Gustavo berättade att det tydligen bara var två kvar nu. Han hade hört på omvägar att både afrikanen och armeniern var försvunna. Afrikanens frånfälle hade de själva ordnat med så det var ingen nyhet. Men att även armeniern nu var försvunnen kom som en överraskning. Visserligen skulle en av busarna slippa undan, men det gjorde det hela lite enklare och mindre riskfullt.

Kapitel 44

Ryktet om att nätverket i Steninge var försvagat hade nu spridit sig vida omkring. Under andra omständigheter hade det förmodligen blivit ett snabbt övertagande från någon konkurrent. Men det faktum att utrensningen tydligen skett internt, gjorde att man avvaktade.

Nilas hade kallat samman sina mannar och uppmanat dem att vara på sin vakt. Han hade varnat dem för att inte svikta i sin lojalitet. Då skulle det gå samma väg för dem som för de som nu var försvunna. Han visste att han balanserade på slak lina. Om det skulle komma ut att alla försvinnanden skett utan hans vetskap skulle läget kunna bli kritiskt.

Tobias mådde bra. Han kände sig betydelsefull på ett sätt som han inte känt tidigare. Det var skönt att slippa ta order från afrikanen. Nilas hade visat honom stort förtroende och nu låg det på honom att se till så att avbräcket i ekonomin inte blev för stort. Det var så klart en aning nervöst, men den känslan var av underordnad betydelse. Nu var han nummer två i hierarkin. Bättre kunde det inte bli.

Säkerheten i det gamla bryggeriet skulle stärkas. Nilas kom att tänka på den där snubben som kommit för en tid sedan och ville sälja på dem ett larm. Då hade det inte varit aktuellt men nu var saken i ett annat läge. Det gamla larmet var visserligen inte dåligt men en modernisering skulle nog inte skada. Han mindes inte riktigt om han slängt broschyren han fått, men tittade i skrivbordslådan och där låg den.

Wikström Security, det lät seriöst. Nilas bläddrade i broschyren och läste vad som stod. Tydligen skulle det vara den senaste teknologin vad gällde känslighet och bildupplösning. Han tog upp sin mobil och slog numret som stod i foldern.

Theodor satt på toaletten då det ringde. Vanligtvis brukade han inte svara utan ringa tillbaka då han var färdig. Men den här gången såg han att det var ett okänt nummer, så han svarade.

"Theodor Security, vad kan jag hjälpa dig med?"

"Hej, Nilas heter jag. Du var nere hos mig i Steninge för en tid sedan och ville att jag skulle köpa larm och övervakningsutrustning. Skulle vi kunna ses igen?"

Theodor höll på att ramla av toastolen då han förstod vem som ringde. Han harklade sig för att bli klar i rösten.

"Hej. Ja, självklart kan vi ses. Är du ute efter något särskilt?"

"Nej, men det gamla är några år och jag vill ha det senaste. Förresten vad det ekar i telefonen. Har du en gammal mobil?"

"Nej, jag är inne i ett förråd", sa Theodor och skämdes en smula. "Bestäm en tid så får vi se om det passar."

"Jag är på plats i dag. Vet du var det är?"

"Ja, själva industriområdet känner jag till, men inte exakt var du finns."

"Det gamla bryggeriet. En tegelbyggnad som skiljer sig lite från de övriga husen. Hittar du inte så är det bara att fråga vem som helst. Alla här i området känner till det."

"Ja, då säger vi det. Jag dyker upp efter lunch."

Theodor var så ivrig att han glömde torka sig. Han rusade ut till Gustavo som satt djupt insjunken i ett lödningsarbete.

"Nu ska du få höra. Tror du inte att Nilas från Steningenätverket ringde och vill ha ett nytt larm. Är det inte helt otroligt?"

"Jo verkligen, men fan vad det luktar skit?"

Theodor kom att tänka på sin fadäs, men nämnde inget om det.

De skyndade sig ut och fick fatt i Anders.

Då han fick höra vad som skett, blev han först lite orolig. Planen de hade var i stort sett komplett. Att det nu uppkommit nya uppgifter gjorde att de kanske måste tänka om.

"Okej, det här måste vi snacka om. Har ni sett till Jack och Fedor?"

"Jack skulle visst åka och handla något," sa Gustavo "och Fedor vet jag inte var han är. Förmodligen sitter han i sin skrubb."

Anders knackade på dörren till Fedors kontor, men där var han inte.

"Vi får vänta tills dom andra är tillbaka."

Theodor var uppskruvad.

"Det har vi inte tid till. Jag sa att jag skulle komma efter lunch."

Anders tog tag i Theodors axlar. Han märkte att han var nervös.

"Ta det lugnt. Om nu Nilas vill ha något installerat så är det väl bara att fixa det. Sedan kan vi träffas och bestämma hur vi ska gå vidare."

"Jo, men tänk om han nu fått reda på något om oss och att det är en fälla?"

"Det verkar osannolikt, men du har rätt. Jag ringer efter dom andra så tar vi det så fort det går. I värsta fall så får du väl hoppa över lunchen."

Jack var redan på väg tillbaka då Anders ringde. Fedor hade bara varit och köpt snus, så han var också snabbt tillbaka. De satte sig i fikarummet och Theodor redogjorde för samtalet han haft med Nilas.

"Det här ändrar väl egentligen inte så mycket", sa Anders. "Det enda är att vi får lite bättre koll. Eller skulle det kunna vara en fälla?"

Han såg på Fedor och väntade på hans reaktion.

Fedor tänkte länge. I hans huvud snurrade det av olika möjligheter och potentiella faror.

"Nej, en fälla är det definitivt inte. Det skulle vara allt för dumdristigt. Mitt på ljusa dagen och i hans eget högkvarter. Nej, så går det inte till."

"Theodor pustade ut.

"Vad skönt. Då åker jag dit. Nu hinner jag äta lite innan också."

"Vill du att jag följer med?" Frågade Gustavo.

"Nej, men var beredd på att plocka ihop utrustning och komma hit. Jag tänker erbjuda en snabb installation. Tror du att du hinner se till så att vi kan se allt i realtid härifrån?"

Gustavo nickade.

"Inga problem. Jag har färdiga kretskort så det är bara att plugga in."

***

Theodor kände sig trygg efter Fedors försäkran och var helt lugn då han öppnade dörren till det gamla bryggeriet.

"Hej! Bra att du kunde komma så snabbt", sa Nilas och sträckte fram handen.

Theodor förhörde sig om vad Nilas var ute efter.

"Jag vill ha nya kameror där dom gamla sitter och sedan några extra utanför och en bit bort. Går det att få larm och bilder direkt till mobilen?"

"Javisst, det är inga problem. Så funkar det mesta nu för tiden. Men det som är unikt med mitt system är att du även kan styra kamerorna direkt i mobilen. Du får ett helt annat övervakningsfält då. Dessutom har du högkänsligt ljud och har du öronsnäckor så kan du höra minsta lilla viskning från dom som är i närheten.

Nilas verkade nöjd med det han hörde.

"När tror du att jag kan få det installerat?"

"Faktiskt på en gång. Både jag och min kollega har en lucka nu så vi kan sätta igång genast. Jag kan ringa honom så kommer han med utrustningen. Du kan ha allt klart tills i kväll."

Nilas verkade belåten.

"Ja, då säger vi så. Det låter lite dyrt, men priset kanske kan diskuteras?"

"Nej, så jobbar inte jag", sa Theodor och log.

Gustavo hade precis hunnit klart med kretskorten då Theodor ringde. Han stuvade in all utrustning och gav sig iväg.

Själva arbeten med att byta kameror och kontrollenhet gick snabbt. Konfigureringen tog lite längre tid. Det var viktigt att allt klaffade från början. De ville inte gärna behöva åka tillbaka för att rätta till något.

Då allt var klart gick de igenom funktionen med Nilas som verkade mycket nöjd.

***

Theodor skruvade upp volymen. Både bild och ljudkvalitén var oerhört bra. Det gick att höra Nilas andetag då han kom i närheten av en kamera. Theodor zoomade in honom och det gick att se varje liten detalj i hans ansikte. Under ena ögat hade han ett svagt ärr som sträckte sig enda ner till mungipan.

"Den där har nog varit med om en hel del", sa Theodor och zoomade ut till normalläge.

Gustavo nickade.

"Skulle tro det. Men ta det jävligt försiktigt så du inte kommer åt vinkeljusteringen. Skulle han upptäcka att någon av kamerorna rörde sig utan att han gjort något, blir han nog bli misstänksam."

Hela gruppen tillbringade flera kvällar framför Theodors dator. De fick både se och höra mycket som skulle vara till stor hjälp senare. Informationen var viktig men ändrade inte så mycket på grundplanen.

Anders gjorde några anteckningar.

"Okej, ska vi kolla av läget? Du Jack, är du klar med blodpåsarna och laddningarna?"

Jack nickade.

"Är patronerna till hagelsprutan fixade?"

Jack nickade igen.

"Bra. Har Fedor och Gustavo övat ordentligt?"

Gustavo nickade ivrigt medan Fedor verkade lite mer tveksam.

"Jo, vi har övat jättemycket, men jag har sagt fel några gånger."

"Det gör inget", sa Anders. "Huvudsaken är att allt funkar då det blir skarpt läge. Hur har det gått med sömnmedel? Har du fått ihop tillräckligt?"

Gustavo gjorde tummen upp.

"Det finns så det räcker."

"Ja, då är vi väl redo då. Vad tror ni, blir det en lyckad final?"

Jack klappade Anders hårt i ryggen.

"Det blir det säkert. Annars skyller vi på dig."

Kapitel 45

Nilas kollade i postlådan. Det brukade sällan vara något där. Lite reklam och en och annan räkning. Nu låg det ett kuvert där man skrivit hans namn och adress för hand. Han undrade vad det kunde vara och öppnade genast. Det stod:

Hej! Jag har upplysningar om vad som hänt med dina gubbar som försvunnit. Om du är intresserad så kostar det femtiotusen. Möt mig vid fontänen nere vid stora torget i morgon klockan två. Jag känner igen dig.

Nilas läste brevet flera gånger och ropade sedan på Tobias.

"Titta här får du se. Tydligen är det någon som vet något i alla fall."

Tobias läste noggrant.

"Vad tänker du göra?"

"Ja, inte fan tänker jag betala några femtiotusen i alla fall. Om den här idioten vet nått så ska vi klämma det ur honom. Vi går dit i morgon och tackar nej till erbjudandet, sen får någon skugga honom. När det är grönt så tar vi honom. Du får hålla rygg på mig ifall något skulle hända."

"Det kan ju vara en fälla."

"Javisst, men vi får ha bra med uppbackning och så tar vi västarna. Det här är ju mitt på torget och mycket folk i rörelse, så att det är en fälla är nog mindre troligt. Kalla hit turkbröderna och den där stora rödhåriga, vad han nu heter."

"Menar du dansken?"

"Ja, men vad heter han?"

"Ingen aning. Preben kanske?"

"Skit samma. Se till att dom kommer hit bara."

Tobias skyndade sig iväg. Äntligen skulle det bli lite action.

Dansken och turkbröderna fick genast avbryta det de höll på med och följa med till bryggeriet. Då Nilas kallade var det bara att lyda. Turkbröderna var ganska arga. De hade tänkt att tillbringa eftermiddagen på en uteservering. Dricka öl och kolla på brudar. Men nu var det inte läge att klaga.

Då alla var samlade fick de instruktioner av Nilas. Turkbröderna skulle skugga och ta fast den som tagit kontakt. Dansken skulle bistå Tobias om det skulle uppstå komplikationer. Alla fick order om att bära skyddsvästar och vara beväpnade.

***

Anders och Theodor hade hört allt. Theodor var inte så lite stolt över vad han och Gustavo åstadkommit med utrustningen som installerats i bryggeriet.

"Det här har du gjort bra", sa Anders och klappade om Theodor."

"Ja, det verkar fungera. Men det är inte bara min förtjänst. Utan Gustavo hade det inte gått att få ihop det. Han är överjävlig på sånt här ska du veta."

"Jo, jag har förstått det. Inte så konstigt att det går bra med firman. Vad ligger ni på för omsättning nu?"

Theodor tänkte en stund.

"Tja, ungefär tre gånger så mycket som jag räknat med."

"Oj då, så mycket. Ja, då är det väl inte konstigt om ni funderat på att hoppa av. Det finns ju en risk med det vi håller på med."

"Det är klart, men vi är med tills allt är klart. Du ska veta att jag är tacksam över att ni hjälpte till med grabbens mördare, så inte hoppar jag av nu inte."

"Gustavo då? Hur resonerar han?"

"Han är också med. Vi har snackat en hel del om det där och han är på. Utan hjälp skulle han fortfarande få gå omkring och vara på sin vakt."

"Ja, vi har väl alla hjälpt varandra och har skäl att vara tacksamma. Men efter det här så ska vi nog återgå till en mer normal tillvaro. Det tror jag vi alla strävar efter."

Theodor nickade.

"Ja, det är nog sant."

Då de andra anslöt, fick de ta del av det inspelade materialet. Både Jack och Fedor var mäkta imponerade.

"Vilken jävla ljudkvalité. Man hör ju om någon skulle lägga en smygare", sa Jack.

Fedor flinade.

"Det är tur att inte den här utrustningen fanns hemma hos dig. Då skulle nog hela inspelningen bestå av bara brakskitar."

Jack skrattade högt och smällde till Fedor på axeln så att han nästan ramlade av stolen.

Anders bad de andra att komma med in till matsalen. Kaffebryggaren hade gått klart och det doftade av nybryggt kaffe.

"Nu har vi bra koll på allt. Jag kommer att sätta mig på fiket med uppsikt över fontänen. Jag vill se hur dom beter sig. Ni andra kan bara avvakta så länge, sedan bestämmer vi nästa steg i morgon eftermiddag."

***

Nästa dag klockan två stod Nilas vid fontänen nere vid torget. Tobias och dansken gick lite bakom och såg sig omkring. Turkbröderna cirkulerade runt och väntade på order.

Då inget hänt efter tio minuter började Nilas bli otålig. Inte nog med att någon haft fräckheten att ta av hans dyrbara tid. Nu verkade han inte dyka upp, den jäveln.

Anders noterade att Nilas var irriterad. Fast han satt på långt håll kunde han tydligt se hur det ryckte i honom och att han inte såg särskilt glad ut. Han tog då upp mobilen som Gustavo gett honom. Den skulle vara säker och det skulle vara omöjligt att spåra numret. Nilas nummer var förprogrammerat så det var bara att trycka på knappen.

Nilas blev förvånad då det ringde. Det var inte många som hade hans mobilnummer. Afrikanen och armeniern hade det och Tobias förstås. Men inga andra vad han kunde erinra sig om. Han tittade till på Tobias, men såg att det inte var han som ringde.

"Hallå, vem är det?"

"Hejsan, det är jag med upplysningarna."

Nilas nästan skrek i luren.

"Var är du? Jag står här och väntar. Tror du inte att jag har annat att göra?"

Han var mycket arg och tänkte nästan ta i lite mer. Men han ville inte riskera att det här tillfället skulle gå om intet.

Det blev tyst i luren för ett kort ögonblick.

"Jag såg att du hade uppbackning och då ville jag inte ge mej till känna. Nästa gång får du lämna kavalleriet hemma och komma själv. Om du tycker det känns läskigt så kan du få ta med dig det där skinnhuvudet som du har i hasorna. Jag hör av mig."

Anders knäppte av luren och iakttog reaktionen.

Nilas såg sig intensivt omkring. Han tog tag i Tobias.

"Fan, han har sett oss. Han är i närheten."

Tobias och dansken spanade runt.

"Men vi har ju ingen aning om hur han ser ut. Vad ska vi titta efter?"

Nilas var i upplösningstillstånd.

"Vad är ni för ena jävla amatörer. Titta efter nån som ser misstänkt ut."

Anders drack lugnt upp sitt kaffe och gick därifrån.

Efter att ha irrat omkring en bra stund, ledsnade Nilas till sist. Det verkade lönlöst att försöka få syn på någon de aldrig sett förut.

Då Anders kommit hem, redogjorde han för sina iakttagelser.

"Nilas hade fyra man med sig. Det var dom som han snackat med Tobias om. Den där stora dansken och två turkar och så Tobias förstås."

Fedor såg bekymrad ut.

"Det är lite för många för att vi ska klara av dom. Vi lär inte kunna söva alla på en gång."

"Nej, det ska vi heller inte", sa Anders. "Nästa gång kommer förhoppningsvis bara Nilas och Tobias. Då ska vi slå till. Vi har väl allt klart nu, vad jag vet?"

Ingen hade några ytterligare frågor eller synpunkter. Det mesta var nu förberett in i minsta detalj. Nu gällde det bara att ha lite tur också.

Kapitel 46

Jack hade fått klura en hel del för att få vapnet att fungera. Det var han själv som kommit med idén att använda bedövningsgevär. Det visade sig att det inte var så enkelt att få tag på. De fanns inte att köpa i några affärer och för att få låna från länsstyrelsen krävdes licens.

Fedor hade ett gammalt paintballgevär som han gett till Jack och undrat om han kunde göra något av det. Det visade sig kunna fungera och efter en del modifieringar var det klart. Det fungerade så där, men efter lite justeringar var han nöjd. Pilarna hade han gjort av plastsprutor som han försett med nålar från marinadsprutor. För att få stabilitet hade han fäst fjädrar runt sprutan.

Vid det första försöket då han skjutit mot en vattenmelon hade visserligen sprutan fastnat bra, men innehållet hade inte sprutats in. Det löste han genom att limma fast en metalltyngd baktill. Då hade det fungerat bättre.

Då det inte gick särskilt snabbt att ladda om, krävdes flera vapen då det var två gubbar som skulle sövas. Det var enkelt ordnat då det fanns en butik i staden som sålde paintballprodukter.

Gustavo var lite osäker på hur han skulle dosera sömnmedlet. Det var ju inte tänkt att tas intravenöst. Men han antog att innehållet i fyra tabletter skulle räcka till en spruta för att få en snabb effekt. Han malde sönder tabletterna som han blandade ut i saltlösning och fyllde sedan sprutorna med vätskan. För säkerhets skull gjorde han i ordning en extra spruta ifall någon inte skulle ta så bra.

Fedor hade haft stora betänkligheter. Men då han sett att det gick att skjuta på ganska långt avstånd och med god precision, hade han gett med sig. Det verkade ju trots allt mindre riskabelt än att försöka få dem att självmant dricka något med sömnmedel i.

Anders kände på geväret.

"Häftigt. Får jag testa?"

Jack laddade en pil fylld med vatten och pekade mot bortre änden av lokalen.

"Ser du klumpen där borta? Den är av ballistisk gel, ungefär samma som jag tillverkade gummibenen av. Jag har trätt över tyg från ett par gamla jeans så det blir ganska likt en kropp. Testa och skjut."

Anders siktade noga och tryckte av.

Sprutan satte sig med ett smack i gummimassan och innehållet tömdes genast.

"Inte illa. Det här borde fungera. Det gäller bara att träffa. Vi får anta att dom har skyddsvästar på sig så det är nog bäst att sikta mot låren. Har vi någon backup?"

Jack tog fram ett gevär till.

"Vi får missa en gång. Sömnmedlet räckte bara till tre skott."

Anders vände sig mot Gustavo.

"Hur snabbt kommer dom att somna?"

"Förmodligen på en gång. Det är samma substans som då vi sövde dom där försäkringsskojarna. Nu får dom det direkt ut i blodet och då lär det gå snabbt."

***

Tobias tyckte inte att det var kul att vara i närheten av Nilas då han var på så dåligt humör. Dansken och turkbröderna hade fått sin beskärda del av skäll. Själv hade han klarat sig lindrigt undan, men inte utan obehag.

Nilas satt med tom blick och knackade i bordet med fingerknogarna.

"Inte var det något proffs som ringde, det kunde jag höra. Nej, det var nog en pundare eller småtjuv som på något underligt vis fått reda på något. Han ville att vi skulle komma själva nästa gång. Vad tror du om det?"

Tobias ryckte på axlarna.

"Tja, om det är som du tror så är det väl ingen större fara. Vi får ha västarna på oss och vara beredda med pistolerna. Sa han var vi skulle träffas?"

"Nej, men han skulle höra av sig."

"Tar du med dig pengar den här gången?"

Nilas funderade en stund.

"Ja, det är nog bäst. Om vi visar honom sedlarna så kommer han nog att tappa fokus och då kan vi ta honom."

"Ska vi inte först låta honom berätta det han vet?"

"I helvete heller. Förmodligen så ljuger han, men vi ska se till att han snackar. Om det visar sig att han försöker bluffa oss så gör vi oss av med honom. Förresten, det gör vi i vilket fall som helst."

Nilas skulle precis till att åka hem då mobilen ringde.

"Ja hej. Det är jag igen. I morgon förmiddag klockan elva kan vi ses igen. Jag har messat koordinaterna. Jag kommer att vara gömd, och upptäcker jag att du har fler än en person med dig så blir det inget. Glöm inte pengarna."

Nilas ville ha mer information.

"Hur vet jag att jag kan lita på dig? Du kanske inte vet ett jävla skit och bara försöker blåsa mig."

"Jag vet allt och det kommer du att bli varse då du läser instruktionerna på mötesplatsen. Det står en gammal utrangerad busskur på platsen. Där bakom ligger ett meddelande som nog kommer att få dig att förstå. När du läst det, lägger du hälften av pengarna där, sedan åker du till nästa ställe. Det står i meddelandet var det är. Då gör vi klart affären och du får all information du behöver."

Nilas knäppte av samtalet och slog in koordinaterna som just kommit. Det verkade vara en liten väg ute på landet. Han ringde Tobias som genast vände och åkte tillbaka.

"Nu har han ringt. Det blir i morgon klockan elva. Vi måste åka och kolla platsen."

"Vet du var det är?" Frågade Tobias.

"Ja, jag har det i mobilen. Kom så vi drar på en gång."

Mycket riktigt så stod det en gammal busskur på platsen. Det hade nog inte gått någon busstur där på flera decennier och ingen bebyggelse fanns i närheten.

Nilas och Tobias gick runt och spanade in terrängen.

"Han sa att han skulle ligga gömd för att se om vi var ensamma. Då borde han inte vara allt för långt borta."

Nilas tittade upp mot skogsbrynet.

"Det är förmodligen där han är. Något annat ställe att gömma sig på ser jag inte till."

Tobias mätte ut avståndet med blicken.

"Det är minst tvåhundra meter. Då lär han inte se mycket."

"Nej, men han har väl kikare och kan se om vi är själva. Hur som helst så börjar vi med att göra som han sagt. Om det står något vettigt i meddelandet så går vi vidare."

"När ska vi ta honom då? Tänk om han sticker med pengarna."

"Han är nog en girig jävel som inte nöjer sig med halva summan. Nej, vi väntar tills nästa steg. Dessutom så kommer jag att klämma in en GPS-sändare i en av sedelbuntarna."

"Tror du inte att han kommer att hitta den då?"

Nilas suckade tungt.

"Det är väl för helvete klart att han gör. Men inte på en gång, din dumme fan. Han sätter sig väl inte här och börjar räkna pengarna."

"Okej, jag förstår", sa Tobias och såg lite moloken ut.

**

Theodor stod gömd några kilometer från busskuren. Han hade god uppsikt över vägen och skulle lätt upptäcka om det kom någon mer bil efter Nilas. Han provade jaktradion.

"Hallå, hör ni mig?"

"Jag hör dig," svarade Anders. Men du ska säga kom när du sagt något."

"Men det gjorde ju inte du nu."

Anders skakade på huvudet och anropade de andra. Kommunikationen verkade fungera utan problem.

Jack och Gustavo låg och tryckte under en buske strax intill busskuren. Fedor låg vid vägkanten och var övertäckt med ris och löv. Alla bar kamouflagekläder och var svärtade i ansiktet. Det var omöjligt att upptäcka dem även om man stod nära.

Precis som Nilas sagt, stod Anders i skogsbrynet med en kikare.

Theodor såg bilen komma och anropade.

"Nu är dom på gång."

Anders svarade.

"Bra. Håll utkik så att det inte kommer någon mer bil. Jack, Gustavo och Fedor, ni byter frekvens nu."

***

Nilas stannade bilen och kollade på sin Rolex.

"Vi är lite tidiga, men då hinner vi ta en rök."

De klev ur bilen och tände varsin cigarett. Tobias gick en bit bort och ställde sig och pissade vid vägkanten.

Fedor kunde höra sitt hjärta bulta då han kände strålen som strilade ner över hans rygg.

Anders spanade i kikaren och hans puls ökade då han såg vad som hände.

Tobias ruskade ur den sista droppen och gick tillbaka till Fedor.

"Det verkar lugnt. Har du sett något?"

"Nej, det är nog ingen här."

Han kollade på klockan igen.

"Okej, då går vi och kollar. Ta med dig kartongen med sedlarna."

De gick över vägen och fram till busskuren.

"Han sa att det skulle finnas på baksidan."

De gick runt och mycket riktigt låg där ett kuvert.

"Det är inte utan att man blir lite nyfiken", sa Nilas och sprättade upp kuvertet. I samma ögonblick anropade Anders.

"Nu!"

Kapitel 47

Jack och Gustavo sköt samtidigt. Den ena pilen satte sig i Nilas lår. Den andra studsade ner på marken då den träffat Tobias snusdosa.

Nilas tappade kuvertet och såg sig förvirrat omkring. Han kände sig yr och upptäckte att det satt en spruta i låret. Tobias drog upp sin pistol och snodde runt. Han hade hört skotten men kunde inte se någon. Samtidigt segnade Nilas ner och blev livlös. Tobias tog tag i Nilas under armarna och släpade honom till bilen. Just när han skulle öppna bakdörren small det på nytt och han kände hur det brände till i ena låret. Han drog upp pistolen, men precis som tidigare så kunde han inte se någon. Nu började allt bli suddigt. Pistolen föll ur handen och han föll ihop.

Fedor väntade ett ögonblick innan han anropade Anders.

"Det är klart. Ni kan komma."

Anders anropade Theodor.

"Det är klart. Skynda dig."

Theodor sprang till bilen som stod gömd en bit in på en liten skogsväg. Han och Anders var framme nästan samtidigt.

Nilas och Tobias baxades in i bilen och så bar det av mot ladan de iordningställt.

"Det luktar piss", sa Jack och rynkade på näsan.

Fedor hade inte tänkt säga något, men nu verkade det oundvikligt.

"Den här jäveln ställde sig och pissade på mig. Det var nära att jag inte kunde behärska mig, men jag stålsatte mig."

"Jag såg det", sa Anders. "Det var starkt av dig. Själv vet jag inte om jag hade klarat det."

Han undrade om Fedor kom ihåg att han hade blivit pissad på av Jack, vid ödetorpet för länge sedan. Men då hade han varit sövd och förhoppningsvis inte lagt det på minnet.

Nilas och Tobias sov fortfarande djupt då de blev bundna och placerade på träbänken i ladan.

Det hade varit en del diskussioner om vilka som skulle vara statister. Fedor hade haft synpunkter på att Theodor skulle vara som klippt och skuren för en av rollerna. Anders hade ju berömt honom så mycket för hans skådespelartalanger. Men Anders hade sagt att både Theodor och Jack var för gamla för att spela rollen som gängmedlemmar. Därför hade lotten fallit på Fedor och Gustavo. Det skulle bli mest trovärdigt.

Då allt var riggat skyndade de sig att byta kläder och göra sig i ordning. Fedor och Gustavo stoppade på sig sina blodpåsar och kollade så att utlösaren var kopplad. Jack kontrollerade patronerna till hagelgeväret så att det inte slunkit med något skott med kulor i.

"Har du koll på tiden?" Frågade Anders Gustavo.

"Det är lugnt, om en halvtimme borde dom börja röra på sig."

Fedor och Gustavo satte sig på bänken bredvid de sovande männen. Jack band dem och trädde över huvorna.

"Känns det bra?"

Gustavo nickade men Fedor gnölade lite.

"Kan vi inte vänta med huvorna tills dom börjar kvickna till? Det blir ju så jävla varmt."

Jack skakade på huvudet.

"Nej, det är bäst att vara på den säkra sidan. Det borde väl du också tycka?"

Fedor insåg att Jack hade rätt och klagade inte mer. I stället koncentrerade han sig på det han skulle säga. Visserligen hade de övat mycket, men det kunde ju alltid gå fel.

När allt på bänken var klart, tog Jack och Anders på sig sina huvor. Anders tände strålkastaren och riktade in den. Sedan satte han sig vid bordet framför bänken. Nu var det bara att vänta.

***

Nilas var den som kvicknade till först. Allt var suddigt och han förstod inte var han befann sig. Då blicken börjat klarna, såg han att Tobias satt bredvid honom och att det också satt två andra män på bänken. Han hade ingen aning om vilka det var. De hade också huvor neddragna över sina ansikten.

Nu började också Tobias kvickna till.

"Va fan är det frågan om? Nilas, vad händer?"

Nilas sa inget. I stället såg han sig omkring och försökte få en uppfattning om läget.

Han kunde inte se så mycket då strålkastaren bländade honom, men han såg konturerna av en man som satt framför dem vid ett bord. Det var helt tyst förutom ett svagt susande av vinden som letat sig in genom springor i väggarna.

Mannen vid bordet betraktade dem med en allvarlig min. Han knäppte sina händer och rätade ut armarna så att det knakade fyra gånger i fingerlederna.

"Mina herrar, välkomna till Folktribunalen. Jag förmodar att ni vet varför ni är här?"

Fedor hade nästan glömt bort sina repliker då han skulle svara.

"Vad i helvete håller du på med din jävla idiot. Fattar du vad som kommer att hända då mina gubbar får tag i dig?"

Anders satt tyst och Fedor fortsatte.

"Dom kommer att begrava dig levande men har du tur så händer det innan dom tar kål på din familj. Men det troliga är att du får titta på då din fru blir våldtagen."

Det var Anders som skrivit manuset. Först hade han tvekat om han skulle ta med det där om frun och barnen. Det hade inte känts bra. Men han hade gissat att det var det man skulle hotat med om det varit på riktigt.

Anders satt fortfarande tyst. Han böjde sig ner och tog upp en mapp ur en bag som stod på golvet bredvid honom. Han öppnade den och tog ut några dokument som han lade framför sig.

"Ja, då var det dags att sätta igång. Jag börjar med att dra några enkla förhållningsregler. Jag ställer frågor och ni svarar. Vi vet det mesta om er och svarar ni med en lögn så kommer det att få konsekvenser. Likaså om ni inte är samarbetsvilliga.

Ta det lugnt och svara bara sanningsenligt på mina frågor så ska ni se att allt kommer att gå bra. Vi börjar med dig till vänster. Vad heter du?"

"Far åt helvete!"

"Okej, du vill alltså inte samarbeta?"

Fedor spottade mot honom och loskan landade en halvmeter framför hans fötter.

"Lägg av för helvete! Fattar du inte ditt eget bästa. Vet du inte vem du har att göra med?"

Anders lutade sig tillbaka så att det knakade i ryggstödet på den gamla trästolen han satt på.

"Jodå, det vet jag mycket väl. Men du får en sista chans. Vad heter du?"

Fedor spottade på nytt. Anders suckade och ropade:

"Bo! Det är dags för dig nu."

Rösten var så skarp att männen på bänken hoppade till.

En dörr öppnades och Jack kom in med ett hagelgevär i ena handen.

Han ställde sig några meter framför Fedor, höjde geväret och siktade.

"Men för helvete, vänta lite."

Ett skott brann av och Fedor ryckte till. Hans tröja färgades röd mitt på bröstkorgen. Han rosslade några gånger innan huvudet sjönk ner och han blev helt stilla.

Jack gick fram, låssade repen och släpade med sig den skjutne mannen över golvet och in genom dörren han kommit från.

De övriga satt som förstenade och kunde inte riktigt ta in det som just hänt.

Anders klapprade med en blyertspenna mot bordskanten.

"Då var det näste man på tur. Vi fortsätter från vänster. Vad heter du?"

Gustavo skakade som ett asplöv.

"Jag heter Juhan Ahmed."

"Vad är din hemadress?"

"Uppdalsvägen tio i Ullevi."

"Hur länge har du jobbat för nätverket?"

"Ett och ett halvt år ungefär."

"Vad heter ledaren?"

"Jag vet inte. Det är inget som vi fotfolk får reda på."

"Det vet du nog. Du får en chans till. Vad heter ledaren?"

Gustavo började andas häftigt och vred sig som en mask på en krok.

"Nej jag vet inte, jag lovar."

Anders stödde sig med armbågarna mot bordet. Det var så tyst att man kunde höra att det kurrade i magen på någon. Så ropade han med samma intensitet som tidigare.

"Bo! Det är dags igen."

Jack kom in, ställde sig framför bänken och höjde bössan.

"Men snälla, skjut inte. Jag vet inte vad han heter. Ingen på gatan vet det."

Gustavo börjar gråta hysteriskt.

Så smällde det och han ryckte till.

Det blev en upprepning av tidigare skeende och nu var det två släpspår av blod på golvet.

Tobias var nu så uppskakad att han nästan inte kunde prata. Han börjar rabbla upp namn och adresser i ett rasande tempo. Anders hyssjade åt honom.

"Ta det lugnt och svara bara på mina frågor. Om du talar sanning så kommer inget att hända."

Utfrågningen tog ungefär tio minuter och den skräckslagne Tobias svarade på alla frågor han fick. Anders lade undan pennan och tryckte på sin knutna näve med handflatan. Den här gången kom det bara två knäppningar i lederna.

"Du ser, det där var väl inget att oroa sig för. Bo! Kom in."

Den här gången hade inte Jack bössan med sig. Han gick fram och knöt loss den förtvivlade mannen.

"Du är fri att gå. Ärlighet varar längst, det ska du ta med dig. Håll dig borta från brottslighet så kanske du får ett bättre liv."

Nu satt Nilas ensam man kvar på bänken. Han hade pissat ner sig efter det andra skottet och hans tidigare beslutsamhet att spela hård och tuff hade övergått till ren rädsla. Utan omsvep svarade han sanningsenligt på alla frågor. När utfrågningen var klar fanns inte mycket mer att behöva få reda på.

Anders reste sig hastigt och ropade in Jack. Nilas var på gränsen till kollaps. Men då han såg att bödeln inte hade någon bössa med sig, förstod han att han kanske skulle klara sig med livet i behåll. När Jack låssat hans knutar viskade han samtidigt i Nilas öra.

"Vilken jävla tur du hade. Ta dig nu snabbt härifrån och se dig inte om. Domaren är fullkomligt galen och skulle han få veta att du berättat om det här för någon, skulle inte jag vilja vara i dina kläder. Försvinn utomlands, annars lär du inte leva länge till. Din redogörelse har filmats och klippet kommer att släppas inom kort."

Nilas stapplade iväg. Han sneddade över blodspåren och försvann ut genom dörren.

Anders reste sig och gick ut ur rummet. Efter en stund kom han tillbaka med en sexpack öl i handen. Han släckte byggstrålkastaren och tände taklampan som hade ett betydligt behagligare sken. Jack satte sig på förhörsbänken och tände en cigarett. Anders satte sig bredvid honom.

"Har han hunnit tillräckligt långt tror du?"

Jack nickade. Anders busvisslade och Fedor och Gustavo kom in.

Anders såg mycket belåten ut.

"Jaha, vad säger vi om det här då?"

"High five", sa Jack och reste sig upp. Anders reste sig också, höjde sin hand och klatschade den mot de andras handflator.

"Fick vi med allt tror ni?"

"Alldeles säkert."

Jack gick fram till videokameran som var uppriggad en bit bort.

"Men varför fick jag heta Bo? Vi hade ju kommit överens om att du skulle kalla mig Skarprättaren."

"Jo, jag vet det," svarade Anders. "Men det blev lite för krångligt att säga."

Theodor hade stått utanför och vaktat. När han sett att både Tobias och Nilas försvunnit utom synhåll gick han in i ladan.

"Gick det bra?"

Jack kastade till honom en öl.

"Det gick jävligt bra. Nu har vi så mycket material att polisen lär få jobba övertid. Och dom här två herrarna blir nog inte särskilt populära hos sina egna då vi släpper materialet. Min gissning är att dom är på väg utomlands redan i morgon."

"Det låter bra", sa Theodor och öppnade ölen. "Då har vi bara spanjoren kvar då?"

Jack stelnade till och stirrade på Anders som tog sig för pannan.

"Fan! Det missade jag. Vad gör vi?"

Jack rusade efter hagelbössan.

"Jag hinner ifatt dom."

Kapitel 48

Då Tobias kom fram till bilen kunde han inte hitta bilnyckeln. Han kände i fickorna, men där fanns den inte. Då kom han på att Nilas hade tagit hand om dem. Han satte sig i förarsätet och tog tag i ratten för att försöka bryta upp rattlåset. När han tittade upp, såg han i backspegeln att något rörde sig en bit bort. Han hoppades att det skulle vara Nilas, men var inte säker. Han hade inget annat val än att vänta. Han skulle ändå inte hinna tjuvkoppla bilen om det var någon ur tribunalen som var i antågande.

Snart kunde han se att det var Nilas, men samtidigt upptäckte han att det kom ytterligare en man efter honom.

Jack var så trött att han var tvungen att sakta farten. Svetten rann nedför huvan. Men då han fick se att Nilas inte hade så långt försprång, fick han nya krafter och satte fart igen.

Då Nilas nästan var framme vid bilen, var Jack ifatt. Han höjde bössan.

"Stanna för helvete. Det var en sak vi glömde fråga om."

Nilas och Tobias höjde armarna i luften.

"Skjut inte, vi lovar att svara om vi vet något."

Jack var så andfådd att han nästan inte kunde prata. Han tog några djupa andetag.

"Det finns en spanjor ni brukar anlita. Jesus heter han visst. Var finns han?"

Nilas kände hur kallsvetten kom krypande. Honom hade han aldrig hört talas om. Vad skulle nu hända? Han tittade förskräckt på Tobias.

"Jag vet vem det är. Han heter Jesus Garcia och bor i en lägenhet nere i centrum."

Nilas drog en lättnadens suck.

"Vad är det för adress?" Frågade Jack och siktade mot Tobias.

Nu insåg Tobias att loppet var kört. Han kastade sig ner på marken och höll händerna över sitt huvud.

"Jag vet inte, det är sant. Snälla, skjut inte."

Jack siktade på Nilas som apatiskt skakade på huvudet.

"Okej, ni får gå. Men om vi råkas igen så kommer vi att göra processen kort med er. Ni ska veta att det är få som kommer levande från en rättegång med Folktribunalen. Ni har haft en förbannad tur."

Jack vände och gick tillbaka. Efter en stund hörde han hur bilen startade och for iväg med en väldig fart.

Anders pustade ut då Jack kom in i ladan. Han visste hur ivrig Jack kunde vara när han blev pressad. Men den här gången hade det tydligen gått bra.

Jack satte sig ner och slet av huvan.

"Fy fan, det där var jobbigt. Jag har väl aldrig sprungit så sedan jag blev vuxen."

"Fick du veta det du skulle?" Frågade Theodor.

"Ja nästan. Han heter Jesus Garcia och bor i en lägenhet nere i centrum."

"Fick du adressen?"

Jack skakade på huvudet.

"Det är enkelt att fixa," sa Gustavo och började genast knappa på sin mobil."

"Här har vi det. Det finns bara en som heter så i Linköping och åldern verkar stämma."

"Snyggt jobbat", sa Anders. "Men nu packar vi ihop och åker härifrån. Vi får bestämma vad vi ska göra med spanjoren när vi kommer hem."

***

Jesus Garcia vaknade med en gräslig huvudvärk. Kvällen innan hade han varit på krogen. Det hade blivit lite för mycket av det goda, så han hade blivit utslängd. Nu var det eftermiddag och han hade ingen lust att gå upp ur sängen. Men det fanns saker han måste göra. Ett uppdrag som skulle ge bra med pengar. Han hade inte hört något från sin kontakt i Steninge på länge och när han ringt, hade ingen svarat. Jesus antog att det fanns bra skäl till att de ville ligga lågt ett tag, så han tänkte inte så mycket på det.

Nu var det i alla fall ett annat gäng som ville anlita honom och hans tjänster. Snubben som ringt hade hälsat att han fått namnet från Tobias i Steninge. Det hade låtit betryggande. Jesus hade gjort jobb åt andra nätverk förut så det var inget konstigt.

Att lura brudar var hans specialitet. Enkla knäck med små risker men som ändå betalades ganska bra. Det var visst vad det handlade om den här gången också.

Han skulle träffa snubben nere på fiket vid gallerian och då få sina instruktioner.

Jesus släpade sig in i duschen och då han var klar, stjälpte han i sig ett glas Pepsicola. Han beställde en taxi trots att det bara var en halv kilometer till fiket.

Det var inte mycket folk där och vid ett fönsterbord satt en äldre man som vinkade till sig honom. Jesus tyckte det var lite konstigt att en gubbe var involverad i ett gäng, men han gick fram och slog sig ner.

Mannen reste sig och tog i hand.

"Hejsan. Ragnar heter jag. Det är Jesus förmodar jag?"

"Det stämmer. Men det uttalas Shezus. Vad kan jag hjälpa dig med då?"

Mannen skruvade på sig.

"Det är lite prekärt det här, men det gäller en kvinnlig bekant till mig. Det är nämligen så att hon utpressar mig och hotar att anmäla mig för våldtäkt om jag inte ger henne en större summa pengar."

"Okej, och vad vill du att jag ska göra åt det?"

"Jo, jag tänkte att du skulle göra dig bekant med henne och övertala henne om att sluta med det hon håller på med."

"Är det en kvinna i din ålder?"

"Nej, hon är betydligt yngre."

Jesus tyckte att det hela lät väldigt udda.

"Ligger det något bakom hennes hot? Har du våldtagit henne?"

"Nej verkligen inte."

"Men vad är det du vill att jag ska göra rent konkret? Hon lär väl knappast ändra sig bara för att jag ber henne?"

"Nej, det fattar jag väl. Men du kanske skulle kunna skrämma henne lite?"

"Jo det är klart, men du sa på telefonen att du kände Tobias. Det här är väl egentligen mer hans grej. Kunde inte han hjälpa dig?"

"Jag vill inte blanda in honom i det här av olika skäl. Nå, kan du hjälpa mig? Du får tiotusen."

"Hur mycket pressar hon dig på?"

"Betydligt mer än så. Mer behöver du inte veta." Är vi överens?"

Jesus nickade.

"Okej då. Hur går vi vidare?"

Mannen gav honom ett kuvert.

"Här är allt du behöver veta. Det måste ske på torsdag kväll. Då är hon ensam hemma. Hon kommer att få besked om att hon ska få besök av en socialhandläggare just den kvällen. Det är där du kommer in i bilden."

"Så hon är prostituerad då?"

"Nej, det skulle jag inte kalla henne. Men hon har lite andra bekymmer."

Jesus läste brevet medan han gick. Det stod inte så mycket, men tillräckligt för att han skulle ha koll på läget. Att skrämma en knarkarbrud till tystnad skulle inte bli särskilt svårt. Om hon var tillräckligt snygg och inte allt för nerdekad kanske han även skulle kunna få lite kul under tiden. Tiotusen var det nog värt.

***

Jack tjatade och till slut fick han som han ville. Spanjoren hade drogat Saga och utsatt henne för livsfara. Att skrämma honom skulle inte göra någon skillnad. Nej, ett straff skulle han få och det var Jack som skulle utdela det.

Anders hade först varit emot det. Han ville att de skulle göra ungefär som tidigare. Att skrämma skiten ur spanjoren med fejkad tortyr eller avrättning. Det skulle vara det mest förebyggande. Men Jack hade stått på sig och även fått med sig Gustavo och Fedor. De hade båda tyckt att Folktribunalens uppdrag nu var klart. Gustavo ville fokusera på sitt jobb. Han och Theodor hade nya spännande saker på gång. Fedor tyckte att han hamnat rätt i livet och ville inte riskera ett bakslag.

Anders gav med sig och började planera med de andra hur de skulle gå till väga. Det var Theodor som fick uppdraget att agera statist den här gången och det hade han inte haft något emot. Han började känna sig riktigt bekväm i rollen som skådespelare.

Lägenheten hade Fedor fixat. Det var samma som han bott i då han tidigare gömt sig. Den stod nu tom och hyresvärden hade inte haft något emot att hyra ut den över en dag, mot skälig hyra.

***

På angivet klockslag stod Jesus utanför lägenhetsdörren. Det fanns ingen skylt som talade om vem som bodde där. Men av beskrivningen att döma så borde det vara rätt. Han knackade försiktigt.

"Kom in, det är öppet," ropade en mörk kvinnoröst.

Jesus öppnade och gick in. Det var skitigt och han förstod att den som bodde här hade problem.

"Hallå," ropade han och tog några steg in.

Jack klev fram bakifrån och kopplade ett grepp runt Jesus hals och klämde till. Jesus sprattlade med benen och slog vilt omkring sig. Men det var lönlöst. Han satt i ett järngrepp och snart kände han att medvetandet var på väg att försvinna. Då han slutat sprattla, släppte Jack sitt grepp.

Jesus hostade och vred sig på golvet.

"Vad är det frågan om? Vem är du?"

"Det ska du snart få veta", sa Jack och lyfte barskt upp honom på en stol.

Jesus blev rädd då hans blick klarnade och han såg den stora mannen.

"Har jag kommit fel, så ber jag om ursäkt. Men någon sa kom in, då jag knackade."

"Nejdå, du har inte kommit fel. Du är där jag vill att du ska vara. Jag förstår att du undrar varför du är här och det ska jag berätta för dig."

Jack drog fram en stol och satte sig mitt emot Jesus. Han tittade honom stint i ögonen.

"För en tid sedan så träffade du en tjej på 55:an. Du drogade henne och överlämnade henne till en jävla skurk. Det var mycket nära att hon miste livet. Det är därför du är här. Du ska få ett straff för vad du gjorde."

Jesus drog sig till minnes den där kvällen på 55:an. Han tittade vädjande på Jack.

"Men om du vill att jag ska straffas för det, ska du väl överlämna mig till polisen."

Jack skrattade torrt.

"Om du skulle fällas i en rättegång så blir det högst ett par månader i fängelse. Förmodligen skulle det bli skyddstillsyn och det kallar inte jag för ett straff."

Jesus kastade sig plötsligt av stolen, men Jack fick tag i honom.

"Nej du din jävel. Så lätt slipper du inte undan."

Han satte ner honom på stolen och drog fram en kniv. Jesus försökte försvara sig och började svinga vilt. Men Jack lugnade ner honom med ett hårt knytnävslag.

Han tog ett stadigt grepp i Jesus hår och med en snabb rörelse skar han av honom ena örat. Jesus försökte skrika men Jack satte handen för munnen på honom. Så skar han av honom det andra örat.

"Skriker du så skär jag av dig näsan också."

Jesus kände inte så mycket smärta, men han förstod att den snart skulle komma. Om han nu lyckades klara sig med livet i behåll.

Jack lindade om hans blodiga huvud med gasbinda och lyfte upp honom från stolen.

"Det här var från Saga. Nu är det bäst att du skyndar dig till sjukhuset. Om du anmäler så lovar jag dig att ta både näsan och ögonen då jag får tag i dig. Öronen behåller jag."

Jesus stapplade mot dörren. Han kände sig yr och förstod att han snart skulle svimma. Han började gå, men hann bara ett kvarter innan han segnade ner på gatan.

En förbipasserande uppmärksammade honom och kallade på ambulans.

***

Jack spolade ner öronen i toaletten. Han rullade ihop plasten under stolen, tvättade rent kniven och gick därifrån.

Anders såg på honom då han kom hem.

"Gick det bra?"

Jack nickade.

"Hur känns det då?"

"Bra", sa Jack och tände en cigarett.

Epilog

De hade pratat mycket om allt som hänt. Både Anders och Jack hade haft sömnproblem, medan de andra tycktes mer obekymrade. Theodor och Gustavo hade fullt upp med firman som gick på högvarv. Fedor hade börjat en distansutbildning i bokföring och hade stora planer för framtiden. Anders och Jack fördjupade sitt samarbete och slog ihop sina verksamheter, så nu var de kompanjoner. De försökte lägga allt som hänt bakom sig, men det var lättare sagt än gjort. Det var ju trots allt liv som släckts och det fick de ha på sitt samvete. Visserligen inga oskyldiga, men ändå.

Båda var ändå tillfreds över att det skipats rättvisa och att de som drabbats fått upprättelse. Att de också lyckats sätta skräck i de kriminella element som verkade i Linköping, kändes också bra. Att det skulle ha någon inverkan på fortsatt kriminalitet, trodde ingen av dem. Men förhoppningen var att någon kanske skulle tänka sig för en extra gång innan han valde väg i livet.

Filmerna på alla erkännanden hade överlämnats till rättsväsendet och polisen hade haft fullt upp med alla nya uppslag. Några av de makabra filmerna med fejkad tortyr och avrättningar som Gustavo klippt ihop, hade publicerats på nätet. De blev snabbt borttagna, men många hade nog hunnit laddas ner. Rykten väcktes upp på nytt och Folktribunalen tycktes inte längre vara en skröna.

Men alla var överens om att lägga allt detta bakom sig nu och försöka återgå till ett normalt liv igen.

En kväll då Anders satt och tittade på Efterlyst, visades ett inslag som berörde honom djupt. Det handlade om en gammal handikappad kvinna som blivit överfallen i sitt hem. Hon hade blivit allvarligt misshandlad och bestulen på alla sina besparingar. Gärningsmännen hade inte nöjt sig med det. Dom hade också våldtagit henne. Kvinnan var åttiosju år gammal.

Den natten hade inte Anders sovit en blund. Då han kom till jobbet nästa morgon, berättade han för de andra om vad han hade sett. Jack hade också sett inslaget och var lika upprörd han.

"Det är ju för jävligt. Det skulle vara dödsstraff för sånt där. Hoppas dom åker fast snart. Fast det blir väl bara några år."

Anders nickade.

"Ja, eller också får dom skadestånd om dom skyller på varandra."

Anders ock Jack såg på varandra. De tänkte nog båda samma sak. Något måste göras.